赏析历代短篇小说系列

敏 主编

大讽刺小说

中国和平出版社

图书编纂委员会

主　编　吕智敏

编　委　刘福元　毕桂发　吕晴飞
　　　　吕智敏　苗　壮　徐育民

撰稿人　杨　铸　李银珠　刘福元　毕桂发
　　　　吕智敏　王　若　赵慧文　徐育民

目录

前言

一

我国古代小说源远流长。自其作为一种独立的文学样式风行于世，至其作为一种古典美学艺术模式的终结，将近有两千年的历史。这期间，诞生了多少小说作品已经无从详细考证，即便是那些得以流传下来的，恐怕也难以计算出一个准确的数字来了。历代的藏书家、版本学家、小说史家告诉我们，中国古代小说是一座无比丰富、辉煌、瑰丽的艺术宝库，那是我们民族文化遗产中最优秀、最珍贵的部分之一。

面对这座宝库中的奇珍异宝，历数着《红楼梦》《三国演义》《水浒》《西游记》《儒林外史》这些传世家珍，每一个华夏子孙都会从内心深处升起一股民族自豪感。古典文学修养稍高一些的朋友，或许还会津津乐道于《封神演义》《金瓶梅》《镜花缘》《儿女英雄传》《官场现形记》等等名著，从中了解我们民族古代社会的历史风貌和祖先们的生活与悲欢，接受着民族传统文化与美学风范的濡染熏陶。

在这里我们注意到如下一个事实——在我国古代小说中，那些流传最广、影响最大的一般都是些长篇巨帙；而对于规模较小的短篇，除了"三言""二拍"和《聊斋志异》等少数集子和篇什外，能够为一般读者所熟知或广泛涉猎的则为数不多。这一方面是由于我国历史上皆以诗歌散文为文学正宗，认为小说只不过是"小道"，是"史之余"，而短篇则更被视为集"街谈巷语"之"短书"，故此在刊行传播上受到了影响。另一方面则由于古代小说卷帙浩繁，不但专门辑录短篇小说的集子浩如烟海，而且还有许多篇什散见于各种笔记、野史、杂事集之中，这就给一般读者的阅读带来了更大的困难。

其实，短篇小说在我国古代小说发展史中占有十分重要的地位，起过异常重要的作用。在先秦两汉时期，小说尚属"刍荛狂夫之议"而"君子弗为"[①] 的民间文学。适合于记录"街谈巷语""道听途说"[②] 的需要，其形式上自然只能是"短书"。至魏晋的志怪、唐代的传奇、宋元的话本，小说基本上是沿着孔子所谓的"小道"，即围绕着远离治国平天下大旨的"街谈巷语""道听途说""修身理家"等生活小事而进行创作的。即使是讲历史故事的小说，也只写那些传闻逸事，只能是"与正史参行"的"史之余"。故此，小说形式依然还是短篇。直至明代，随着小说反映社会生活面的不断扩展与小说自身在艺术上的愈益发展成熟，章回小说问世了。明代的有些章回小说，虽已开始分回，但就其篇幅而言，尚介于短篇与中篇之间，如《鸳鸯针》《鼓掌绝尘》等皆是，只有《三国志通俗演义》与《水浒传》才代表了我国古代长篇小说的正式诞生。而在长篇章回小说盛行发展直至其高峰时期，短篇小说依旧长盛不衰。可见，在古代小说发展的漫长历史中，短篇小说，无论是文言短篇小说还是白话短篇小说，都曾经为我国民族传统小说艺术积

---

① 班固《汉书·艺文志》
② 同①

累了丰富宝贵的经验。从上述情况出发，我们决定编写这套丛书，其目的即在于为一般读者提供一个古代短篇小说史上具有代表性的优秀作品选本。为了帮助读者阅读，我们还邀请一些专家学者对每篇作品作了注释与鉴赏评析，对文言作品还作了翻译。

二

我国古代小说起于周秦，汉魏六朝时期文人的参与创作使小说作为一种独立的文学体裁出现了第一次繁荣。然而，这一时期的小说尚处于童年时期，各方面还都很不成熟，虽有干宝《搜神记》和刘义庆《世说新语》等优秀的志怪、志人小说，但它们也都如鲁迅所说，是一些"粗陈梗概"之作。直至唐代，由于社会的安定、政治的昌明、经济的发展与文化的繁荣，整个社会生活发生了巨大的变化，小说的题材与内容也大大丰富和扩展了，六朝的志怪已与当时生气勃勃的现实生活产生了相当的距离。于是，以反映人世现实生活为主的传奇小说便应运而生了。唐传奇已经从粗陈梗概的魏晋小说雏形发展为成熟的短篇小说，它已经摆脱和超越了前代小说录闻纪实的史传手法，而充分发挥作者的想象力进行艺术虚构，这就是明代文论家胡应麟所说的"尽设幻语"①。虚构的介入给古代小说带来了新的艺术生命力。唐传奇脱出了平实简古的笔记体，转化为形象生动的故事体。它的情节曲折委婉，结构完整规饬，语言铺排华美，描写细腻传神；最主要的是，鲜明突出的人物形象已经成为小说创作的中心。基于上述特点，传奇小说的篇幅也大大加

---

① 胡应麟《少宝山房笔丛》

长，再不是"合丛残小语"的"短书"①了。至此，中国古代小说创作掀起了第一次高潮，达到了第一个顶峰。此后，作为与文言的传奇相并列的通俗小说又异军突起，发展成以"说话人"的"话本"为基本形式的短篇小说，在唐代主要是变文话本，也有说话话本，至宋代，话本小说就形成了它的鼎盛时期。由于说话艺术与话本小说是城市兴起与工商业繁荣的产物，故此，话本小说从性质上看当属市民文学，又被称作"市人小说"。话本小说的题材广泛，涉及到市民生活的各个方面。同时，为适应说唱艺术和市民接受的需要，它具有完整的故事情节和通俗的口语化的语言，结构形式上分为入话、头回、正话、煞尾等固定模式，这些特点对后世通俗小说都产生了极大的影响。明清两代，小说创作形成了新的高潮，一度衰落的文言小说至清代又出现了新的繁荣，以蒲松龄《聊斋志异》为代表的传奇体小说和以纪昀《阅微草堂笔记》为代表的笔记体小说都涌现出了一批优秀新作，而文人创作的拟话本小说则是自明代冯梦龙的《警世通言》《醒世恒言》《喻世明言》始就已如雨后春笋，繁盛之极，题材不断扩展，篇幅也不断增长，终于由短篇而发展成中篇、长篇，中国古代小说独特的艺术体系——文言、通俗两大体系，笔记、传奇、话本、章回四大体裁的建构已经彻底完成，古代小说的思想与艺术成就也已达到了最高的峰巅。

回顾古代小说发展的历史，目的是在说明我们这套丛书，其选目的时间上限为什么定在唐代而不定在小说源起之初，也就是说，入选作品的范围包括自唐代以来直至有清一代的文言、白话短篇小说，至于六朝及以前的粗陈梗概之作，因其只还初

① 桓谭《新论》

具小说雏形，就一概排除在该丛书遴选范围之外了。入选各代作品的比例，也基本依据小说发展史的自然流程及其流传情况，例如宋代传奇与唐代传奇比较，相对衰落，如鲁迅所说："多托往事而避近闻，拟古且远不逮，更无独创之可言矣。"故而所选宋代传奇数量就很少。又如，宋元两代话本小说繁荣，然而由于其形式只是说书人说话的底本，不能受到文人雅士的青睐，故散佚极为严重。后由明人洪楩汇辑成《雨窗集》等六个集子，每集各分上下卷，分别收话本小说五篇，合称"六十家小说"，不幸再次散佚。后来根据残本辑成的《清平山堂话本》，就只存有二十六篇话本小说了，而这些幸存之作又有不少被明代著名的小说家冯梦龙辑入"三言"，辑选时又都做了改写与加工，在艺术上较其原本粗糙朴拙的面目有了很大的提高。我们在辑选这套丛书时又采取了去粗取精的优选法，故此，入选的冯梦龙"三言"中的拟话本小说数量，就大大超过了宋元时期的作品。明清两代是我国古代小说创作的高峰期，入选该丛书的这两个朝代的作品也就多于唐、宋元诸代。这样的遴选原则应该算得上是符合我国古代小说发展史的实际情况的。

三

我国古代小说的分类方法颇多，按其语言形式，可分为文言小说与白话（通俗）小说；按其体裁，可分为笔记体小说、传奇体小说、话本体小说和章回体小说；按其题材内容，则分法更多，例如鲁迅在《中国小说史略》中就提到了志怪、传奇、讲史、神魔、人情、讽刺、狭邪、侠义、公案、谴责等类。后代一些学者对于题材类别的划分基本上是在鲁迅的基础上加以增删改动。例如有在此之外又增加世情小说、谐谑小说的；有将神魔、志怪混称为神怪小说的；有将人情、世情同视为专指爱情小说的；又有以言情小说称爱情小说而以人情、世情专指人情世态、伦理道德或家庭题材小说的；有以才子佳人小说专指明清两代爱情婚姻题材小说的；有将讲史小说称作历史小说或史传小说的；有将讽刺小说称为讽喻小说的；有将侠义小说称为武侠小说或与公案小说归于一类的。对于鲁迅所提出的狭邪小说，有称之为青楼小说的，也有直呼为娼妓小说的，等等。小说史研究界至今也没有提出一个公认的统一划分题材类别的标准。

中国古代短篇小说卷帙浩繁。要想编选出一套方便读者阅读鉴赏的丛书，自然应该分类立卷，而分类的最佳方法是按照题材划分。我们的原则是：博采众家之长，既参考文学史上一些分立类别的惯例，沿用一些习用的类别名称，又考虑到尽量适合当代读者的理解与接受习惯，例如，考虑到狭邪小说之称很难为今日的一般读者所理解，又兼以这类小说除了写娼妓生活，也常常夹以写优伶艺人生活的题材，所以就将这一类名之为倡优小说，且倡优一词也常在文化史和文学史上出现。又如，在当代读者心目中，世情一词的涵义已不仅限于专指爱情婚姻，而是涵盖了世风人情的各个方面，所以我们就专辟言情一类辑纳爱情题材作品，而在世情类中则辑纳那些反映世态民风、家庭人伦等题材的作品。再如，讲史小说、历史小说一般都用来指称那些讲说朝代史或大的历史事件以及演绎历史变迁的长篇作品，而古代短篇历史题材则往往是记述一些历史人物的生平或佚闻逸事。针对这种特点，该丛书将所选的十篇历史人物题材小说归于"史传小说"类。当然，史传小说在这里的意义，既与秦汉时期的史传文学有一定关联，又不能将其等同起来。它已经完全摆脱了历史散文的结构框架而具备了小说的所有特点。只是在题材上与史传文学相通罢了。这样，该丛书就依照下列十类分作了十卷：传奇小说、神魔小说、侠义小说、公案小说、世情小说、言情小说、史传小说、倡优小说、讽刺小说、幽默小说。特别需要说明的是，这样的分类只是为了适应将我国古代短篇小说按不同题材推荐介绍给一般读者的需要，而无意于在学术上提出古代短篇小说分类的一家之言。

四

中国古代短篇小说浩如烟海，即使按其题材分为十大类，各类中的篇目也是数不胜数，无法尽收，只能择优录取。在把握这"优"的标准时，丛书坚持了以下几条原则：思想内容总体倾向积极健康，艺术水准较高，具有一定的认识价值、审美价值与文化价值。具体地说，一是首先考虑传统名篇。对于那些文学史上素有定评、有重大影响、至今仍具有重要价值的不朽之作，优先辑选。"文库"中收入的这类优秀佳作不在少数，如唐传奇中的佼佼者《李娃传》《柳毅传》《莺莺传》《南柯太守传》《红线》；宋元话本中脍炙人口的《碾玉观音》《快嘴李翠莲》《错斩崔宁》；"三言""二拍"等明代拟话本中广为流传的优秀篇什《杜十娘怒沉百宝箱》《白娘子永镇雷峰塔》《金玉奴棒打薄情郎》《转运汉巧遇洞庭红　波斯胡指破鼍龙壳》等；还有清代优秀的文言短篇小说《聊斋志异》中的一些佳作，如《胭脂》《画皮》《席方平》等均属传统名篇，我们首先将它们推荐给广大读者。

除了传统名篇，丛书中还收入了一些历代广泛流传的作品。它们并不一定是传统名篇，有些或许还显得有些粗糙，存在某些缺陷，但由于其流传既广且久，对后世的小说创作和读者阅读产生过相当的影响。这一类作品中我们可举出《包龙图判百家公案》中的《五鼠闹东京》、辑入《清平山堂话本》的《董永遇仙记》以及收入《青琐高议》的秦醇所著《骊山记》。《五鼠闹东京》文意比较粗拙，然而这一包拯审判五鼠妖怪的故事流传之广几至家喻户晓。明人罗懋登的《三宝太监西洋记》，清人石玉昆的《三侠五义》，或摄入此故事，或对其进行改造，更扩大了这一故事的影响。《董永遇仙记》也属文字简古朴拙的一类，故事流传更广，曾被改编成戏曲、电影等多种艺术形式；《骊山记》写唐明皇、杨贵妃故事，其中特别细写杨贵妃与安禄山的微妙关系。作品在结构和表现上都有缺欠，然而它对后代白朴、洪升等同一题材的戏曲创作起着不可低估的作用，在宋代传奇中亦属传世之作。其他如宋代佚名的《王魁负心桂英死报》也有上述情况。辑选这些作品的目的，主要是为了充分肯定它们在古代小说史中的地位和作用，使读者对古代文学史上呈现出的某些题材系列作品现象能够有一个大概的认识。此外，不少在内容上或艺术上确有突出成就而由于某些原因在历史上未能引起特别重视的优秀之作，如唐代牛僧孺的《杜子春》、明代蔡明的《辽阳海神传》、清代浩歌子的《拾翠》、笔炼阁主人的《选琴瑟》、王韬的《玉儿小传》、毛祥麟的《孀姝殊遇》、宣鼎的《燕尾儿》等，还有一些国内外新近发现或出版的古代小说作品，如过去仅存写刻本、近年才整理出版的明代讽刺小说集《鸳鸯针》中的作品；国内久佚、据日本佐伯文库藏本整理出版的清代拟话本《照世杯》中的篇什，以及近年于韩国发现的失传已久、堪称"三言""二拍"姊妹篇的《型世言》中的一些作品，我们都尽量选入丛书，以飨读者。

综上所述，着眼短篇，从唐代开选，按题材分类分册，从多方面、多角度择优辑选精品，这就是本丛书选目的基本原则。

至于丛书中各篇的注释，多寡不一，总的是以有助于读者阅读为准。文言文因附有译文，注释相对少些；古代白话中一些读者能意会的口语、俗语，有的也省略未注。翻译上采取直译还是意译，主要由执笔者定夺，未做统一规定。鉴赏文字的写法更无一定模式，一方面取决于作品本身的特点，一方面取决于执笔个人的鉴赏感受，有的从内容到艺术进行全面把握，有的着重于作者创作意图与客观价值之间关系的分析，有的着重抒写自己阅读的所感所获，或一目之得、一孔之见。具体写法、风格更不尽相同。然而，总的目的只有一个，那就是，启发引导读者自己去对作品进行鉴赏，给读者留下思考的余地。因为，不同的期待视野会使不同的读者对同一部作品产生不同的感受，而文学鉴赏本来就是一种读者个体的审美活动。

编选一套大规模的古代短篇小说鉴赏丛书，是一个极为艰难的工程。由于本人的才学和各种客观条件所限，在编撰中还存在许多缺陷与不足，特别是在选目方面定有不少疏漏和不当之处。诚恳地期望能够得到海内外专家们的赐正与教诲，也真心地期待着得到读者的批评指正。

吕智敏

2014 年 5 月

滕大尹鬼断家私

明·冯梦龙

玉树庭前诸谢，紫荆花下三田；埙篪和好弟兄贤，父母心中欢忭。多少争财竞产，同根苦自相煎。相持鹬蚌枉垂涎，落得渔人取便。

这首词，名为《西江月》，是劝人家弟兄和睦的。且说如今三教经典，都是教人为善的，儒教有十三经、六经、五经，释教有诸品《大藏金经》，道教有《南华冲虚经》，及诸品藏经，盈箱满案，千言万语，看来都是赘疣。依我说，要做好人，只消个两字经，是"孝弟"两个字[1]。那两字经中，又只消理会一个字，是个"孝"字。假如孝顺父母的，见父母所爱者亦爱之，父母所敬者亦敬之，何况兄弟行中，同气连枝，想到父母身上去，那有不和不睦之理？就是家私田产，总是父母挣来的，分什么尔我？较什么肥瘠？假如你生于穷汉之家，分文没得承受，少不得自家挽起眉毛[2]，挣扎过活。见成有田有地，兀自争多嫌寡，动不动推说爹娘偏爱，分受不均。那爹娘在九泉之下，他心上必然不乐。此岂是孝子所为？所以古人说得好，道是："难得者兄弟，易得者田地。"怎么是难得者兄弟？且说人生在世，至亲的莫如爹娘；爹娘养下我来时节，极早已是壮年了，况且爹娘怎守得我同去？也只好半世相处。再说至爱的莫如夫妇，白头相守，极是长久的了；然未做亲以前，你张我李，各门各户，也空着幼年一段。只有兄弟们，生于一家，从幼相随到老，有事共商，有难共救，真像手足一般，何等情谊！譬如良田美产，今日弃了，明日又可挣得来的；若失了个弟兄，分明割了一手，折了一足，乃终身缺陷。说到此地，岂不是"难得者兄弟，易得者田地"？若是为田地上坏了手足亲情，到不如穷汉赤光光没得承受，反为干净，省了许多是非口舌。

如今在下说一节国朝的故事[3]，乃是"滕大尹鬼断家私"。这节故事，是劝人重义轻财，休忘了"孝弟"两字经。看官们，或是有弟兄没弟兄，都不关在下之事，各人自去摸着心头，学好做人便了。正是：

> 善人听说心中刺，恶人听说耳边风。

话说国朝永乐年间，北直顺天府香河县[4]，有个倪太守[5]，双名守谦，字益之，家累千金，肥田美宅。夫人陈氏，单生一子，名曰善继，长大婚娶之后，陈夫人身故。倪太守罢官鳏居，虽然年老，只落得精神健旺。凡收租放债之事，件件关心，不肯安闲享用。其年七十九岁，倪善继对老子说道："'人生七十古来稀'。父亲今年七十九，明年八十齐头了，何不把家事交卸与孩儿掌管，吃些现成茶饭，岂不为美？"老子摇着头，说出几句道：

> "在一日，管一日。替你心，替你力，挣些利钱穿共吃。直待两脚壁立直，那时不关我事得。"

每年十月间，倪太守亲往庄上收租，整月的住下。庄户人家，肥鸡美酒，尽他受用。那一年，又去住了几日。偶然一日，午后无事，绕庄闲步，观看野景。忽然见一个女子，同着一个白发婆婆，向溪边石上捣衣。那女子虽然村妆打扮，颇有几分姿色：

> 发同漆黑，眼若波明。纤纤十指似栽葱，曲曲双眉如抹黛。随常布帛，俏身躯赛著绫罗；点景野花，美丰仪不须钗钿。五短身材偏有趣，二八年纪正当时。

倪太守老兴勃发，看得呆了。那女子捣衣已毕，随着老婆婆而走。那老儿留心观看，只见他走过数家，进一个小小白篱笆门内去了。倪太守连忙转身，唤管庄的来，对他说如此如此，教他访那女子跟脚[6]，曾否许人，"若是没有人家时，我要娶他为妾，未知他肯否？"管庄的巴不得奉承家主，领命便走。原来那女子姓梅，父亲也是个府学秀才。因幼年父母双亡，在外婆身边居住。年一十七岁，尚未许人。管庄的访得的实了，就与那老婆婆说："我家老爷见你女孙儿生得齐整，意欲聘为偏房[7]。虽说是做小，老奶奶去世已久[8]，上面并无人拘管。嫁得成时，丰衣足食，自不须说，连你老人家年常衣服、茶、米，都是我家照顾，临终还得个好断送[9]，只怕你老人家没福。"老婆婆听得花锦似一片说话，即时依允。也是姻缘前定，一说便成。管庄的回复了倪太守，太守大喜。讲定财礼，讨皇历看个吉日，又恐儿子阻挡，就在庄上行聘，庄上做亲。成亲之后，一老一少，端的好看！真个是：

> 恩爱莫忘今夜好，风光不减少年时。

过了三朝，唤个轿子，抬那梅氏回宅，与儿子媳妇相见。阖宅男妇，都来磕头，称为"小奶奶"。倪太守把些布帛，赏与众人，各各欢喜。只有那倪善继，心中不美。面前虽不言语，背后夫妻两口儿议论道："这老人忒没正经，一把年纪，风灯之烛，做事也须料个前后，知道五年十年在世，却去干这样不了不当的事？讨这花枝般的女儿，自家也得精神对付他，终不然耽误他在那里，有名无实？还有一件，多少人家老汉身边，有了少妇，支持不过，那少妇熬不得，走了野路，出乖露丑，为家门之玷。还有一件，那少妇跟随老汉，分明似出外度荒年一般，等得年时成熟，他便去了。平时偷短偷长，做下私房，东三西四的寄开，又撒娇撒痴，要汉子制办衣饰与他；到得树倒鸟飞时节，他便颠作嫁人，一包儿收拾去受用。这是木中之蠹，米中之虫，人家有了这般人，最损元气的。"又说道："这女子娇模娇样，好像个妓女，全没有良家体段[10]，看来是个做声分的头儿[11]，擒老公的太岁。在咱爹身边，只该半妾半婢，叫声姨姐，后日还有个退步，可笑咱爹不明，就叫众人唤他做'小奶奶'，难道要咱们叫他娘不成？咱们只不作准他，莫要奉承透了，讨他做大起来[12]，明日咱们颠到受他呕气[13]。"夫妻二人，唧唧哝哝，说个不了。早有多嘴的传话出来，倪太守知道了，虽然不乐，却也藏在肚里。幸得那梅氏秉性温良，事上接下，一团和气，众人也都相安。

过了两个月，梅氏得了身孕，瞒着众人，只有老公知道。一日三，三日九，捱到十月满足[14]，生下一个小孩儿出来，举家大惊。这日正是九月九日，乳名取做重阳儿。到十一日，就是倪太守生日。这年恰好八十岁了，贺客盈门。倪太守开筵管待，一来为寿诞，二来小孩儿三朝，就当个汤饼之会。众宾客道："老先生高年，又新添个小令郎，足见血气不衰，乃上寿之征也。"倪太守大喜。倪善继背后又说道："男子六十而精绝，况是八十岁了，那见枯树上生出花来？这孩子不知那里来的杂种，决不是咱爹嫡血，我断然不认他做兄弟。"老子又晓得了，也藏在肚里。

光阴似箭，不觉又是一年，重阳儿周岁，整备做晬盘故事[15]。里亲外眷，又来作贺。倪善继到走了出门，不来陪客。老子已知其意，也不去寻他回来。自己陪着诸亲，吃了一日酒。

虽然口中不语，心内未免有些不足之意。自古道"子孝父心宽"，那倪善继平日做人，又贪又狠，一心只怕小孩子长大起来，分了他一股家私，所以不肯认做兄弟，预先把恶话谣言，日后好摆布他母子。那倪太守是读书做官的人，这个关窍怎不明白[16]？只恨自家老了，等不及重阳儿成人长大，日后少不得要在大儿子手里讨针线，今日与他结不得冤家，只索忍耐。看了这点小孩子，好生痛他；又看了梅氏小小年纪，好生怜他。常时想一会，闷一会，恼一会，又懊悔一会。

再过四年，小孩子长成五岁。老子见他伶俐，又试会顽耍，要送他馆中上学。取个学名，哥哥叫善继，他就叫善述。拣个好日，备了果酒，领他去拜师父。那师父就是倪太守请在家里教孙儿的，小叔侄两个同馆上学，两得其便。谁知倪善继与做爹的不是一条心肠，他见那孩子，取名善述，与己排行，先自不象意了[17]；又与他儿子同学读书，到要儿子叫他叔叔，从小叫惯了，后来就被他欺压，不如唤了儿子出来，另从个师父罢。当日将儿子唤出，只推有病，连日不到馆中，倪太守初时只道是真病，过了几日，只听得师父说："大令郎另聘了先生，分做两个学堂，不知何意？"倪太守不听犹可，听了此言，不觉大怒，就要寻大儿子，问其缘故。又想道："天生恁般逆种，与他说也没干，由他罢了。"含了一口闷气，回到房中，偶然脚慢，绊着门槛一跌。梅氏慌忙扶起，挽到醉翁床上坐下，已自不省人事。急请医生来看，医生说是中风。忙取姜汤灌醒，扶他上床，虽然心下清爽，却满身麻木，动弹不得。梅氏坐在床头，煎汤煎药，殷勤伏侍。连进几服，全无功效。医生切脉道："只好延捱日子，不能痊愈了。"倪善继闻知，也来看觑了几遍。见老子病势沉重，料是不起，便呼幺喝六，打童骂仆，预先装出家主公的架子来。老子听得，愈加烦恼。梅氏只得啼哭，连小学生也不去上学，留在房中，相伴老子。

倪太守自知病笃，唤大儿子到面前，取出簿子一本，家中田地屋宅及人头帐目总数，都在上面，分付道："善述年方五岁，衣服尚要人照管，梅氏又年少，也未必能管家，若分家私与他，也是枉然，如今尽数交付与你。倘或善述日后长大成人，你可看做爹的面上，替他娶房媳妇，分他小屋一所，良田五六十亩，勿令饥寒足矣。这段话我都写绝在家私簿上，就当分家，把与你做个执照[18]。梅氏若愿嫁人，听从其便。倘肯守着儿子度日，也莫强他。我死之后，你一一依我言语，这便是孝子。我在九泉，亦得瞑目。"倪善继把簿子揭开一看，果然开得细，写得明，满脸堆下笑来，连声应道："爹休忧虑，恁儿一一依爹分付便了。"抱了家私簿子，欣然而去。梅氏见他去得远了，两眼垂泪，指着那孩子道："这个小冤家，难道不是你嫡血？你却和盘托出，都把与大儿子了，教我母子两口，异日把什么过活？"倪太守道："你有所不知，我看善继，不是个良善之人，若将家私平分了，连这小孩子的性命也难保。不如都把与他。象了他意，再无妒忌。"梅氏又哭道："虽然如此，自古道'子无嫡庶'，忒杀厚薄不均，被人笑话。"倪太守道："我也顾他不得了。你年纪正小，趁我未死，将孩子嘱付善继，待我去世后，多则一年，少则半载，尽你心中拣择个好头脑[19]，自去图下半世受用，莫要在他们身边讨气吃。"梅氏道："说那里话！奴家也是儒门之女，妇人从一而终，况又有了这小孩儿，怎割舍得抛他？好歹要守在这孩子身边的。"倪太守道："你果然肯守志终身么？莫非日久生悔？"梅氏就发起大誓来。倪太守道："你若立志果坚，莫愁母子没得过活。"便向枕边摸出一件东西来，交与梅氏。梅氏初时只道又是一个家私簿子，却原来是一尺阔三尺长的一个小轴子。梅氏道："要这小轴儿何用？"倪太守道：

"这是我的行乐图[20]，其中自有奥妙。你可悄地收藏，休露人目，直待孩子年长。善继不肯看顾他，你也只含藏于心。等得个贤明有司官来[21]，你却将此轴去诉理，述我遗命，求他细细推详，自然有个处分[22]，尽够你母子二人受用。"梅氏收了轴子，话休絮烦，倪太守又延了数日，一夜痰厥，叫唤不醒，呜呼哀哉死了。享年八十四岁。正是：

> 三寸气在千般用，一日无常万事休。
>
> 早知九泉将不去，作家辛苦着何由？

且说倪善继得了家私簿，又讨了各仓各库匙钥，每日只去查点家财杂物，那有功夫走到父亲房里问安？直等呜呼之后，梅氏差丫鬟去报知凶信，夫妻两口方才跑来，也哭了几声"老爹爹"。没一个时辰，就转身去了，到委着梅氏守尸。幸得衣衾棺椁，诸事都是预办下的，不要倪善继费心。殡殓成服后，梅氏和小孩子两口守着孝堂，早暮啼哭，寸步不离。善继只是点名应客，全无哀痛之意。七中便择日安葬，回丧之夜，就把梅氏房中，倾箱倒箧，只怕父亲存下些私房银两在内，梅氏乖巧，恐怕收去了他的行乐图，把自己原嫁来的两只箱笼，到先开了，提出几件穿旧衣裳，教他夫妻两口检看。善继见他大意，到不来看了。夫妻两口儿乱了一回，自去了。梅氏思量苦切，放声大哭。那小孩子见亲娘如此，也哀哀哭个不住。恁般光景：

> 任是泥人应堕泪，纵教铁汉也酸心。

次早，倪善继又唤个做屋匠来，看这房子，要行重新改造，与自家儿子做亲。将梅氏母子，搬到后园三间杂屋内栖身，只与他四脚小床一张，和几件粗台粗凳，连好家火都没一件。原在房中服侍有两个丫鬟，只拣大些的又唤去了，止留下十一二岁的小使女，每日是他厨下取饭。有菜没菜，都不照管。梅氏见不方便，索性讨些饭米，堆个土灶，自炊来吃。早晚做些针指，买些小菜，将就度日。小学生附在邻家上学，束修都是梅氏自出[23]。善继又屡次教妻子劝梅氏嫁人，又寻媒妪与他说亲，见梅氏誓死不从，只得罢了。因梅氏十分忍耐，凡事不言不语，所以善继虽然凶狠，也不将他母子放在心上。

光阴似箭，善述不觉长成一十四岁。原来梅氏平生谨慎，从前之事，在儿子面前，一字也不提，只怕娃子家口滑，引出是非，无益有损。守得一十四岁时，他胸中渐渐泾渭分明，瞒他不得了。一日，向母亲讨件新绢衣穿，梅氏回他没钱买得，善述道："我爹做过太守，只生我弟兄两人，见今哥哥恁般富贵，我要一件衣服，就不能够了，是怎地？既娘没钱时，我自与哥哥索讨。"说罢就走。梅氏一把扯住道："我儿，一件绢衣，直甚大事，也去开口求人。常言道：'惜福积福。''小来穿线，大来穿绢。'若小时穿了绢，到大来线也没得穿了。再过两年，等你读书进步，做娘的情愿卖身来做衣服与你穿著。你那哥哥不是好惹的，缠他什么？"善述道："娘说得是。"口虽答应，心下不以为然，想着："我父亲万贯家私，少不得兄弟两个大家分受。我又不是随娘晚嫁[24]，拖来的油瓶，怎么我哥哥全不看顾？娘又是恁般说，终不然一匹绢儿，没有我分，直待娘卖身来做与我穿着，这话好生奇怪！哥哥又不是吃人的虎，怕他怎的？"心生一计，瞒了母亲，径到大宅里去，寻见了哥哥，叫声："作揖。"善继到吃了一惊，问他来做什么。善述道："我是个缙绅子弟[25]，身上蓝缕，被人耻笑。特来寻哥哥讨匹绢去，做衣服穿。"善继道："你要衣服穿，自与娘讨。"善述道："老爹爹家私是哥哥管，不是娘管。"善继听说"家私"二字，题目来得大了，便红着脸问道："这句话，是那个教你说的？你今日来讨衣服穿，还是来争家私？"善述道："家私少不得有日分析，今日先要件衣服，装装体面。"善继道："你这般野种，要什么体面！

老爹爹纵有万贯家私，自有嫡子嫡孙，干你野种屁事！你今日是听了甚人撺掇，到此讨野火吃[26]？莫要惹着我性子，教你母子二人无安身之处！"善述道："一般是老爹爹所生，怎么我是野种？惹着你性子，便怎地？难道谋害了我娘儿两个，你就独占了家私不成？"善继大怒，骂道："小畜生，敢挺撞我！"牵住他衣袖儿，捻起拳头，一连七八个栗暴，打得头皮都青肿了。善述挣脱了，一道烟走出，哀哀的哭到母亲面前来。一五一十，备细述与母亲知道。梅氏抱怨道："我教你莫去惹事，你不听教训，打得你好！"口里虽如此说，扯着青布衫，替他摩那头上肿处，不觉两泪交流。有诗为证：

> 少年孀妇拥遗孤，食薄衣单百事无。
>
> 只为家庭缺孝友，同枝一树判荣枯。

梅氏左思右量，恐怕善继藏怒，到遣使女进去致意，说小学生不晓世事，冲撞长兄，招个不是。善继兀自怒气不息，次日侵早，邀几个族人在家，取出父亲亲笔分关[27]，请梅氏母子到来，公同看了，便道："尊亲长在上，不是善继不肯养他母子，要撵他出去，只因善述昨日与我争取家私，发许多说话，诚恐日后长大，说话一发多了，今日分析他母子出外居住。东庄住房一所，田五十八亩，都是遵依老爹爹遗命，毫不敢自专，伏乞尊亲长作证。"这伙亲族，平昔晓得善继做人利害，又且父亲亲笔遗嘱，那个还肯多嘴，做闲冤家？都将好看的话儿来说。那奉承善继的说道："'千金难买亡人笔'。照依分关，再没话了。"就是那可怜善述母子的，也只说道："'男子不吃分时饭，女子不著嫁时衣'。多少白手成家的，如今有屋住，有田种，不算没根基了，只要自去挣持。得粥莫嫌薄，各人自有各命在。"

梅氏料道在园屋居住，不是了日，只得听凭分析，同孩儿谢了众亲长，拜别了祠堂，辞了善继夫妇，教人搬了几件旧家伙，和那原嫁来的两只箱笼，雇了牲口骑坐，来到东庄屋内。只见荒草满地，屋瓦稀疏，是多年不修整的，上漏下湿，怎生住得？将就打扫一两间，安顿床铺。唤庄户来问时，连这五十八亩田，都是最下不堪的。大熟之年，一半收成还不能够；若荒年，只好赔粮。梅氏只叫得苦。到是小学生有智，对母亲道："我弟兄两个，都是老爹爹亲生，为何分关上如此偏向？其中必有缘故。莫非不是老爹爹亲笔？自古道：'家私不论尊卑。'母亲何不告官申理？厚薄凭官府判断，到无怨心。"梅氏被孩儿提起线索，便将十来年隐下衷情，都说出来道："我儿休疑分关之语，这正是你父亲之笔。他道你年小，恐怕被做哥的暗算，所以把家私都判与他，以安其心。临终之日，只与我行乐图一轴，再三嘱咐：其中含藏哑谜，直待贤明有司在任，送他详审，包你母子两口，有得过活，不致贫苦，"善述道："既有此事，何不早说？行乐图在那里？快取来与孩儿一看。"梅氏开了箱儿，取出一个布包来。解开包袱，里面又有一重油纸封裹着。拆了封，展开那一尺阔三尺长的小轴儿，挂在椅上，母子一齐下拜。梅氏通陈道："村庄香烛不便，乞恕亵慢[28]。"善述拜罢，起来仔细看时，乃是一个坐像，乌纱白发，画得丰采如生，怀中抱着婴儿，一只手指着地下。揣摩了半晌，全然不解，只得依旧收卷包藏，心下好生烦闷。

　　过了数日，善述到前村要访个师父讲解，偶从关王庙前经过，只见一伙村人，抬着猪羊大礼，祭赛关圣。善述立住脚头看时，又见一个过路的老者，挂了一根竹杖，也来闲看，问着众人道："你们今日为甚赛神？"众人道："我们遭了屈官司，幸赖官府明白，断明了这公事，向日许下神道愿心，今日特来拜偿。"老者道："什么屈官司？怎生断的？"内中一人道："本县向奉上司明文，十家为甲。小人是甲首[29]，叫做成大。同甲中，有个赵裁，是第一手针线，常在人家做夜作，整几日不归家的。忽一日出去了，月余不归。老婆刘氏，央人四下寻觅，并无踪迹。又过了数日，河内浮出一个尸首，头都打破的。地方报与官府[30]，有人认出衣服，正是那赵裁。赵裁出门前一日，曾与小人酒后争句闲话，一时发怒，打到他家，毁了他几件家私，这是有的。谁知他老婆把这桩人命告了小人，前任漆知县，听信一面之词，将小人问成死罪。同甲不行举首，连累他们都有了罪名。小人无处伸冤，在狱三载。幸遇新任滕爷，他虽乡科出身[31]，甚是明白。小人因他热审时节[32]，哭诉其冤。他也疑惑道：'酒后争嚷，不是大仇，怎的就谋他一命？'准了小人状词，出牌拘人复审。滕爷一眼看着赵裁的老婆，千不说，万不说，开口便问他曾否再醮[33]。刘氏道：'家贫难守，已嫁人了。'又问嫁的甚人，刘氏道：'是班辈的裁缝[34]，叫沈八汉。'滕爷当时飞拿沈八汉来，问道：'你几时娶这妇人？'八汉道：'他丈夫死了一个多月，小人方才娶回。'滕爷道：'何人为媒？用何聘礼？'八汉道：'赵裁存日，曾借用过小人七八两银子。小人闻得赵裁死信，走到他家探问，就便催取这银子。那刘氏没得抵偿，情愿将身许嫁小人，准折这银两[35]，其实不曾央媒。'滕爷又问道：'你做手艺的人，那里来这七八两银子？'八汉道'是陆续凑与他的。'滕爷把纸笔，教他细开逐次借银数日。八汉开了出来，或米或银共十三次，凑成七两八钱之数。滕爷看罢，大喝道：'赵裁是你打死的，如何妄陷平人？'便用夹棍夹起。八汉还不肯认，滕爷道：'我说出情弊，教你心服：既然放本盘利，难道再没第二个人托得，恰好都借与赵裁？必是平昔间与他妻子有奸，赵裁贪你东西，知情故纵。以后想做长久夫妻，便谋死了赵裁。却又教导那妇人告状，捻在成大身上。今日你开帐的字与旧时状纸笔迹相同，这人命不是你是谁?'再教把妇人拶指[36]，要他承招。刘氏听见滕爷言语，句句合拍，分明鬼谷先师一般[37]，魂都惊散了，怎敢抵赖? 拶子套上，便承认了。八汉只得也招了。原来八汉起初与刘氏密地相好，人都不知。后来往来勤了，赵裁怕人眼目，渐有隔绝之意。八汉私与刘氏商量，要谋死赵裁，与他做夫妻，刘氏不肯。八汉乘赵裁在人家做生活回来，哄他店上吃得烂醉，行到河边，将他推倒，用石块打破脑门，沉尸河底。只等事冷，便娶那妇人回去。后因尸骸浮起，被人认出，八汉闻得小人有争嚷之隙，却去唆那妇人告状。那妇人直待嫁后，方知丈夫是八汉谋死的。既做了夫妻，便不言语。却被滕爷审出真情，将他夫妻抵罪，释放小人宁家[38]。多承列位亲邻斗出公分[39]，替小人赛神。老翁，你道有这般冤事么?"老者道:"恁般贤明官府，真个难遇! 本县百姓有幸了。"倪善述听到那里，便回家学与母亲知道，如此如此，这般这般，"有恁地好官府，不将行乐图去告诉，更待何时?"母子商议已定，打听了放告日期[40]，梅氏起个黑早，领着十四岁的儿子，带了轴儿，来到县中叫喊。大尹见没有状词[41]，只有一个小小轴儿，甚是奇怪。问其缘故，梅氏将倪善继平昔所为，及老子临终遗嘱，备细说了。滕知县收了轴子，教他且去，待我进衙细看。正是:

> 一幅画图藏哑谜，千金家事仗搜寻。
>
> 只因嫠妇孤儿苦，费尽神明大尹心。

不题梅氏母子回家，且说滕大尹放告已毕，退归私衙，取那一尺阔三尺长的小轴，看是倪太守行乐图，一手抱个婴孩，一手指着地下。推详了半日，想道:"这个婴孩就是倪善述，不消说了。那一手指地，莫非要有司官念他地下之情，替他出力么?"又想道:"他既有亲笔分关，官府也难做主了。他说轴中含藏哑谜，必然还有个道理。若我断不出此事，枉自聪明一世。"每日退堂，便将画图展玩，千思万想，如此数日，只是不解。

也是这事合当明白，自然生出机会来。一日午饭后，又去看那轴子。丫鬟送茶来吃，将一手去接茶瓯，偶然失挫，泼了些茶，把轴子沾湿了。滕大尹放了茶瓯，走向阶前，双手扯开轴子，就日色晒干。忽然日光中照见轴子里面有些字影，滕知县心疑，揭开看时，乃是一幅字纸，托在画上，正是倪太守遗笔，上面写道：

"老夫官居五马[42]，寿逾八旬；死在旦夕，亦无所恨。但孽子善述，方年周岁，急未成立。嫡善继素缺孝友，日后恐为所戕。新置大宅二所，及一切田产，悉以授继。惟左偏旧小屋，可分与述。此屋虽小，室中左壁埋银五千，作五坛；右壁埋银五千，金一千，作六坛，可以准田园之额。后有贤明有司主断者，述儿奉酬白金三百两。八十一翁倪守谦亲笔。

年月日花押"

原来这行乐图，是倪太守八十一岁上，与小孩子做周岁时，预先做下的。古人云"知子莫若父"，信不虚也。滕大尹最有机变的人，看见开着许多金银，未免垂涎之意。眉头一皱，计上心来，差人密拿倪善继来见我，自有话说。

却说倪善继独罟家私[43]，心满意足，日日在家中快乐。忽见县差奉着手批拘唤，时刻不容停留，善继推阻不得，只得相随到县。正直大尹升堂理事，差人禀道："倪善继已拿到了。"大尹唤到案前问道："你就是倪太守的长子么？"善继应道："小人正是。"大尹道："你庶母梅氏[44]，有状告你，说你逐母逐弟，占产占房。此事真么？"倪善继道："庶弟善述，在小人身边，从幼抚养大的，近日他母子自要分居，小人并不曾逐他。

其家财一节，都是父亲临终亲笔分析定的，小人并不敢有违。"大尹道："你父亲亲笔在那里？"善继道："见在家中，容小人取来呈览。"大尹道："他状词内告有家财万贯，非同小可，遗笔真伪，也未可知，念你是缙绅之后，且不难为你。明日可唤齐梅氏母子，我亲到你家查阅家私。若厚薄果然不均，自有公道，难以私情而论。"喝教皂快押出善继[45]，就去拘集梅氏母子，明日一同听审。公差得了善继的东道[46]，放他回家去讫，自往东庄拘人去了。

再说善继听见官府口气利害，好生惊恐。论起家私，其实全未分析，单单持着父亲分关执照，千钧之力，须要亲族见证方好。连夜将银两分送三党亲长[47]，嘱托他次早都到家来，若官府问及遗笔一事，求他同声相助。这伙三党之亲，自从倪太守亡后，从不曾见善继一盘一盒，岁时也不曾酒杯相及，今日大块银子送来，正是"闲时不烧香，急来抱佛脚"，各各暗笑，落得受了买东西吃。明日见官，旁观动静，再作区处。时人有诗云：

休嫌庶母妄兴词，自是为兄意太私。

今日将银买三党，何如匹绢赠孤儿？

且说梅氏见县差拘唤，已知县主与他做主。过了一夜，次日侵早，母子二人，先到县中，去见滕大尹。大尹道："怜你孤儿寡妇，自然该替你说法。但闻得善继执得有亡父亲笔分关，这怎么处？"梅氏道："分关虽写得有，却是保全孩子之计，非出亡夫本心。恩相只看家私簿上数目[48]，自然明白。"大尹道："常言道：'清官难断家事。'我如今管你母子一生衣食充足，你也休做十分大望。"梅氏谢道："若得免于饥寒足矣，岂望与善继同作富家郎乎？"

滕大尹分付梅氏母子，先到善继家伺候。倪善继早已打扫厅堂，堂上设一把虎皮交椅，焚起一炉好香。一面催请亲族，早来守候。梅氏和善述到来，见十亲九眷，都在眼前，一一相见了，也不免说几句求情的话儿。善继虽然一肚子恼怒，此时也不好发泄，各各暗自打点见官的说话[49]。

等不多时，只听得远远喝道之声，料是县主来了，善继整顿衣帽迎接。亲族中年长知事的，准备上前见官。其幼辈怕事的，都站在照壁背后张望，打探消耗。只见一对对执事两班排立，后面青罗伞下，盖着有才有智的滕大尹。到得倪家门首，执事跪下，吆喝一声。梅氏和倪家兄弟，都一齐跪下来迎接。门子喝声："起去！"轿夫停了五山屏风轿子。滕大尹不慌不忙，踱下轿来。将欲进门，忽然对着空中，连连打恭[50]，口里应对，恰像有主人相迎一般。众人都吃惊，看他做甚模样。只见滕大尹一路揖让，直到堂中。连作数揖，口中叙许多寒温的言语。先向朝南的虎皮交椅上打个恭，恰像有人看坐的一般[51]。连忙转身，就拖一把交椅，朝北主位排下，又向空再三谦让，方才上坐。众人看他见神见鬼的模样，不敢上前，都两旁站立呆看。只见滕大尹在上坐拱揖，开谈道："令夫人将家产事告到晚生手里，此事端的如何？"说罢，便作倾听之状。良久，乃摇首吐舌道："长公子太不良了。"静听一会，又自说道："教次公子何以存活？"停一会，又说道："右偏小屋，有何活计？"又连声道："领教，领教。"又停一时，说道："这项也交付次公子，晚生都领命了。"少停又拱揖道："晚生怎敢当此厚惠？"推逊了多时，又道："既承尊命恳切，晚生勉领，便给批照与次公子收执[52]。"乃起身，又连作数揖，口称"晚生便去。"众人都看得呆了。

只见滕大尹立起身来，东看西看问道："倪爷那里去了？"门子禀道："没见甚么倪爷？"滕大尹道："有此怪事！"唤善继问道："方才令尊老先生，亲在门外相迎，与我对坐了讲这半日说话，你们谅必都听见的。"善继道："小人不曾听见。"滕大尹道："方才长长的身儿，瘦瘦的脸儿，高颧骨，细眼睛，长眉大耳，朗朗的三牙须，银也似白的，纱帽皂靴，红袍金带，可是倪老先生模样么？"唬得众人一身冷汗，都跪下道："正是他生前模样。"大尹道："如何忽然不见了？他说家中有两处大厅堂，又东边旧存下一所小屋，可是有的？"善继也不敢隐瞒，只得承认道："有的。"大尹道："且到东边小屋去一看，自有话说。"众人见大尹半日自言自语，说得活龙活现，分明是倪太守模样，都信道倪太守真个出现了，人人吐舌，个个惊心。谁知都是滕大尹的巧言，他是看了行乐图，照依小像说来，何曾有半句是真话？有诗为证：

> 圣贤自是空题目，惟有鬼神不敢触。
>
> 若非大尹假装词，逆子如何肯心服？

倪善继引路，众人随着大尹，来到东偏旧屋内。这旧屋是倪太守未得第时所居[53]，自从造了大厅大堂，把旧屋空着，只做个仓厅，堆积些零碎米麦在内，留下一房家人。看见大尹前后走了一遍，到正屋中坐下，向善继道："你父亲果是有灵，家中事体，备细与我说了，教我主张，这所旧宅子与善述，你意下何如？"善继叩头道："但凭恩台明断[54]。"大尹讨家私簿子细细看了，连声道："也好个大家事。"看到后面遗笔分关，大笑道："你家老先生自家写定的，方才却又在我面前，说善继许多不是，这个老先儿也是没主意的。"唤倪善继过来，"既然分关写定，这些田园帐目，一一给你，善述不许妄争。"梅氏暗暗叫苦，方欲上前哀求，只见大尹又道："这旧屋判与善述，此屋中之所有，善继也不许妄争。"善继想道："这屋内破家破火，不直甚事，便堆下些米麦，一月前都粜得七八了[55]，存不多儿，我也勾便宜了。"便连连答应道："恩台所断极明。"大尹道：

"你两人一言为定，各无翻悔。众人既是亲族，都来做个证见。方才倪老先生当面嘱咐说：'此屋左壁下埋银五千两，作五坛，当与次儿。'"善继不信，禀道："若果然有此，即使万金，亦是兄弟的，小人并不敢争执。"大尹道："你就争执时，我也不准。"便教手下讨锄头铁锹等器，梅氏母子作眼[56]，率领民壮，往东壁下掘开墙基，果然埋下五个大坛。发起来时，坛中满满的，都是光银子。把一坛银子，上秤称时，算来该是六十二斤半，刚刚一千两足数。众人看见，无不惊讶。善继益发信真了：若非父亲阴灵出现，面诉县主，这个藏银，我们尚且不知，县主那里知道？只见滕大尹教把五坛银子，一字儿摆在自家面前，又分付梅氏道："右壁还有五坛，亦是五千之数。更有一坛金子，方才倪老先生有命，送我作酬谢之意，我不敢当，他再三相强，我只得领了。"梅氏同善述叩头说道："左壁五千，已出望外；若右壁更有，敢不依先人之命。"大尹道："我何以知之？据你家老先生是怎般说，想不是虚话。"再教人发掘西壁，果然六个大坛，五坛是银，一坛是金。善继看着许多黄白之物，眼里都放出火来，恨不得抢他一锭。只是有言在前，一字也不敢开口。滕大尹写个照帖[57]，给与善述为照，就将这房家人，判与善述母子。梅氏同善述不胜之喜，一同叩头拜谢。善继满肚不乐，也只得磕几个头，勉强说句"多谢恩台主张。"大尹判几条封皮，将一坛金子封了，放在自己轿前，抬回衙内，落得受用。众人都认道真个倪太守许下酬谢他的，反以为理之当然，那个敢道个不字？这正叫做"鹬蚌相持，渔人得利"。若是倪善继存心忠厚，兄弟和睦，肯将家私平等分析，这千两黄金，弟兄大家该五百两，怎到得滕大尹之手？白白里作成了别人，自己还讨得气闷，又加个不孝不弟之名，千算万计，何曾算计得他人？只算计得自家而已。

闲话休题。再说梅氏母子，次日又到县拜谢滕大尹。大尹已将行乐图取去遗笔，重新裱过，给还梅氏收领。梅氏母子方悟行乐图上，一手指地，乃指地下所藏之金银也。此时有了这十坛银子，一般置买田园，逐成富室。后来善述娶妻，连生三子，读书成名。倪氏门中，只有这一枝极盛。善继两个儿子，都好游荡，家业耗废。善继死后，两所大宅子，都卖与叔叔善述管业。里中凡晓得倪家之事本末的，无不以为天报云。诗曰：

> 从来天道有何私？堪笑倪郎心太痴。
>
> 忍以嫡兄欺庶母，却教死父算生儿。
>
> 轴中藏字非无意，壁下埋金属有司。
>
> 何似存些公道好，不生争竞不兴词。

（选自《喻世明言》）

[注释]

[1] 孝弟——也作孝悌（tì替），儒学所特别强调的人伦规范。"孝"指敬顺父母，"弟"指兄弟友爱。

[2] 挽起眉毛——即皱着眉头。挽通"绾"，打结的意思。

[3] 国朝——即本朝。

[4] 北直——即北直隶。明代以北京为北直隶，南京为南直隶。

[5] 太守——官名。明清时称知府为太守。

[6] 跟脚——也作根脚，根底，出身的意思。

[7] 偏房——即妾。

[8] 老奶奶——此处指正房夫人。

[9] 断送——此处指死后的葬仪。

[10] 体段——即体态、举止。

[11] 做声分——装腔作势的意思。

[12] 讨——招引的意思。

[13] 颠到——反而的意思。

[14] 捱——同"挨"。

［15］晬（zuì最）盘——又称试儿。旧俗在婴儿周岁时，以盘盛各类器物让其抓取，以预卜其一生志趣。

［16］关窍——此处有心机的意思。

［17］象意——称心满意的意思。

［18］执照——此处为凭据的意思。

［19］好头脑——此处指像样的人物。

［20］行乐图——旧指人物的画像。

［21］有司官——官员的泛称。

［22］处分——此处为安置、处理的意思。

［23］束修——旧指给教师的酬金。

［24］随娘晚嫁——指出生后又跟母亲再嫁。

［25］缙（jìn禁）绅——古代称做过官的人为缙绅。

［26］讨野火吃——寻便宜、找麻烦的意思。

［27］分关——指分家产的文书。

［28］亵慢——轻慢不敬的意思。

［29］甲首——即甲长。

［30］地方——此处指旧时的保甲长。

［31］乡科——即乡试。旧时称定期在各省举行的科考为乡试，考中者即为举人。

［32］热审——明清时夏季因天气炎热而对在狱囚犯重新审理，从轻处置，即所谓热审。

［33］再醮（jiào轿）——即再嫁。

［34］班辈——即同辈。

［35］准折——折算抵偿的意思。

［36］拶（zǎn攒）指——旧时问案逼供时施用的刑法，乃以绳穿木棍制成的拶子夹住手指，然后用力紧收。

［37］鬼谷子——相传为战国时的楚国人，以富于机变而闻名。

［38］宁家——即回家。

［39］斗——此处为合凑捐集的意思。

[40] 放告日期——指官府规定的允许百姓告状的日子。

[41] 大尹——对知县的尊称。

[42] 五马——即太守的别称。

[43] 罟（gǔ古）——原意为渔网。此处引申为获得、把持的意思。

[44] 庶母——旧时嫡生的子女称父亲的妾为庶母。

[45] 皂快——即官衙中的差役。

[46] 东道——出钱以酒食请客的意思。

[47] 三党——即父族、母族、妻族的合称。

[48] 恩相——对知县的敬称。

[49] 打点——此处为准备的意思。

[50] 打恭——即作揖行礼。

[51] 看坐——即让坐。

[52] 批照——即凭证。

[53] 得第——即及第，参加科考而中选。

[54] 恩台——对知县的敬称。

[55] 粜（tiào跳）——卖粮食。

[56] 作眼——亲眼见证的意思。

[57] 照帖——即作为凭据的执照。

[鉴赏]

《滕大尹鬼断家私》，选自冯梦龙编纂的拟话本小说集《喻世明言》，是一篇绝妙的讽刺作品。

小说展现的是一出封建官僚家庭遗产纷争的闹剧。倪太守"家累千金，肥田美宅"。早年与夫人陈氏生有一子，取名善继。已至七十九岁的枯朽残年，不仅"收租放债"，"件件关心"，而且"老兴勃发"，竟纳"颇有几分姿色"的十七岁村居少女梅氏为小妾，又生一幼子，取名善述。善继本待独占家产，没成想半路上忽然冒出个善述，对自己构成了直接的威胁，自然视善述为在背之芒。由此，便埋下了"兄弟阋墙"的祸根。倪太守宠爱善述，但待到八十四岁归西之前，却出人意料地将家私尽数交与善继，只传给梅氏与善述一轴"行乐图"，说是仅此即尽够母子二人受用，至于其中究竟有何奥妙，又语焉不详。若干年后，善述长大，去向善继讨要财物，两人由辱骂至厮打，使兄弟之间的冲突达到了白热化程度，结果是梅氏母子被驱至东庄陋室。恰逢滕知县新近到任，有断案"贤明"的口碑，梅氏母子便携倪太守临终时留下的"行乐图"，告到县里。滕知县偶然发现了夹在"行乐图"轴中的倪太守遗笔，得知倪太守另有埋藏的金银传授给善述。于是巧施计谋，装神弄鬼，挖出了地下所埋的金银并假托倪太守酬赠，将一坛黄金据为己有。

中国古典小说不可避免地要受到以儒学思想为代表的封建主流文化的渗透与影响，于是相当数量的作品都以"裨益风教"，"动存鉴戒"，"有补于人心世道"相标榜。《滕大尹鬼断家私》也没能跳出这种封建教化的窠臼。小说的"入话"部分直接拈出了"两字经"——"孝弟"，并再三申说，劝人珍视兄弟手足之情。"孝弟（悌）"是儒家伦理观念的核心。"孝"指晚辈顺从长辈，"弟"指兄弟之间相互友爱；两者结合，用于维系家庭内部的人伦关系。亲人和睦，本为美德。然而，儒家倡导"孝弟"还有着更为复杂的缘由，那就是要藉此保证政治统治的稳定。儒家认为，确立家庭血缘尊卑关系是确立社会等级制度尊卑关系的基础和前提。《论语》"学而篇"讲："其为人也孝弟，而好犯上者，鲜矣；不好犯上，而好作乱者，未之有也。君子务本，本立而道生。孝弟也者，其为仁之本与！"由此可见，儒家所谓"孝弟"，无形中已经与自然亲情之间拉开了距离，沾染上了封建教化的陈腐气息。有意思的是，《滕大尹鬼断家私》本意在宣扬儒家"孝弟"经，可实际上我们透过"正话"部分那出兄弟争斗的闹剧，主要欣赏到的却是一幅幅极富讽刺意味的封建家庭和封建官场的群丑图。生动的讽刺盖过了枯燥的说教，才使整部作品具有了锐利的社会批判锋芒。这大约也可以算是"形象大于思想"的一个小小例证吧。

讽刺的真谛在于"将那无价值的撕破给人看"（鲁迅《再论雷蜂塔的倒掉》），也就是说，要准确捕捉生活中腐朽丑恶的现象，剥去伪装，痛加针砭，使其荒唐可笑的真面目充分暴露出来。反讽，则是讽刺的重要形式之一。它的特点在于，貌似褒扬，实则讽嘲，表面说好话，连夸"虎皮"漂亮，内里却专揭老底，故意引人去注意那"虎皮"下半遮半露的"马脚"。相比之下，反讽较为含蓄，因此更耐人回味。《滕大尹鬼断家私》中对几个主要人物的讽刺处理，各有特色。

倪太守是小说的关键人物之一。粗看，他勤勉辛劳，和善慈爱，即使到了一病不起的时候，仍能巧做安排，使两个儿子各得其所，似乎不失为一位令人尊敬的忠厚长者。细品，却又总觉得味道不对。他那万贯家私来路本就大可怀疑；联系他曾为官作宰的经历，联系"三年清知府，十万雪花银"的社会背景，推断其搜刮来的民脂民膏，估计不会有太大出入。他寿逾古稀，却始终抱定"在一日，管一日"的念头，在捞钱取利方面毫不懈怠，不仅牢牢把着家产帐目，而且每年都"亲往庄上收租"，可谓贪财。善继的只认钱财不认骨肉，恐怕正是得了其父的真传。更有甚者，他自己已年近八旬，可遇到一位村妆少女便"看得呆了"，不顾一个多甲子的年龄差距，硬讨回家中作妾，可谓好色。然而，最充分体现他阴暗心理的地方，无过于对遗产的分剖处置了。如果说，他不将家财公开平分给两个儿子，明里田产屋宅尽数都交与善继，私下里则埋藏千两黄金万两白银传与善述，还可以用顾虑善述年幼，防备善继心黑手狠、谋财害命来加以解释；那么，他埋下金银，却又不肯明明白白托付给梅氏，仅留下一轴"含藏哑谜"的"行乐图"，要梅氏待善述长大后再持之求贤明有司审断，则只可能有一个原因，那就是信不过梅氏，怕梅氏择人另嫁，"自去图下半世受用"。他生前既已蹂躏了梅氏的青春，临死还希冀正值韶光年华的梅氏为其终身守节，可偏偏又对信誓旦旦的梅氏放心不下，于是便费尽心机，故弄虚玄。这位倪太守委实自私、卑鄙。

小说描写滕大尹，紧扣住了一个"鬼"字。表面上所谓"鬼断家私"是指他断案精明，不循常径，装神弄鬼。只见他刚到倪宅门前下轿，便"对着空中，连连打恭，口里应对"；入门后更"一路揖让，直到堂中"，"向空再三谦让，方才上坐"；接着便向空交谈，忽而"作倾听之状"，忽而"摇首吐舌"，又是"领教"，又是"推逊"，直把"众人都看得呆了"，"人人吐舌，个个惊心"，真以为他遇到了倪太守的鬼魂。这一番表演虽然滑稽，但缜密细致，活灵活现，不由得善继与梅氏母子不确信无疑。深一层，所谓"鬼断家私"，则是暗示他心怀鬼胎，施展鬼计，中饱私囊。高明的是，小说欲揭他的鬼魅老底，却先借赛神村人之口，讲叙他依理推断纠正前任冤案的事迹，有意为他播扬"贤明"的名声，树立清官的形象。经过这样的铺垫，再一步步详写他断案中垂涎钱财，顺手牵羊，巧收渔利的过程，更显反讽的力量。贪官捞钱，清官也捞钱，两者并无本质差别。不过，由滕大尹的所作所为可以看出，清官确有贪官所不及之处。贪官为非作歹，明目张胆，因此招人憎恶；清官则工于心计，暗中得财，结果名利双收。如滕大尹，既已"将一坛金子封了，放在自己轿前，抬回衙内，落得受用"，还要受梅氏母子"叩头拜谢"，感恩戴德。通观全篇，可以说滕大尹是刻画最精彩、讽刺最深刻、塑造最成功的形象。

小说表现善继、善述与梅氏，虽然着墨不多，也都生动鲜明。善继是直接讽刺的对象。他一门心思想独吞家私，对老父毫无孝心，对幼弟更没有半点情意。他向倪太守争要家中财权被回绝，便心怀不满；因倪太守用轿子抬回个"小奶奶"，他私下里恶言恶语，诅咒詈骂，只恐分去了钱财；待倪太守一朝病笃，他"得了家私簿，又讨了各仓各库匙钥"，便"欣然而去""每日只去查点家财杂物"，再不去管倪太守危安死活。倪太守尸骨未寒，他便将善述从正房撵至后园杂屋栖身；当善述向他讨绢做衣时，他恼羞成怒，竟然挥拳动手，"一连七八个栗暴"，直把善述"打得头皮都青肿了。"这等贪婪、凶狠，自然为人所不齿。善述本是遗产纷争中受欺侮的弱者，令人同情，但小小年纪便已惦记着"父亲万贯家私，少不得兄弟两个大家分受"，并瞒着梅氏直接去找善继，明要衣服，暗争家私，可见也绝非好对付的等闲之辈。至于梅氏，受封建制度戕害最深，却懵然不自知。她先遭倪太守霸占，后又被善继欺压，但抱定"妇人从一而终"的愚昧信条，甘心守节，誓不再嫁，事事谨慎，处处隐忍，苦度时光，些微希望则全寄托在那一轴"行乐图"上。如此人生，形如槁木死灰，可怜而又可悲。

《滕大尹鬼断家私》在情节安排方面也有值得称道之处，即设置悬念，引人入胜。迫切期望揭破谜底，探求未知，乃是人类的普遍心理；而所谓设置悬念，则正是故意提出疑难，激发人们的关切与期待，诱导人们去积极了解真相和结局。本篇小说的基本情节由前后相连的两个悬念贯穿。前一个悬念是，倪太守死前将一轴"行乐图"交与梅氏，只说"其中自有奥妙"，但其奥妙何在，却一时不得而知。直到滕大尹偶然从画轴中发现了倪太守关于埋藏金银留给善述的遗笔，前一个悬念破解，而后一个悬念又紧接着提了出来：滕大尹见财起意，"眉头一皱，计上心来"，但他究竟如何断案获利，还一时难以知晓。作者娓娓道来，<u>丝丝入扣</u>，读者则欲知所以，兴味盎然。

比《喻世名言》晚出的《龙图公案》，卷八"扯画轴"一则，复述了这一家产讼案，但略有改动。断案者由滕知县附会成了包龙图，倪太守遗书中写明酬谢断案官员的数目由白银三百两改成了黄金一千两，结局则由滕知县昧心贪财捞了黄金千两改成了包公清廉拒酬分文不取。这一改不要紧，包公"极明而廉"的形象固然高大了起来，但作品原本具有的滑稽趣味、讽刺意义和社会批判精神则几乎荡然无存了。两者比较，高下自见。

（杨　铸）

巧妓佐夫成名

明·周清源

话说妓女之中人品尽自不同，不可一律而论。唐、宋、元都有官妓；我国初洪武爷时也有官妓，共建十六楼于南京：来宾、重译、清江、石城、鹤鸣、醉仙、乐民、集贤、讴歌、鼓腹、轻烟、淡粉、梅妍、翠柳、南市、北市。只因后来百官退朝之暇，都集于妓家，牙牌累累，悬于窗楄，终日喧哗，政事废弛。因此庶吉士解缙奏道[1]："官妓非人道所为，宜禁绝之。"后都御史顾佐[2]，特上一疏，从此革去官妓。但娼妓之中从来有能事之人，有男子做不来的，他偏做得。

话说嘉靖年间，京师有个妓女邵金宝与口西戴纶相好。这戴纶后为京营参将[3]，因与咸宁侯往来[4]，带累犯在狱中，将问成死罪。戴纶自分必死[5]，况且家乡有数千里之远，若不死在刀下，少不得要死在狱中。遂取出囊中三千余金，付与邵金宝，道："俺今下狱，生死不可知。你若有念俺之情，可将此三千金供给我，以尽俺生前之命罢。"邵金宝大哭，遂收了这三千金，暗暗计较道："若只把这三千金将来供给，有何相干，须要救得他性命出，方才有益。"遂先把些银子讨了几个标致粉头，将来赚钱。

看见财主之人，便叫粉头用计，大块起发他的钱财，将来送与当事有势力之人。凡是管得着戴纶并审问定罪之人，都将金银财宝买嘱其心；并左右前后狱中之人，要钱财的送与钱财，要酒食的赠以酒食，并无一毫吝惜之心，只要救得戴纶性命。若到审问之时，邵金宝不顾性命，随你怎么鞭挞交下，他也再不走开一步，情愿与戴纶同生同死。一边狱中供给戴纶，再无缺乏；一边用金银买上买下，交通关节。直到十年方才救得戴纶性命，渐渐减轻罪犯，复补建昌游击[6]。邵金宝还剩得有四千多金，比十年前还多一千，尽数交与戴纶。

那戴纶的妻子听得邵金宝救出丈夫性命，仍做游击将军，好生感激。从家中来探望丈夫，请邵金宝坐在上面，叫左右丫鬟搀扶住了，不容邵金宝回礼，当下推金山、倒玉柱，拜了八拜。对丈夫痛哭道："丈夫受难，妾身有病不能力救。今邵氏替我救得，妾身甚是惭愧，怎生报得邵氏之恩！你当同邵氏到任所而去，妾自回归。"遂大哭而去。邵氏再三挽留不得，戴纶遂与邵金宝同到任所。看官，你道这样一个妓女，难道不是古来一个义侠么！有诗为证：

> 解纷排难有侯嬴[7]，金宝相传义侠声。
> 若使男儿能似此，史迁端的著高名[8]。

这邵金宝不是西湖上人。话说西湖当日也有一个妓女，与邵金宝一样有手段之人，出在宋高宗绍兴年间。高宗南渡而来，妆点得西湖如花似锦。因帝王在此建都，四方商贾无不辐辏[9]，一时瓦子、勾栏之盛[10]，殆不可言。内中单表一人曹妙哥，是个女中丈夫，真"拳头上立得人，胳膊上走得马"。年登二十五岁，最喜看那《汧国夫人传》[11]，道："这李亚仙真有手段！那郑元和失身落局，打了莲花落，已到那无可奈何之地，他却扶持丈夫起来，做了廷对第一人。若不是李亚仙激励那郑元和，准准做了卑田院乞儿[12]，一床草荐，便是他终身结果之场了。果是有智妇人胜如男子，这样一个人，可不与我们争气！我若明日学得他，也不枉了做人一场。"自此之后，常存此念。有个吴尔知，是汴京人，来临安做太学生，与曹妙哥相处了几晚。曹妙哥见这人是个志诚的君子，不是虚花浮浪的小人，倒有心看上了他。争奈这吴尔知是个穷酸，手里甚是不济，偶然高兴来走几晚，后便来不得了。曹妙哥心中甚是记念，叫招财去接了两次，吴尔知手头无物，再不敢上曹妙哥之门。

三月初一日，曹妙哥一乘轿子抬到上天竺进香[13]，进香已毕，跨出山门，恰好吴尔知同两三个朋友在那里游戏。曹妙哥就招吴尔知过来，约定明日准来。说罢，曹妙哥自回。次日，吴尔知本不要去，因见曹妙哥亲自约定日子，只得走到他家。曹妙哥出来见了，道："你怎生这般难请！莫不是有甚么怪我来？"曹妙哥是个聪明之人，早已猜够八分。吴尔知道："没有工夫走得出。"曹妙哥道："没有工夫，却怎生又有工夫到天竺闲戏？你不必瞒我，我早已猜定了，总是客边缺少盘费，恐到我这里要坏钱钞，所以不来。我要别人的钱钞，断不要你的钱钞。银子也要看几等要，难道一概施行！我知你是窘乏之人，不必藏头露尾。你自今以后，竟在我这里作寓，不要到下处去，省得自己起锅动灶，多费盘缠。"吴尔知被曹妙哥说着海底眼[14]，又有这一段美意，便眉花眼笑起来。从这日起，就住于曹妙哥处。曹妙哥道："你可曾娶妻？"吴尔知道："家寒那得钱来娶妻。"曹妙哥道："你这般贫穷，怎生度日，你可有甚么技艺来？"吴尔知道："我会得赌，喝红叫绿颇是在行。"曹妙哥道："这便有计了。你既会得赌，我做个圈套在此，不免叫几个惯在行之人与你做成一路，勾引那少年财主子弟。少年财主子弟全不知民间疾苦，撒漫使钱[15]。还有那贪官污吏做害民贼刻剥小民的金银，千百万两家私，都从那夹棍、拶子、竹片、枷锁终日敲打上来的，岂能安享受用，定然生出不肖子孙，嫖赌败荡。还有那衙门中人，舞文弄法，狐假虎威，吓诈民财，逼人卖儿卖女，活嚼小民，还有那飞天光棍，妆成圈套，坑陷人命，无恶不做，积攒金银。此等之人决有报应，冤魂缠身，定生好嫖好赌的子孙，败荡家私，如汤浇雪一般费用，空里得来巧里去，就是我们不赢他的，少不得有人赢他的。杭州俗语道：'落得拾蛮子的用'。若有人来落场时，你休得说出真名姓，今日改姓张，明日改姓李，后日改姓钱，如此变幻，别人便识你不出。我将本钱与你，专看势头，若是骰子兴旺，便出大注；若是那人得了彩头，先前赢去，须要让他着实赢过，待后众人一齐下手，管取一鼓而擒之。你若积攒得来，以为日后功名之资何如？"吴尔知喜从天降，便拍手叫道："精哉此计！吾当依计而行。"曹妙哥便去招那十个惯赌之人，来与吴尔知结为相知之契。那十个人都有混名：白赢全、金来凑、赵一果、伍万零、到我家、屈杀你、咱得牢、王无敌、宋五星、锁不放。

话说这曹妙哥画出此计，把这十个人与吴尔知八拜为交。从此为始，招集那些少年财主子弟、贪官污吏子孙，做成圈套局赌。那吴尔知原是赌博在行之人，盆口精熟[16]，又添了这十个好弟兄相帮，好不如意。看官，你道那些惯赌之人，见一个新落场、不在行的财主，打个暗号，称他为"酒"，道："有一钟酒在此，可来吃，"大家都一哄而来，吃这钟酒。定要把这一钟酒饮得告干千岁，一覆无滴，方才罢休。那怕千钱万贯，一入此场，断无回剩之理；定要做四书上一句，道是："回也，其庶乎，'屡空'！"二字[17]。这一干人真是拆人家的太岁凶神。奉劝世人岂可亲近。曾有《赌博经》为证：

赌博场中以气为主，要看盈虚消息之理，必熟背孤击虚之情。三红底下有鬼，断要挪移；劈头就掷四开，终须变幻，世无长胜之理，鏖战久而必输；我有吞彼之气，屡取赢而退步。衔红夹绿，须要手快眼明；大面狭骰，定乘战酣人倦。色旺急乘机而进；少挫当谨守以熬。故知止便尔无输，苟贪多则战自败。若识盆中巧妙，定然一掷千金。

话说吴尔知得了这几个帮手，赚了许多钱钞，数年之间，止三五千金。连帮手也赚了若干银子，只吃亏了那些少年子弟。曹妙哥见积攒了这许多银子，便笑对吴尔知道："我当日道：若积攒得钱来，以为日后功名之资。"吴尔知道："我这无名下将，胸中文学只得平常。《西游记》中猪八戒道得好：'斯文，斯文，肚里空空[18]。'我这空空之肚，只好假妆斯文体面，戴顶巾子，穿件盛服，假摇假摆，将就哄人过日。原是一块精铜白铁的假银，没有甚么成色，若到火上一烧，便就露出马脚，怎生取得功名二字。"曹妙哥道："你这秀才好傻！那《牡丹亭记》说得好[19]：'韩子才虽是香火秀才[20]，恰也有些谈吐。'你怎么灭自己的威风！你只道世上都是真的，不知世上大半多是假的。我自十三岁梳笼之后[21]，今年二十五岁，共有十三个年头，经过了多少举人进士、戴纱帽的官人，其中有得几个真正饱学秀才、大通文理之人！若是文人才子，一发稀少。大概都是七上八下之人、文理中平之士。还有若干一窍不通之人，尽都侥幸中了举人、进士，而去享荣华、受富贵。实有大通文理之人，学贯五经，才高七步[22]，自恃有才，不肯屈志于人，好高使气，不肯去营求钻刺，反受饥寒寂寞之苦，到底不能成其一官。从来说：'一日买得三担假，三日卖不得一担真。'况且如今试官若像周丞相取那黄崇嘏做状元[23]，这样的眼睛没了。那《牡丹亭记》上道：'苗舜钦作试官[24]，那眼睛是碧绿琉璃做的眼睛，若是见了明珠异宝，便就眼中出火；若是见了文章，眼里从来没有，怎生能辨得真假。所以一味糊涂，七颠八倒，昏头昏脑，好的看做不好，不好的反看做好。临安谣言道：'有钱进士，无眼试官。'这是真话。如今又是秦桧当权，正是昏天黑地之时，天理人心四字，一字也通没有。你只看岳爷爷这般尽忠报国，赤胆包天，忠心贯日，南征北讨，费了多少辛苦！被秦桧拿去风波亭轻轻断送了性命，连一家都死于非命。谁怕你那里去叫了屈来！又不曾见半天里一个霹雳把秦桧来打死了。如今世道有什么清头[25]，有什么是非！俗语道：'混浊不分鲢共鲤。'当今贿赂公行，通同作弊，真个是有钱通神，只是有了孔方兄三字，天下通行。管甚有理、没理，有才、没才！你若有了钱财，没理的变做有理，没才的翻做有才。就是柳盗跖那般行径[26]，李林甫那般心肠[27]，若是行了百千贯钱钞，准准说他好如孔圣人，高过孟夫子，定要保举他为德行的班头[28]，贤良方正的第一哩[29]，世道至此，岂不可叹！你虽读孔圣之书，那孔圣二字全然用他不着，随你有意思之人，读尽古今之书，识尽圣贤之事，不通时务，不会得奸盗诈伪，不过做个'坐老斋头、衫襟没了后头'之腐儒而已[30]。济得甚事！你可曾晓得近来一个故事么？"吴尔知道："咱通不知道。"曹妙哥道："近日有一个相士与一个算命的并一个裁缝，三人会做一处，共说如今世道变幻，难以赚钱，只好回家去。这两个问这相士道：'你相面并不费钱，尽可度日，怎么要回去？'相士道：'我前在临安，相法十不差一，如今世道不同，叫做时时变、局局迁，相十个倒走了九个[31]。'这两个道：'怎生走了九个？'相士道：'昔人方头大面者决贵，今方头大面之人不肯钻刺，反受寂寞；只有尖头尖嘴之人，他肯钻刺，所以反贵。'那个算命的也道：'昔人以五行八字定贵贱[32]，如今世上之人只是一味财旺生官，所以我的说话竟不灵验。'那个裁缝匠道：'昔人做衣，因时制宜，如今都不像当日了。即如细葛，本不当用里，他反要用里；绉纱决要用里，他偏不肯用里。有理的变做无理，无理的变做有理，叫我怎生度日！'据这三个人看将起来，世道都是如此。况且如今世上，戴纱帽的人分外要钱，若像当日包龙图这样的官，料得没有；就是有几个正气的，也不能够得彻底澄清。若除出了几个好的之外，赃官污吏不一而足，衣冠之中，盗贼颇多，终日在钱眼里过日。若见了一个钱字，使身子软做一堆儿，连一挣也挣不起，就像我们门户人家老妈妈一般行径，千奇百怪起发人的钱财，有了钱便眉花眼笑，没了钱便骨董了这张嘴。世上大头巾人，多则如此。所以如今孔圣二字尽数置之高阁。若依那三十年前古法而行，一些也行不去。只要有钱，事事都好做，有《邯郸记》曲为证[33]：

'有家兄打圆就方，非奴家数白论黄[34]，少了他呵，紫阁金门路渺茫，上天梯有了他气长。'

从来道家兄极有行止，若把金珠引动朝贵，那文章便字字珠玉矣。此时真是钱神有主、文运不灵之时。我如今先教你个打墙脚之法。"吴尔知道："咱汴梁人氏，并不知道杭州的市语，怎生叫做打墙脚之法？"曹妙哥道："譬如打墙，先把墙脚打得牢实端正，后方加上泥土砖瓦，这墙便不倾倒。如今你素无文名，若骤然中了一个进士，毕竟有人议论包弹着你[35]。你可密密请一个大有意思之人，做成诗文，将来妆在自己姓名之下，求个有名目的文人才子，做他几篇好序在于前面，不免称之、赞之、表之、扬之，刻成书板，印将出去。或是送人，或是发卖。结交天下有名之人，并一应戴纱帽的官人，将此诗文为进见之资。若是见了人，一味谦恭，只是闭着那张鸟嘴，不要多说多道，露出马脚。谁来考你一篇二篇文字，说你是个不通之人，等出了名之后，明日就是通了关节，中其进士，知道你是个文理大通之人，也没人来议论包弹你了。你只看如今黄榜进士，不过窗下读了这两篇臭烂帖括文字[36]，将来胡遮乱遮，敷衍成文，遇着彩头，侥幸成名，脱白挂绿。人人自以为才子，个个说我是文人，大摇大摆，谁人敢批点他'不济'二字来。"吴尔知听了这一篇话，如梦初醒，拍手大叫道："精哉此计！"即便依计而行。

妙哥果妙哥，尔知真尔知。

话说吴尔知自得此法之后，凡是有名之士来到临安科举，或是观风玩景来游西湖之人，吴尔知即时往拜，请以酒肴，送以诗文，临行之时，又有赆礼奉赠。那些穷秀才眼孔甚小，见吴尔知如此殷勤礼貌，人人称赞，个个传扬。他又于乌纱象简势官显宦之处掇臀捧屁，无所不至，因此名满天下，都坠其术中而不悟。但见：

目中仅识得赵钱孙李，胸中唯知有天地玄黄。借他人之诗文，张冠李戴；夸自己之名姓，吾著尔闻．终日送往迎来，驿丞官乃其班辈；一味肆宴设席，光禄寺是其弟兄[37]，翻缙绅之名，则曰某贵某贱；考时流之目，且云谁弱谁强。闻名士笑脸而迎；拜官人鞠躬而进。果是文理直恁居人后，钻刺应推第一先。

话说秦桧有个门客曹泳，是秦桧心腹，官为户部侍郎。看官，你道曹泳怎生遭际秦桧，做到户部侍郎？那曹泳始初是个监黄岩酒税的官儿，秩满到部注阙上省，秦桧押敕，见曹泳姓名大惊，即时召见，细细看了一遍，道："公乃桧之恩人也。"曹泳再三思想不起，不知所答。秦桧又道："汝忘之耶？"曹泳道："昏愚之甚！实不省在何处曾遭遇太师。"秦桧自走入室内。少顷之间，袖中取出一小小册子，与曹泳观看，首尾不记他事，但中间有字一行，道："某年月日曾得某人钱五千，曹泳秀才绢二匹。"曹泳看了，方才想得起原先秦桧未遇之时，甚是贫穷，曾做乡学先生，郁郁不得志，做首诗道：

> "若得水田三百亩，这番不做猴狲王，"

后来失了乡馆，连这猴狲王也做不成了，遂到处借贷。曾于一富家借钱，富家赠五千钱，秦桧要再求加，富家不肯。那时曹泳在这富家也做乡学先生，见秦桧贫穷，借钱未足，遂探囊中得二匹绢，赠道："此吾束修之余也，今举以赠子。"秦桧别后，竟不相闻。后来秦桧当国，威震天下，只道另有一个秦丞相，不意就是前番这个秦秀才也。曹泳方才说道："不意太师乃能记忆微贱如此！"秦桧道："公真长者！厚德久不报，若非今日，几乎相忘。"因而接入中堂，款以酒食，极其隆重。次日叫他上书，改易文资。日升月转，不上三年之间，做到户部侍郎，知临安府。那时曹泳为入幕之宾，说的就灵，道的就听，凡丞相府一应事务，无不关白曹泳[38]。门下又有一个陆士规，是曹泳的心腹，或是关节，或是要坑陷的人，陆士规三言两语，曹泳尽听。

那时曹妙哥已讨了两个粉头接脚，自己洗干身子，与吴尔知做夫妻，养那夫人之体。一日，陆士规可可的来曹妙哥家嫖他的粉头，曹妙哥暗暗计较道："吴尔知这功名准要在这个人身上。"遂极意奉承，自己费数百金在陆士规身上。凡陆士规要的东西，百依百随，也不等他出口，凡事多先意而迎。陆士规感激无比。曹妙哥却又一无所求，再不开口。陆士规甚是过意不去。

一日，曹妙哥将吴尔知前日所刻诗文送与陆士规看，陆士规久闻其名，因而极口称赞。曹妙哥道："这人做得举人、进士否？"陆士规道："怎生做不得！高中无疑。"曹妙哥道："实不相瞒，这是我的相知，不识贵人可能提挈得他否？"陆士规日常里受了曹妙哥的恭敬，无处可酬，见是他的相知，即忙应承道："卑人可以预力，但须一见曹侍郎。待我将此诗文送与曹侍郎看，功名自然唾手。"曹妙哥就叫吴尔知来，当面拜了陆士规。陆士规就领吴尔知去参见曹侍郎，先送明珠、异宝、金银、彩币共数千金为贽见之礼，曹泳收了礼出见，陆士规遂称赞他许多好处，送诗文看了。曹泳便极口称赞吴尔知的诗文，遂暗暗应允。就分付知贡举的官儿[39]，与了他一个关节。辛酉、壬戌连捷登了进士[40]，与秦桧儿子秦熺、侄秦昌时、秦昌龄做了同榜进士。那时曹泳要中秦桧的子侄，恐人议论，原要收拾些有名的人才于同榜之中，以示公道无私，科举得人之意。适值陆士规荐这个宿有文名的人来，正中了曹泳之意。那秦桧又说曹泳得人，彼此称赞不尽。

看官，你道这妓女好巧！一个烂不济的秀才，千方百计，使费金银，买名刻集，骗了世上的人，便交通关节，白白拐了一个黄榜进士在于身上，可不是千古绝奇绝怪之事么！吴尔知遂把登科录上刊了曹氏之名。有诗为证：

> 十载寒窗未辛苦，九衢赌博作生涯。
>
> 八字生来凭财旺，建安七子未为嘉[41]。
>
> 六月鹏抟雌风盛[42]，身跨五马极豪华[43]。
>
> 四德更宜添智巧[44]，三星准拟照琵琶。
>
> 二人同心营金榜，一天好事到乌纱。

话说吴尔知登了进士，选了伏羌县尉[45]，曹妙哥同到任所而去。转眼间将近三年之期。乙丑春天，怎知路上行人口似碑，有人因见前次中了秦桧的子侄，心下不服，因搬演戏文中扮出两个士子，推论今年知贡举的该是那个，一个人开口道："今年必是彭越[46]。"一个人道："怎生见得是彭越？"这个人道："上科试官是韩信[47]，信与彭越是一等人，所以知今岁是彭越。"那一个人道："上科壬戌试官何曾是韩信？"这个人道："上科试官若不是韩信，如何取得三秦[48]！"众人大惊，后来秦桧闻知大怒，将这一干人并在座饮酒之人，尽数置之死地，遂成大狱，杀戮忠良不计其数。凡是有讥议他的，不是刀下死，就是狱中亡；轻则刺配远恶军州，断送性命。秦桧之势愈大，遂起不臣之心，秦桧主持于内，曹泳奉行在外，其势惊天动地。那时吴尔知已经转官，曹妙哥见事势渐渐有些不妥，恐日后有事累及，对丈夫道："你本是个烂不济的秀才，我勉强用计扶持，瞒心昧己，骗了天下人的眼目，侥幸戴了这顶乌纱。天下那里得有可以长久侥幸之理，日久必要败露。况且以金银买通关节，中举中进士，此是莫大之罪。明有人非，阴有鬼责。犯天地之大咎，冒鬼神之真恨，冥冥之中定要折福折寿。如今秦相之势，惊天动地，杀戮忠良，罪大恶极，明日必有大祸。况你出身于曹泳门下，日后冰山之势一倒，受累非轻。古人见机而作[49]，不如休了这官，埋名隐姓，匿于他州外府，可免此难。休得恋这一官，明日为他受害。"吴尔知如梦初醒，拍手大叫道："贤哉吾妻！精哉此计！"即便依计而行。假托有病，出了致仕文书，辞了上官，遂同夫人赍了些金银细软之物，改名换姓，就如范蠡载西子游五湖的光景[50]，隐于他州外府，终身竟不知去向。

果然秦桧末年，连高宗也在他掌握之中，奈何他不得。幸而岳爷爷有灵，把秦桧阴魂勾去，用铁火箸插于脊骨之间，烈火烧其背，遂患背疽，如火一般热，如盘子一般大，烂见肺腑，甚是危笃。曹泳却又画一计策，待高宗来视病之时，出一札子，要把儿子秦熺代职，札子写得端正。高宗来相府视病，秦桧被岳爷爷拿去，已不能言语，但于怀中取出札子，要把儿子秦熺代职。高宗看了，默然无言，出了府门，呼干办府事之人，问道："这札子谁人所为！"干办府事之人答道："是曹泳。"秦桧死后，高宗遂把曹泳落停，安置新州^[51]。陆士规置之死地。若当日曹妙哥不知机，吴尔知之祸断难免矣。曾有古风一首，单道这妇人好处：

世道歪斜不可当，金银声价胜文章；

开元通宝真能事，变乱阴阳反故常。

赌博得财称才子，乱洒珠玑到处扬。

悬知朝野公行贿，不惜金银成斗量。

曹泳得贿通关节，谬说文章筹策良。

一旦白丁列金榜，三秦公子姓名张。

平康女士知机者，常恐冰山罹祸殃。

挂冠神武更名去，谁问世道变沧桑。

（选自《西湖二集》）

[注释]

[1] 庶吉士——官名，明初设置，清代沿袭下来，属翰林院。一般选进士中文章、书法兼优者充任。解缙——明代江西吉水人，以才学闻名。洪武年间进士，作过庶吉士。曾主持纂修《永乐大典》。他直言敢谏，后被谗下狱死。

[2] 顾佐——明代太康（今属河南）人。建文年间进士，曾任左都御史。

[3] 参将——官名。明代镇守边关的武职官员。

[4] 咸宁侯——指仇鸾。明代镇原（今甘肃）人。严嵩的亲信爪牙。嘉靖二十九年官至大将军。俺答攻入内地，他一战即溃，又讳败冒功，加至太子少保，后罪行被揭发，革职忧惧而死。

[5] 自分（fèn 奋）——自己以为，自己料想。

[6] 游击——官名。明代边区守军设游击将军，执掌驻在地防守等事务。

[7] 侯嬴——战国时魏国人。曾任大梁（今河南开封）的看门小吏，

后来受到信陵君的信任与尊重被迎为上客。他曾替信陵君设计盗取魏王兵符，夺兵救赵，为解赵国之围立下了功劳。

[8] 史迁——指汉代著名史学家、文学家司马迁和他的《史记》。《史记》中为游侠义士设立了专章《游侠列传》，记载了他们的感人事迹。

[9] 辐辏（fú còu 伏凑）——车辐汇集于轴心，比喻人或物聚集一起。

[10] 瓦子、勾栏——宋元时代大都市中百戏、杂剧等的演出场所。瓦子亦作瓦舍、瓦肆。瓦子之下又分为若干勾栏。

[11] 汧（qiān 千）国夫人——当指唐代白行简所撰传奇小说《李娃传》中之李娃。故事写荥阳公子郑生热恋名妓李娃，因资财用尽被老鸨设计逐出妓院，沦为乞丐。后在李娃照顾、激励下，中举做官，李娃亦被封为汧国夫人。元代石君宝在小说基础上写成了杂剧《郑元和风雪卓田院，李亚仙花酒曲江池》，剧中的李亚仙即小说中的李娃。

[12] 卓田院——又作"悲田院"，收容乞丐的养济院。

[13] 上天竺——寺名，在杭州灵隐山飞来峰附近，有上、中、下三天竺寺。

[14] 海底眼——底细、隐秘。

[15] 撒漫使钱——大手大脚挥霍钱财。

[16] 盆口精熟——指精通赌博的各种门道。

[17] "回也"句——见《论语·先进篇》。回，指孔子的学生颜回。原文是说颜回的学问道德差不多了，可是常常穷得没有办法。此处借指赌徒把本钱全输光了。

[18] "斯文"句——见《西游记》第九十三回。这一回说唐僧师徒四人来到金禅寺吃斋饭时，八戒举止欠斯文，沙僧在旁提醒他注意，八戒脱口道："'斯文'、'斯文'肚里空空！"此处吴尔知借指自己外表貌似斯文，肚里其实没有什么学问。

[19] 《杜丹亭记》——明代戏剧家汤显祖著，写杜丽娘与柳梦梅的爱情故事。

[20] 韩子才——《牡丹亭》中的人物，柳梦梅的朋友，书中说他是

韩愈的后代。　香火秀才——又叫奉祀生。按古代旧制，"圣贤"的后代可不经科举考试，授与秀才功名，主要管理先祖祠庙的祭祀等事务。

[21] 梳笼——妓女初次接客。

[22] 才高七步——指三国时文学家曹植七步成诗的故事，后人常用"才高七步"比喻才思敏捷。

[23] "周丞相"句——黄崇嘏（gǔ 古）为五代时才女。明代徐渭的《女状元辞凰得凤》杂剧，写黄崇嘏女扮男装应科举考试，被慧眼识人的周丞相取为状元。

[24] 苗舜钦——《牡丹亭》中的人物，试官。他自称："俺的眼睛，原是猫儿眼，和碧绿琉璃水晶无二。因此一见真宝，眼睛火出。说起文字，俺眼里从来没有"。文中借此讽刺试官认钱不认文。

[25] 清头——吴语，指明明白白交代。

[26] 柳盗跖——即盗跖，春秋时人。封建时代被诬为大盗，常用作坏人的代表。

[27] 李林甫——唐玄宗时宰相，为人阴险狡诈。与人相处，外表十分亲密，背后却恶意中伤。时人说他"口有蜜腹有剑。"

[28] 班头——一班人之首。

[29] 贤良方正——汉代选拔官吏的科目之一，一般选用"能直言极谏者"担任。隋唐以后沿用其制。

[30] "坐老斋头"句——见《牡丹亭》第四出，此处借来嘲笑腐儒没有出息，终生穷酸。

[31] 走了——错了。

[32] 五行——指金、木、水、火、土五种物质。　八字——人出生的年、月、日、时可以按天干地支排成八字。相士以此推算人的命运。

[33] 《邯郸记》——唐代沈既济撰有传奇小说《枕中记》，明汤显祖据此写成传奇《邯郸记》。

[34] 数白论黄——白黄，指白银与黄金。

[35] 包弹——批评、指责。

[36] 帖括——唐代科举考试的一种主要方式，也叫帖经。《文献通

考·选举二》："凡举司课试之法，帖经者，以所习之经，掩其两端，中间惟开一行，裁纸为帖。"后来考生为便于记忆，就总括经文编成歌诀，故名帖括。

[37] 光禄寺——官署名。设有光禄卿或光禄寺卿，主要掌管皇室膳食及招待酒宴等事。

[38] 关白——禀报。

[39] 知贡举——唐宋时特派主持会试的大臣。

[40] 辛酉、壬戌——指宋高宗绍兴十一年（1141 年）和十二年（1142 年）。

[41] 建安七子——汉献帝建安年间，孔融、陈琳、王粲、徐幹、阮瑀、应玚、刘桢等七人以文学闻名，人称"建安七子"。

[42] 鹏抟——出自《庄子·逍遥游》，原文意思是说鹏鸟凭借大风振翅高飞。

[43] 五马——古代诸侯乘车套用五匹马，此处借指高官。

[44] 四德——封建时代要求妇女具备四德，即妇德、妇言、妇容、妇功。

[45] 伏羌——县名，治所在今甘肃省甘谷县。

[46] 彭越——汉初诸侯王。

[47] 韩信——汉代名将。

[48] 三秦——秦亡后，项羽将关中分成三部分，立秦国降将章邯为雍王、司马欣为塞王、董翳为翟王，每人分领一地，合称三秦。此外借指秦桧的子侄。

[49] 见机——在事情刚露出苗头时就能预知它的发展。机，细微的迹象。

[50] 范蠡——春秋时越国大夫。他在辅助越王勾践灭吴后，功成身退，携西施归隐。

[51] 安置——宋时官员被贬谪后在远处居住叫安置。新州——地名，治所在今广东省新兴县。

[鉴赏]

《巧妓佐夫成名》选自明末拟话本集《西湖二集》，全书34卷，每卷一篇，大多以发生在西湖的故事为背景。作者周清源"才情浩瀚，博物洽闻，举世无两"(《湖海士《西湖二集·序》)，可惜他也像众多不得志的文人墨客一样"怀才不遇，蹭蹬厄穷。"周清源热心于世，又有一肚皮的不合时宜，于是嬉笑怒骂，流淌成文，"借他人之酒杯，浇自己之块磊。"

《巧妓佐夫成名》写宋代临安妓女曹妙哥如何使用妙计辅佐丈夫吴尔知成名作官，尔后又见机而退，双双归隐避祸的故事。小说选择了一个特殊的视角切入社会，以一个妓女的冷静眼和真知灼见去观察、剖析社会，可谓匠心独具。妓女这一极为特殊的"职业"使曹妙哥们有着与众不同的经历。就身分来讲，她们处在社会的最底层，身为下贱，为人们所卑视；就存在来讲，她们又为社会各色人等所需要，成为他们追欢买笑、发泄兽欲的玩物和工具。对她们来说，既无须像某些高官显宦那样功利地歌颂社会，也无须像某些御用文人那样有意地粉饰太平，因而她们可以做到冷眼客观地观察社会、人生。在妓院这个特殊的环境里，那些来寻欢作乐的嫖客们也无须遮遮掩掩，因而往往能赤裸裸地暴露出他们真实的自我。这也使妓女们得以更真实，更深刻地认识人生和世界，使她们能透过光怪陆离的表象看到社会肌体深处的痼疾和达官文士们灵魂深处的肮脏与丑恶。

妓女曹妙哥是小说的中心人物。在写这个人物前，作者开宗明义便宣称："妓女之中人品尽自不同，不可一律而论"，"娼妓之中从来有能事之人，有男子做不来的，他偏做得"，表明了他对这些被污辱与被损害者人格的尊重和赞美。随后所写义侠邵金宝的故事，相当于宋元话本的"得胜头回"——在正式故事前，说书艺人为等候听众、导入正话所讲述的一段小故事。妓女邵金宝的智慧、心计远胜须眉。当她的相好京营参将戴纶罹祸下狱、问成死罪之时，不要说戴纶的结发妻子一筹莫展，就连堂堂男儿的戴纶也只是拿出"三千金"让邵金宝"供给"自己延捱时光、坐以待毙而已。邵金宝却不同，她懂得："若只把这三千金将来供给，有何相干，须要救得他性命出，方才有益"。

她把所有钱财全用在"买上买下，交通关节"上，终于救了戴纶的性命，使死囚变成活囚，罪犯再官复原职，嘲弄了钱能通神的社会。在"贫穷则父母不子，富贵则亲戚畏惧"的炎凉世风下，邵金宝能"不顾性命"地关照一个无权无势的囚犯，并愿与之"同生共死"已属不易，难能可贵的是在长达十年的艰苦营救中，她始终不改初衷。"若使男儿能似此，史迁端的著高名"的结尾诗，满含作者对邵金宝的赞扬和对须眉浊物的微词。这个"得胜头回"实是后面曹妙哥故事的铺垫。

在写曹妙哥这个"拳头上立得人，胳膊上走得马"的女中丈夫时，作者只着力于她的"巧"，这一创作意图从小说的题目《巧妓佐夫成名》上也可看出几分。妙哥身世悲惨，从十三岁便开始接客。到她认识男主人公吴尔知时已度过了十三年的卖笑生涯了。漫长、屈辱的痛苦生活，练就了她的聪颖、敏锐，也砥砺了她的精明、老辣。她的识见"胜如男子"，在劝吴尔知谋取功名时，她曾说过："当今贿赂公行……其个是有钱通神"，"你若有了钱财，没理的变做有理，没才的翻做有才"。正是基于对明代末年金钱无所不能的威力及其邪恶作用的认识，她以聚敛钱财为起点，又以钱财为润滑剂，打通关节，轻而易举地送夫婿登上了仕途。她之所以敢把"腹中文学只得平常"的丈夫送去当进士作大官，还在于她看透了社会的"假可作真"，她对丈夫说："你只道世上都是真的，不知世上大半多是假的"，"举人进士、戴纱帽的官人，其中有得几个真正饱学秀才、大通文理之人"。她后来的种种谋划得以顺利实现只不过再次印证了她对世风的深刻认识罢了，妙哥之巧还巧在谋略的周密上。她为丈夫安排了三步棋，步步为营，稳扎稳打。第一步，扬长避短，发挥丈夫专会"喝红叫绿"的赌徒才干，结伙设赌，"积攒金钱"，"以为日后功名之资"。第二步，为谋取功名打好基础。妙哥深知丈夫素无文名，"若骤然中了一个进士，毕竟有人议论包弹着"，故而先请人代作诗文，再请人作序"称之、赞之、表之、扬之"，骗得文名；继而靠殷勤"往拜"，"奉赠"金钱，广交名士，终于赢得了"人人称赞，个个传扬"，"名满天下"的声誉。第三步，以"明珠、异宝、金银、彩币共数千金为贽见之礼"，买通当朝宰相秦桧的心腹曹泳。就这样，一个"烂不济"的秀才，轻轻巧巧，堂而皇之地作了黄榜进士。犹如一场闹剧，曹妙哥把一个又一个势官显宦玩弄于自己的掌心之中，使他们一个个"坠其术中而不悟"，一个个入她彀中而不觉。曹妙哥一步步实现着自己的妙计，作者的笔触也一步步伸向广阔的社会：从富家子弟到贪官、缙绅，从刀笔胥吏到飞天光棍，从赌场到科场，从道德到世风无不触及；而针砭较深的当推赌场与官场。赌场的坑蒙拐编伎俩，作者写来游刃有余，淋漓尽致。官场的黑暗丑恶，作者也十分熟悉。他以科场为楔入点，历数考官的"一味胡涂"，不辨真假；举人进士的"一窍不通"，"侥幸"得中；科场的"七颠八倒"、营私舞弊；秦桧的飞扬跋扈、专权误国，揭露虽嫌浮泛，但激愤之情溢于言表。

妙哥之巧还巧在见微知著，不为名利牵累，能及时抽身上。她不像那些利欲熏心，欲壑难填的官僚们，她懂得"世无长胜之理"，"天下那里得有可以长久侥幸之理，日久必要败露"；她知道无止境地追求权势必然要走向反面。妙哥十分明智，她看出权倾朝野、炙手可热的秦桧，因"杀戮忠良，罪大恶极，明日必有大祸"；丈夫所依靠的曹泳，现在虽显赫一时、惊天动地，实如一座冰山，势不可长。后来秦桧遭报、奸党受惩的结局无不证实了她对政局的卓越预见。良知并未泯灭的妙哥还深知："以金银买通关节中举人、中进士"是"瞒心昧己"，"明有人非，阴有鬼责"，因而劝丈夫"休得恋这一官，明日为他受害"。于是吴尔知托病辞官，改换姓名，"就如范蠡载西子游五湖的光景，隐于他州外府"去了。这个结局给曹妙哥的身上加添了一笔洒脱的色彩，最终完成了这一形象的塑造。曹妙哥形象深刻的社会意义是显而易见的，一方面，通过她以"巧"而"佐夫成名"的过程多方面地揭露了社会的黑暗；一方面通过她巧计的得以成功显示了那"假可作真"的社会正是产生这类骗子的温床。

湖海士在《西湖二集·序》中曾提到作者用清源"抵掌而谈古今也，波涛汹涌，雷震霆发……"的确，作者的生活阅历和文史知识都很丰富，从作品的描写看，作者对赌场、官场固然十分熟悉，就是对妓楼歌馆、民情风俗、文学历史掌故轶闻也毫不陌生。从他对明洪武年间的妓馆——南京十六楼的历数，到小说中提到的盗跖、曹植、《西厢记》《杜丹亭》……真是从古至今，从远到近，从诗词到歌赋，从戏剧到小说，娓娓道来，如数家珍。清代小说中有一类是借小说以炫耀才学的作品，从《巧妓佐夫成名》中对才学的卖弄看，是和清代小说中的这类作品有近似之处的。

这篇小说还常于不经意间对社会、世态加以讥讽、揶揄。像作品开头对妓馆外牙牌累累的描写："百官退朝之暇，都集于妓家，牙牌累累，悬于窗槅，终日喧哗，政事废弛"，寥寥几笔，便把那些道貌岸然的官吏们如上朝般赶赴妓馆的丑态写了出来，这些人于国计民生的大事上究竟用了几多心思也就可想而知了。又如引用《西游记》中猪八戒的"斯文，斯文，肚里空空"的名言，嘲讽那些无学的文人也很恰当。再如借相士、卜师和裁缝三人的议论，揭露"时时变、局局迁""肯钻刺"便富贵，"有理的变做无理，无理的变做有理"的世道，可谓挖苦讥刺，涉笔成趣。

此外小说中还大量引用了当时的俗谚、民谣。像"一日买得三担假，三日卖不得一担真"，临安民谣"有钱进士，没眼试官"；俗语"混浊不分鲢共鲤"等的运用，无不增强了小说的讽刺效果。

（李银珠）

贪婪汉六院卖风流

明·席浪仙

　　志士不敢道，贮之成祸胎；

　　小人无事艺，假尔作梯媒。

　　解释愁肠结，能分睡眼开；

　　朱门狼虎性，一半逐君回。

　　这首诗，乃罗隐秀才咏孔方兄之作[1]。末联专指着坐公堂的官人而言，说道任你凶如狼虎，若孔方兄到了面前[2]，便可回得他的怒气，博得他的喜颜，解祸脱罪，荐植嘘扬，无不应效。所以贪酷之辈，涂面丧心，高张虐焰，使人惧怕，然后恣其攫取，遭之者无不鱼烂，触之者无不齑粉[3]。此乃古今通病，上下皆然，你也笑不得我，我也说不得你。间有廉洁自好之人，反为众忌，不说是饰情矫行，定指是吊誉沽名，群口挤排，每每是非颠倒，沉沦不显。故俗谚说："大官不要钱，不如早归田，小官不索钱，儿女无姻缘。"可见贪婪的人，落得富贵，清廉的，枉受贫穷。因有这些榜样，所以见了钱财，性命不顾，总然被人耻笑鄙薄，也略无惭色。"笑骂由他笑骂，好官我自为之"，这两句便是行实。

　　虽然如此，财乃养命之源，原不可少。若一味横着肠子，嚼骨吸髓，果然不可。若如古时范史云[4]，曾官莱芜令，甘自受着尘甑釜鱼；又如任彦升[5]，位至侍中，身死之日，其子即衣不蔽体，这又觉得太苦。依在下所见，也不禁人贪，只是取之有道，莫要丧了廉耻。也不禁人酷，只要打之有方，莫要伤了天理。上说："放于利而行"，这是不贪的好话。"爱人者，人恒爱之"，这是不酷的好话，又道是："留有余不尽之财，以还造化；留有余不尽之福，以还子孙。"先圣先贤，那一个不劝人为善，那一个不劝人行些方便。但好笑者，世间识得行不得的毛病，偏坐在上一等人。任你说得舌敝唇穿，也只当做飘风过耳。若不是果报分明，这使一帆风的正好望前奔去，如何得个转头日子？在下如今把一桩贪财的故事，试说一回，也尽可唤醒迷人。诗云：

> 财帛人人所爱，风流个个相贪；
>
> 只是勾销廉耻，千秋笑柄难言。

话说宋时有个官人，姓吾名爱陶，本贯西和人氏[6]。爱陶原名爱鼎，因见了陶朱公致富奇书，心中喜悦。自道陶朱公即是范蠡，当年辅越灭吴，功成名就，载着西子，扁舟五湖，更名陶朱公，经营货殖，复为富人。此乃古今来第一流人物，我的才学智术，颇与他相仿，后日功名成就，也学他风流萧洒，做个陶朱公的事业，有何不可？因此遂改名爱陶。这西和在古雍州界内，天文井鬼分野，本西羌地面。秦时属临洮，魏改为岷州，至宋又改名西和。真正山川险阻，西陲要害之地。古诗说："山东宰相山西将"，这西和果是人文稀少，惟有吾爱陶从小出人头地，读书过目不忘。见了人的东西，却也过目不忘，不想法到手不止。自幼在书馆中，墨头纸角，取得一些也是好的。至自己的东西，却又分毫不舍得与人。更兼秉性又狠又躁，同窗中一言不合，怒气相加，揪发扯胸，挥砖掷瓦，不占得一分便宜，不肯罢休。这是胞胎中带来的凶恶贪鄙的心性，便是天也奈何他不得。

吾爱陶出身之地，名曰九家村，村中只有九姓人家，因此取名。这九姓人丁甚众，从来不曾出一个秀才。到吾爱陶破天荒做了此村的开山秀才，不久补廪食粮[7]。这地方去处没甚科目，做了一个秀才，分明似状元及第，好不放肆。在闾里间，兜揽公事，武断乡曲，理上取不得的财，他偏生要取，理上做不得的事，他偏生要做。合村大受其害，却又无处诉告。吾爱陶自恃文才，联科及第，分明是瓮中取鳖。那知他在西和便推为第一，若论关西各郡县的高才，正不知有多多少少，却又数他不着了。所以一连走过十数科，这领蓝衫还辞他不得。这九家村中人，每逢吾爱陶乡试入场之时，都到土谷祠、城隍庙、文昌帝君座前祝告，求他榜上无名。到挂榜之后，不见报录的人到村中，大家欢喜，各自就近凑出分金，买猪头三牲，拜谢神道。

吾爱陶不能得中，把这股英锐之气销磨尽了。那时只把本分岁贡前程[8]，也当春风一度。他自髫年入泮[9]，直至五十之外，方才得贡[10]。出了学门，府县俱送旗扁，门庭好生热闹。吾爱陶便阖门增色，村中人却个个不喜，惟恐他来骚扰。吾爱陶到也公道，将满村大小人家，分为上中下三等，编成簿籍，遍投名帖。使人传话道："一则侥幸贡举，拜一拜乡党[11]；二则上京缺少盘缠，每家要借些银两，等待做官时，加利奉还。有不愿者，可于簿上注一'不与'二字。"村农怕事，只要买静求安，那个敢与他硬。大家小户，都来馈送。内中或有戥秤轻重，银色高低不一，尽要补足。

吾爱陶先在乡里之中，白采了一大注银子，意气洋洋，带了仆人，进京廷试[12]。将缙绅便览细细一查，凡关中人现任京官的，不论爵位大小，俱写个眷门生的帖儿拜谒，请求荐扬看觑，希冀廷试拔在前列。从来人心不同，有等怪人奔竞，又有等爱人奉承。吾爱陶广种薄收，少不得种着几个要爱名誉收门生的相知，互相推引。廷试果然高等，得授江浙儒学训导。做了年余，适值开科取士，吾爱陶遂应善治财赋公私俱便科中式。改官荆湖路条例司监税提举，前去赴任，一面迎取家小。原来他的正室无出，有个通房[13]，生育儿女两人。儿子取名吾省，年已十岁，女儿才只八岁。这提举衙门，驻扎荆州城外，吾爱陶三朝行香后，便自己起草，写下一通告示，张挂衙门前。其示云：

> 本司生长西邮，偶因承乏分権重地[14]。虻负之耻，固切于心；但职司国课，其所以不遗尺寸者，亦将以尽瘁济其成法，不得不与商民更新之，况律之所在，既设大意，不论人情；货之所在，既核寻丈，安弃锱铢[15]，除不由官路私自偷关者，将一半入官外，其余凡属船载步担，大小等货，尽行报官，从十抽一。如有不奉明示者，列单议罚。特示。

出了这张告示，又唤各铺家分付道："自来关津弊窦最多，本司尽皆晓得。你们各要小心奉公，不许与客商通同隐匿，以多报少，欺罔官府。若察访出来，定当尽法处治。"那铺家见了这张告示，又听了这番说话，知道是个苛刻生事的官府，果然不敢作弊。凡客商投单，从实看报，还要覆看查点。若遇大货商人，吹毛求疵，寻出事端，额外加罚。纳下税银，每日送入私衙，逐封亲自验拆，丝毫没得零落。旧例吏书门皂，都有赏赐，一概革除，连工食也不肯给发。又想各处河港空船，多从此转关，必有遗漏。乃将河港口桥梁，尽行塞断，皆要打从关前经过。

一日早堂放关，见几只小猪船，随着众货船过去，吾爱陶喝道："这是漏税的，拿过来！"铺家禀说："贩小猪的，原不起税。"吾爱陶道："胡说！若俱如此不起税，国课何来。"贩猪的再三禀称："此是旧例蠲免[16]，衙前立碑可据，请老爷查看，便知明白。"吾爱陶道："我今新例，倒不作准，看甚么旧碑？"分付每猪十口，抽一口送入公衙，恃顽者倍罚。贩猪的无可奈何，忍气吞声，照数输纳。刚刚放过小猪船，背后一只小船，摇将过来，吾爱陶叫闸官看是何船。闸官看了一看，禀覆是本地民船，船中只有两个妇女，几盒礼物，并无别货。吾爱陶道："妇女便与货物相同，如何不投税？"铺家禀道："自来人载船，没有此例。"吾爱陶道："小猪船也抽分了[17]，如何人载船不纳税，难道人到不如畜生么？况且四处掠贩人口的甚多，本司势不能细细觉察。自今人载船，不论男女，每人要纳银五分。十五岁以下小厮丫头，止纳三分。若近地乡农，装载谷米豆麦，不论还租完粮，尽要报税。其余贩卖鸡鸭、鱼鲜、果品、小菜，并山柴稻草之类，俱十抽其一。市中肩担步荷诸色食物牲畜者，悉如此例。过往人有行李的，除夹带货物，不先报税，搜出一半入官外，余无货者，每人亦纳银五分。衙役铺家，或有容隐，访出重责三十，枷号一月，仍倍罚抵补。"

这主意一出，远近喧传，无不骇异。做买卖的，那一个不叫苦连天。有几位老乡绅，见其行事可笑，一齐来教训他几句说："抽分自有旧制，不宜率意增改。倘商民传之四方，有骇观听，这还犹可，若闻之京师，恐在老先生亦有妨碍。"吾爱陶听罢，打一躬道："承教了，领命。"及至送别后，却笑道："一个做官，一个立法，论甚么旧制新制？况乡绅也管不得地方官之事。"故愈加苛刻，弗论乡宦举监生员船只过往，除却当今要紧之人，余外都一例施行。任你送名帖讨关，全然不睬。亲自请见，也不相接，便是骂他几句，也只当不听见。气得乡绅们，奈何他不得，只把肚子揉一揉罢了。

一日正出衙门放关，见乡里人担着一挑水草，叫皂隶唤过来问道："这水草一挑，有多少斤数，可曾投税？"乡里人禀说"水草是猪料，自来无税。"吾爱陶道："同是物料，怎地无税？"即唤铺家将秤来，每一百斤抽十斤，送入衙中喂猪。一日坐在堂上，望见一人背着木桶过去，只道是挑绸帛箱子的，急叫拿进来，看时，乃是讨斋饭的道人，背着一只斋饭桶。也叫十碗中抽一碗，送私衙与小廝们做点心。便是打渔的网船经过，少不得也要抽些虾鱼鳅鳝来嗄饭咽酒[18]。只有乞丐讨来的浑酒浑浆，残羹剩饭，不好抽分来受用。真个算及秋毫，点水不漏。外边商民，水陆两道，已算无遗利。那时却算到本衙门铺家，及书役人等，积年盘踞，俱做下上万家事。思量此皆侵蚀国课，落得取些收用。先从吏书搜索过失，杖责监禁，或拶夹枷号。这班人平昔锦衣玉食，娇养得嫩森森的皮肉，如何吃得恁般痛苦？晓得本官专为孔方兄上起见，急送金银买命。若不满意，也还不饶。不但在监税衙门讨衣饭的不能脱白[19]，便是附近居民，在本司稍有干涉的也都不免。

为此地方上将吾爱陶改做吾爱钱，又唤做吾剥皮。又有好事的投下匿名帖，要聚集商民，放火驱逐。吾爱陶知得，心中有几分害怕，一面察访倡首之人，一面招募几十名土兵防护，每名日与工食五分。这工食原不出自己财，凡商人投税验放，少不得给单执照，吾爱陶将这单发与土兵，看单上货之多寡，要发单钱若干，以抵工食。那班人执了这个把柄，勒诈商人，满意方休。合分司的役从，只有这土兵沾其恩惠，做了吾爱陶的心腹耳目，在地方上生事害民。没造化的，撞着吾爱陶，胜遭瘟遭劫。那怨声载道，传遍四方。江湖上客商，赌誓发愿便说：“若有欺心，必定遭遇吾剥皮。”发这个誓愿，分明比说天雷殛死、翻江落海一般重大，好不怕人，不但路当冲要，货物出入川海的，定由此经过，没处躲闪，只得要受他茶毒。诗云：

　　竭泽焚山刮地搜，丧心蒙面不知羞，

　　肥家利己销元气，流毒苍生是此俦。

却说有个徽州姓汪的富商，在苏杭收买了几千金绫罗绸缎，前往川中去发卖。来到荆州，如例纳税。那班民壮，见货物盛多，要汪商发单银十两。从来做客的，一个钱也要算计；只有钞税，是朝廷设立，没奈何忍痛输纳。听说要甚发单银十两，分明是要他性命，如何肯出。说道：“莫说我做客老了，便是近日从北新浒墅各税司经过，也从无此例。”众民壮道：“这是我家老爷的新例，除非不过关便罢，要是过关，少一毫也不放。”旁边一个客人道：“若说浒墅新任提举，比着此处，真个天差地远。前日有个客人一只小船，装了些布匹，一时贪小，不去投税，径从张家桥转关。被这班吃白食的光棍，上船搜出，一窝蜂赶上来，打的打，抢的抢，顷刻搬个罄空。连身上衣服也剥干净。那客人情急，叫苦叫冤，要死要活。何期提举在郡中拜客回来，座船正打从桥边经过，听见叫冤，差人拿进衙门审问，道：‘小船偷过港门，虽所载有限，但漏税也该责罚。’将客人打了十五个板子。向众光棍说：‘既然捉获有据，如何不禀官惩治？私自打抢，其罪甚于漏税。一概五十个大毛板，大枷枷号三月。’又对众人说：‘做客商的，怎不知法度，自取罪戾。姑念货物不多，既已受责，尽行追还，此后再不可如此行险侥幸了。’这样好话，分明父母教训子孙，何等仁慈！为此，客商们那一个不称颂他廉明。倘若在此处犯出，少不得要打个臭死，剩还你性命，便是造化了。”旁边客商们听见，齐道：“果然果然，正是若无高山，怎显平地。”那班土兵睁起眼向说的道：

"据你恁般比方，我家爷是不好的了。"那客人自悔失言，也不答应，转身急走，脱了是非。

汪商合该晦气，接口道："常言'钟在寺里，声在外边'。又道'路上行人口是碑'。好歹少不得有人传说，如何禁得人口嘴呢。"这话一发激恼了土兵，劈脸就打骂道："贼蛮，发单钱又不兑出来，放甚么冷屁！"汪商是大本钱的富翁，从不曾受这般羞辱，一时怒起，也骂道："砍头的奴才！我正项税银已完，如何又勒住照单，索诈钱财，反又打人？有这样没天理的事！罢罢！我拚这几两本钱，与你做一场。"回身便走，欲待奔回船去。那土兵揪转来，又是两拳，骂道："蛮囚，你骂那个，且见我们爷去。"汪商叫喊地方救命，众人见是土兵行凶，谁敢近前。被这班人拖入衙门。吾爱陶方出堂放关，众人跪倒禀说："汪商船中货物甚多，所报尚有隐匿，且又指称老爷新例苛刻，百般詈骂。"吾爱陶闻言，拍案大怒道："有这等事，快发他货物起来查验。"汪商再三禀说勒索打骂情由，谁来听你。须臾之间，货物尽都抬到堂上，逐一验看，不道果然少报了两箱。吾爱陶喝道："拿下打了五十毛板，连原报铺家，也打二十板罢。"吾爱陶又道："漏税，例该一半入官"，教左右取出剪子来分取。从来入官货物，每十件官取五件，这叫做一半入官。吾爱陶新例，不论绫罗绸缎，布匹绒褐，每匹平分，半匹入官，半匹归商。可惜几千金货物，尽都剪破，总然织锦回文，也只当做半片残霞。

汪商扶痛而出，始初恨，后来付之一笑，叹口气道："罢罢！天成天败，时也，运也，命也，数也！"遂将此一半残缎破绸，堆在衙门前，买几担稻草，周回围住，放了一把火，烧得烟尘飞起，火焰冲天。此时吾爱陶已是退堂，只道衙门前失火，急忙升堂，知得是汪商将残货烧毁，气得怒发冲冠，说道："这厮故意羞辱咱家么?"即差土兵,快些拿来。一面分付地方扑灭了火,烧不尽的绸锻,任凭取去。众人贪着小利,顷刻间大桶小杓,担着水,泼得烟销火熄。吾爱陶又唤地方,分付众人不许乱取,可送入堂上,亲自分给。这句话传出来时,那烬余之物,已抢干净。及去擒拿汪商,那知他放了火,即便登舟,复回旧船,顺风扬帆,向着下流直溜,也不知去多少路了。差人禀复,吾爱陶反觉没趣,恨恨而退。当时汪商若肯吃亏这十两银子,何至断送了万金货物,岂非为小失大? 所以说:

> 吃一分亏无量福,失便宜处是便宜。

其时有个王大郎,所居与税课衙门只隔一垣,以杀猪造酒为业,家事富饶。生有二子。长子招儿,年十七岁,次子留儿,十三岁,家人伴当三四人,一家安居乐业。只是王大郎秉性粗直刚暴,出言无忌。地方乡里亲戚间,怪他的多,喜他的少,当日看见汪商之事,怀抱不平,趁口说道:"我若遇此屈事,那里忍得过,只消一把快刀,搠他几个窟窿。"这话不期又被土兵们听闻。也是合当有事,王大郎适与儿子定亲,请着亲戚们吃喜酒,夜深未散。不想有个摸黑的小人,闪入屋里,却下不得手。便从空处,打个壁洞,钻过分司衙门,撬开门户,直入卧室。吾爱陶朦胧中,听得开箱笼之声,一时惊觉,叫声不好了,有贼在此。其时只为钱财,那顾性命,精赤的跳下床捉贼。夫人在后房也惊醒了,呼叫家人起来。吾爱陶追贼出房,见门户尽开,口中大叫小厮快来拿贼。这贼被赶得急,掉转身挺刀就刺。吾爱陶命不当死,恰像看见的,将身望后一仰,那刀尖已斗着额角,削去了一片皮肉,便不敢近前。一时家人们点起灯烛火把,齐到四面追寻。原来从间壁打洞过来的,急出堂,问了王大郎姓名,差土兵到其家拿贼。

这王大郎合家刚刚睡卧,虽闻分司喊叫捉贼,却不知在自家屋里过去的，为此不管他闲账。直到土兵敲门，方才起身开门，前前后后搜寻，并不见贼的影子。土后回报说："王大郎家门户不开，贼却不见。"吾爱陶道："门户既闭，贼却从那里去？"便疑心即是此人。就教唤王大郎来见，在烛光下仔细一认，仿佛与适来贼人相似。问道："你家门户未开，如何贼却不见了，这是怎么说："王大郎禀道："今日小人家里有些事体，夜深方睡。及至老爷差人来寻贼，才知从小人家里掘入衙中，贼之去来，却不晓得。"吾爱陶道："贼从你家来去，门户不开，怎说不晓得？所偷东西，还是小事。但持刀搠伤本司，其意不良，所关非小，这贼须要在你身上捕还。"王大郎道："小人那里去追寻，还是老爷着捕人挨缉。"吾爱陶说："胡说！出入由你家中，尚推不知，教捕人何处捕缉？"分付土兵押着，在他身儿上要人来。原来那贼当时心慌意急，错走入后园，见一株大银杏树，绿阴稠密，狠命爬上去，直到树顶，缩做一堆，分明像个鹊巢，家人执火，到处搜寻，但只照下，却不照上，为此寻他不着，等到两边搜索已过，然后下树，仍钻到王家。其时王大郎已被拿去，前后门户洞开，悄悄的溜出大门，所以不知贼的来踪去迹，反害了王大郎一家性命。正是：

　　钾龟烹不烂，贻祸到枯桑。

　　吾爱陶查点了所失银物，写下一单，清晨出衙，唤地方人问王大郎有甚家事，平日所为若何，家中还有何人。地方人回说："有千金家私，做人虽则强梗，原守本分。有二子年纪尚小，家人倒有三四个。"吾爱陶闻说家事富饶，就动了贪心，乃道："看他不是个良善之人，大有可疑。"随唤土兵问："可曾获贼？"那知这班土兵，晓得王大郎是个小财主，要赚他钱钞。王大郎从来臭硬，只自道于心无愧，一文钱，一滴酒，也不肯破悭。众人心中怀恨，想起前日为汪商的事，他曾说"只消一把快刀，捅几个窟窿"的话，如今本官被伤额上，正与其言相合，不是他做贼是谁？为此竟带入衙内，将前情禀知。王大郎这两句话，众耳共闻，却赖不得，虽然有口难辩。吾爱陶听了，正是火上添油，更无疑惑，大叫道："我道门又不开，贼从何处去，自然就是他了。且问你，我在此又不曾难为地方百姓，有甚冤仇，你却来行刺？"王大郎高声称冤诉辩，那里作准。只叫做贼、行刺两款，但凭认那一件罪。喝教夹起来。

皂役一声答应，向前拖翻，套上夹棍，两边尽力一收，王大郎便昏了去。皂隶一把头发揪起，渐渐醒转。吾爱陶道："赃物藏在何处，快些招来！"王大郎睁圆双眼，叫道："你诬陷平人做贼，招甚么？"吾爱陶怒骂道："贼奴这般狠，我便饶你不成！"喝叫敲一百棒头。皂隶一五一十打罢，又问："如今可招？"王大郎嚷道："就夹死也决不屈招。"吾爱陶道："你这贼子熬得刑起，不肯招么！"教且放了夹棍，唤土兵分付道："我想赃物，必还在家，可押他去眼同搜捕。"又回顾吏书，讨过一册白簿，十数张封皮，交与土兵说："他家中所有，不论粗重什物，钱财细软，一一明白登记封好，虽一丝一粟，不许擅动。并带他妻儿家人来见。"王大郎两脚已是夹伤，身不由主，土兵扶将出去。妻子家人，都在衙前接着，背至家里，合门叫冤叫屈。土兵将前后门锁起，从内至外，掀天揭地，倒箱翻笼的搜寻，便是老鼠洞、粪坑中、猪圈里，没一处不到，并无赃物。只把他家中所有，尽行点验登簿。封锁停当，一条索子，将王大郎妻子杨氏，长子招儿，并三个家人，一个大酒工，一个帮做生意姓王的伙计，尽都缚去。只空了一个丫头，两个家人妇。次子留儿，因去寻亲戚商议，先不在家，亦得脱免。

此时天已抵暮，吾爱陶晚衙未退，堂上堂下，灯烛火把，照耀如同白日。土兵带一干人进见，回覆说赃物搜寻不出，将簿子呈上。吾爱陶揭开一看，所载财帛衣饰、器皿酒米之类甚多，说道："他不过是个屠户，怎有许多东西，必是大盗窝家。"簿子阁过，唤杨氏等问道："你丈夫盗我的银物，藏在何处，快些招了，免受刑苦。"杨氏等齐声俱称："并不曾做贼，那得有赃？"吾爱陶道："如此说来，到是图赖你了。"喝叫杨氏拶起，王大郎父子家人等，一齐尽上夹棍，夹的夹，拶的拶，号冤痛楚之声，震彻内外，好不凄惨。招儿和家人们，都苦痛不过，随口乱指，寄在邻家的，藏在亲戚家的，说着那处，便押去起赃。可怜将几家良善平民，都搜干净，那里有甚脏物。严刑拷问了几日，终无着落。王大郎已知不免一死，大声喊叫道："吾爱陶，你在此虐害商民，也无数了，今日又诬陷我一家。我生前决争你不过，少不得到阴司里和你辩论是非。"吾爱陶大怒，拍案道："贼子，你窃入公堂，盗了东西，反刺了我一刀，又说诬陷，要到阴司对证。难道阴司例律，许容你做贼杀人的么？你且在阳间里招了赃物，然后送你到阴司诉冤。"唤土兵分付道："我晓得贼骨头不怕夹拶，你明日到府中，唤几名积年老捕盗来，他们自有猴狲献果、驴儿拔橛许多吊法，务要究出真赃，好定他的罪名。"这才是：

前生结下此生冤，今世追偿前世债。

这捕人乃森罗殿前的追命鬼，心肠比钢铁还硬。奉了这个差使，将八个人带到空闲公所，分做四处吊拷，看所招相似的，便是实情。王大郎夫妻在一处，招儿王伙计在一处，三个家人和酒大工，又分做两处，大凡捕人绷吊盗贼，初上吊即招，倒还落得便宜。若不招时，从上至下，遍身这一顿棍棒，打得好不苦怜。任你铜筋铁骨的汉子，到此也打做一个糍粑。所以无辜冤屈的人，不肯招承，往往送了性命。当下招儿连日已被夹伤，怎还经得起这般毒打，一口气收不来，却便寂然无声。捕人连忙放下，叫唤不醒了。飞至衙门，传梆报知，吾爱陶发出一幅朱单道：

> 王招儿虽死，众犯还着严拷，毋得借此玩法取罪。
> 特谕。

捕人接这单看了，将各般吊法，逐件施行。王大郎任凭吊打，只是叫着吾爱陶名字，骂不绝口。捕人虽明白是冤枉，怎奈官府主意，不得不如此。惟念杨氏是女人，略略用情，其余一毫不肯放松。到第二日夜间，三个家人，并王伙计，酒大工，五命齐休。这些事不待捕人去禀，自有土兵察听传报。吾爱陶晓得王大郎詈骂，一发切齿痛恨。第三日出堂，唤捕人分付道："可晓得么，王大郎今日已不在阳世了，你们好与我用情。"捕人答应晓得，来对王大郎道："大郎你须紧记着，明年今日今时，是你的死忌，此乃上命差遣，莫怨我们。"王大郎道："咳！我自去寻吾爱陶，怎怨着列位。总是要死的了，劳你们快些罢。"又叫声道："娘子，我今去了，你须挣扎着。"杨氏听见，放声号哭说："大郎，此乃前世冤孽，我少不得即刻也来了。"王大郎又叫道："招儿招儿，不能见你一面，未知可留得性命，只怕在黄泉相会是大分了。"想到此不觉落下几点眼泪。捕人道："大郎好教你知道，令郎前晚已在前路相候；尊使五个人，昨夜也赶上去了。你只管放心，和他们作伴同行。"王大郎听得儿子和众人俱先死了，一时眼内血泪泉涌，咽喉气塞，强要吐半个字也不能。众人急忙下手，将绳子套在颈项，紧紧扣住，须臾了帐。可怜三日之间，无辜七命，死得不如狗彘：

> 曾闻暴政同于虎，不道严刑却为钱；
> 三日无辜伤七命，游魂何处诉奇冤。

当下捕人即去禀说，王大郎已死。吾爱陶道："果然死了？"捕人道："实是死了。"吾爱陶唤过土兵道："可将这贼埋于关南，他儿子埋于关北，使他在阴司也父南子北。这五个尸首，总埋在五里之外，也教他不相望见。"土兵禀说："王大郎自有家财可要买具棺木？"吾爱陶道："此等凶贼，不把他喂猪狗足矣，那许他棺木。"又向捕人道："那婆娘还要用心拷打，必要赃物着落。"捕人道："这妇人还宜从容缓处。"吾爱陶道："盗情如何缓得？"捕人道："他一家男子，三日俱死。若再严追，这妇人倘亦有不测，上司闻知，恐或不便。"吾爱陶道："他来盗窃国课，行刺职官，难道不要究治的？就上司知得何妨。"捕人道："老爷自然无妨，只是小人们有甚缘故，这却当不起。"吾爱陶怒道："我晓得捕人都与盗贼相通，今不肯追问这妇人，必定知情，所以推托。"喝教将捕人羁禁，带杨氏审问，待究出真情，一并治罪。把杨氏重又拶起，击过千余，手指尽断，只是不招。吾爱陶又唤过土兵道："我料这赃物，还藏在家，只是你们不肯用心，待我亲自去搜，必有分晓。"即出衙门，到王大郎家来。

此时两个家人妇和丫头看守家里，闻知丈夫已死，正当啼啼哭哭。忽听见官府亲来起赃，吓得后门逃避。吾爱陶带了土兵，唤起地方人同入其家，又复前前后后搜寻。寻至一间屋中，见停着七口棺木，便叫土兵打开来。土后禀说："这棺木久了，前已验过，不消开看。"吾爱陶道："你们那里晓得，从来盗贼，把东西藏棺木中，使人不疑。他家本是大盗窝主，历年打劫的财物，必藏在内。不然，岂有好人家停下许多棺木。"地方人禀说："这棺木乃是王大郎的父祖伯叔两代，并结发妻子，所以共有七口。因他平日悭吝，不舍得银钱殡葬，以致久停在家，人所共知，其中决无赃物。"吾爱陶不信，必要开看。地方邻里苦苦哀求，方才止了。搜索一番，依然无迹。吾爱陶立在堂中说道："这贼子，你便善藏，我今也有善处。"分付土兵，把封下的箱笼，点验明白，尽发去附库。又唤各铺家，将酒米牲畜家伙之类，分领前去变卖。限三日内，易银上库登册，待等追出杨氏真赃，然后一并给还。又道："这房子逼近私衙，藏奸聚盗，日后尚有可虞。着地方将棺木即刻发去荒郊野地，此屋改为营房，与土兵居住，防护衙门。"处置停当，仍带杨氏去研审。又问他次子潜躲何处，要去拘拿，此是他斩草除根之计。

可怜王大郎好端端一个家业，遇着官府作对，几日间弄得瓦解冰消，全家破灭，岂不是宿世冤仇！商民闻见者，个个愤恨。一时远近传播，乡绅尽皆不平，向府县上司，为之称枉。有置制使行文与吾爱陶说[20]："罪人不孥，一家既死七人，已尽厥辜，其妻理宜释放。"吾爱陶察听得公论风声不好，只得将杨氏并捕人，俱责令招保。杨氏寻见了小儿子，亲戚们商量说，如今上司尽知冤枉，何不去告理报仇。即刻便起冤揭遍送，向各衙门投词伸冤。适值新巡按铁御史案临，察访得吾爱陶在任贪酷无比，杀王大郎一家七命，委实冤枉，乃上疏奏闻朝廷。其疏云：

> 臣闻理财之任，上不病国，下不病商，斯为称职。乃有吾爱陶者，典榷上游，分司重地，不思体恤黎元，养培国脉；擅敢变乱旧章，税及行人。专为刑虐，惟务贪婪。是以商民交怨，男妇兴嗟。吸髓之谣，久著于汉江；剥皮之号，已闻诸辇毂[21]。昔刘晏桑弘羊[22]，利尽锱铢，而未尝病国病民，后世犹说其聚敛。今爱陶与商民作仇，为国家敛怨，其罪当如何哉！尤可异者，诬良民为盗，捏乌有为赃。不逾三日，立杀七人。掷遗骸于水滨，弃停榇于郊野[23]；夺其室以居爪牙，攫其资以归囊橐[24]。冤鬼昼号，幽魂夜泣，行路伤心，神人共愤。夫官守各有职责，不容紊乱。商税榷曹之任，狱讼有司之事。即使盗情果确，亦

当归之执法。而乃酷刑肆虐，致使合门殒紫，天理何在，国法奚存！臣衔命巡方，职在祛除残暴，申理枉屈。目击奇冤，宁能忍默？谨据实奏闻，伏乞将吾爱陶下诸法司，案其秽滥之迹，究其虐杀之状，正以三尺[25]，肆诸两观。庶国法申而民冤亦申，刑狱平而王道亦平矣。

圣旨批下所司，着确查究治。吾爱陶闻知这个消息，好生着忙。自料立脚不住，先差人回家，葺理房屋；一面也修个辨疏上奏，多赍金银到京，托相知官员，寻门户挽回。其疏云：

臣谬以樗材[26]，滥司权务，固知虻负难胜，奚敢鼹饮自饱[27]。莅任以来，矢心矢日，冰蘖宁甘[28]，虽尺寸未尝少逾。以故商旅称为平衡，地方亦不以为不肖。而忌者反指臣为贪酷，捏以吸髓之谣，加以剥皮之号。无风而波，同于梦呓，岂不冤乎？犹未已也，若乃借盗窃之事，砌情胪列，中以危法，是何心哉？当盗入臣署攫金，觉而逐之，遂投刃以刺，幸中臣额，乃得不死。及追贼踪，潜穴署左，执付捕役，惧罪自尽。穷究党羽，法所宜然。此而不治，是谓失刑。而忌者乃指臣为酷刑肆虐，不亦谬乎？岂必欲盗杀臣，而尽劫国课，始以为快欤？夫地方有盗，而有司不能问，反责臣执盗而不与，抑何倒行逆施之若是也。虽然，臣不敢言也，不敢辩也。何则？诚不敢撄忌者之怒也。惟皇上悯臣孤危孑立，早赐罢黜，以塞忌者之口，使全首领于牖下，是则臣之幸也。

自来巧言乱听，吾爱陶上这辨疏，朝廷看到被贼刺伤，及有司不能清盗，反责其执盗不与，这段颇是有理。亦批下所司，勘明具覆。其时乃中书门下侍郎蔡确当国，大权尽在其手，吾爱陶的相知，打着这个关节。蔡确授意所司，所司碍着他面皮，乃覆奏道：

看得吾爱陶贪秽之迹，彰彰耳目，虽强词涂饰，公论
难掩。此不可一日仍居地方者矣。惟王大郎一案，窃帑伤
官，事必有因，死不为枉。有司弭盗无方，相应罚俸，未
敢擅便，伏惟圣裁。

奏上，圣旨依拟将吾爱陶削职为民，速令去任；有司罚俸三月。
他的打干家人得了此信[29]，星夜兼程，赶回报知。吾爱陶急打
发家小起身，分一半土兵护送。王大郎箱笼，尚在库上，欲待
取去，踌躇未妥，只得割舍下来。

数日之后，邸报已到，铁御史行牌，将附库资财，尽给还
杨氏，一面拿几个首恶土兵到官，刑责问遣。那时杨氏领着儿
子和两个家人妇，到衙门上与丈夫索命。哭的哭，骂的骂，不
容他转身。吾爱陶诚恐打将入去，分付把仪门头门紧拴牢闭
了[30]。地方人见他惧怕，向日曾受害的，齐来叫骂。便是没干
涉的，也乘着兴喧喧嚷嚷，声言要放火焚烧，乱了六七日。吾
爱陶正无可奈何，恰好署摄税务的官员来到。从来说官官相护，
见百姓拥在衙门，体面不好看，再三善言劝谕，方才散解。放
吾爱陶出衙下船，分付即便开去。岸上人预先聚下砖瓦土石，
乱掷上去，叫道："吾剥皮，你各色俱不放空，难道这砖瓦不装
一船回去造房子。"有的叫道："吾剥皮，我们还送你些土仪回
家，好做人事。"拾起大泥块，又打上去。这一阵砖瓦土石，分
明下了一天冰雹。吾爱陶躲在舱中，只叫快些起篷。那知关下
拥塞的货船又多，急切不能快行。商船上又拍手高叫道："吾剥
皮，小猪船，人载船在此，何不来抽税？"又叫道："吾剥皮，
岸上有好些背包裹的过去了，也该差人拿住。"叫一阵笑一阵，
又打一阵瘤瘤[31]。吾爱陶听了，又恼又羞，又出不得声答他们
一句，此时好生难过。正是：

饶君掬尽三江水，难洗今朝一面羞。

后来新提举到任，访得王大郎果然冤死，怜其无辜，乃收他的空房入衙，改为书斋，给银五百两与杨氏，以作房价。叫他买棺盛殓这七个尸骸，安葬弃下的这七口停榇。商民见造此阴德之事，无不称念，比着吾剥皮，岂非天渊之隔。这也不在话下。

再说吾爱陶离了荆州，由建阳荆门州一路水程前去。他的家小船，原期停于襄阳，等候同行。吾爱陶赶来会着，方待开船，只见向日差回去的家人来到，报说："家里去不得了。"吾爱陶惊问为何。家中人道："村人道老爷向日做秀才，尚然百般诈害。如今做官，赚过大钱，村中人些小产业，尽都取了，只怕也还嫌少。为此鸣锣聚众，一把火将我家房屋，烧做白地。等候老爷到时，便要抢劫。"吾爱陶听罢，吓得面如土色，说："如此却怎么好？"他的奶奶颇是贤明，日常劝丈夫做些好事，积些阴德，吾爱陶那里肯听。此时闻得此信，叹口气道："别人做官任满，乡绅送锦屏奉贺，地方官设席饯行，百姓攀辕卧辙，执香脱靴，建生祠，立下去思碑[32]，何等光采！及至衣锦还乡，亲戚远迎，官府恭贺，祭一祭祖宗，会一会乡党，何等荣耀！偏有你做官离任时，被人登门辱骂，不容转身。及至登舟，又受纳了若干断砖破瓦，碎石残泥。忙忙如丧家狗，汲汲如漏网鱼，亡命奔逃，如遭兵燹。及问家乡，却又聚党呼号，焚庐荡舍，摈弃不容，祖宗茔墓，不能再见。你若信吾言，何至有家难奔，有国难投？这样做官结果，千古来只好你一人而已。如今进退两难，怎生是好？"

吾爱陶心里正是烦恼，又被妻子这场数落，愈加没趣，乃强笑道："大丈夫四海为家，何必故土。况吾乡远在西邮，地土瘠薄，人又粗鄙，有甚好处。久闻金陵建康，乃六朝建都之地，衣冠文物，十分蕃盛。从不曾到，如今竟往此处寓居。若土俗相宜，便入籍在彼，亦无不可。"定了主意，回船出江，直至建康。先讨个寓所安下，将土兵从役船只，打发回去，从容寻觅住居。因见四方商贾丛集，恐怕有人闻得姓名，前来物色戏侮，将吾下口字除去，改姓为五，号湖泉，即是爱陶的意思。又想从来没有姓五的，又添上个人字旁为伍。分付家人只称员外，再莫提起吾字，自此人都叫他是伍员外。买了一所大房屋住下，整顿得十分次第[33]。不想这奶奶因前一气成疾，不久身亡。吾爱陶舍不得钱财，衣衾棺椁，都从减省。不过几时，那生儿女的通房，也患病而死。吾爱陶买起坟地，一齐葬讫。

那吾爱陶做秀才时，寻趁闲事，常有活钱到手。及至做官，大锭小锞，只搬进来，不搬出去，好不快活。到今日日摸出囊中物使费，如同割肉，想道："常言'家有千贯，不如日进分文'。我今虽有些资橐，若不寻个活计，生些利息，到底是坐吃山空。但做买卖，从来未谙，托家人恐有走失，置田产我是罢闲官，且又移名易姓，改头换面，免不得点役当差，却做甚的好？"忽地想着一件道路，自己得意，不觉拍手欢喜。你道是甚道路？原来他想着，如今优游无事，正好寻声色之乐。但当年结发，自甘淡泊，不过裙布荆钗。虽说做了奶奶，也不曾奢华富丽。今若娶讨姬妾，先要去一大注身价。讨来时，教他穿粗布衣裳，便不成模样；吃这口粗茶淡饭，也不成体面。若还日逐锦衣玉食，必要大费钱财，又非算计。不如拚几千金，娶几个上好妓女，开设一院，做门户生涯，自己乘间便可取乐，捉空就教陪睡。日常吃的美酒佳肴，是子弟东道；穿的锦绣绫罗，少不得也有子弟相赠。衣食两项，已不费己财。且又本钱不动，夜夜生利，日日见钱，落得风流快活。便是陶朱公，也算不到这项经营。况他只有一个西子，还吃死饭，我今多讨几妓，又赚活钱，看来还胜他一筹。

思想着古时姑臧太守张宪，有美妓六人：奏书者号传芳妓，酌酒者号龙津女，传食者号仙盘使，代书札者号墨娥，按香者号麝姬，掌诗稿者号双清子。我今照依他，也讨六妓。张老止为自家独乐，所以费衣费食。我却要生利生财，不妨与众共乐。自此遂讨了极美的粉头六个，另寻一所园亭，安镇在内。分立六个房户，称为六院。也仿张太守所取名号：第一院名芒姬，第二院名龙姬，第三院名仙姬，第四院名墨姬，第五院名香姬，第六院名双姬。每一院各有使唤丫鬟四人，又讨一个老成妓女，管束这六院姊妹。此妓姓李名小涛，出身钱塘，转到此地，年纪虽有二十七八，风韵犹佳，技艺精妙。又会凑趣奉承，因此甚得吾爱陶的欢心，托他做个烟花寨主。这六个姊妹，人品又美又雅，房帏铺设又精，因此伍家六院之名，远近著名，吾爱陶大得风流利息。

一日有个富翁，到院中来买笑追欢。这富翁是谁？便是当年被吾爱陶责罚烧毁残货的汪商。他原曾读诗书，颇通文理。为受了这场荼毒，遂誓不为商，竟到京师纳个上舍[34]，也要弄个官职，到关西地面，寻吾爱陶报雪这口怨气。因逢不着机会未能到手，仍又出京。因有两个伙计，领他本钱，在金陵开了个典当，前来盘帐，闻说伍家六院姊脉出色，客中寂寞，闻知有此乐地，即来访寻。也不用帮闲子弟，只带着一个小厮。问至伍家院中，正遇着李小涛。原来却是杭州旧婊子，向前相见，他乡故知，分外亲热，彼此叙些间阔的闲话。茶毕，就教小涛引去，会一会六院姊妹。果然人物美艳，铺设富丽。汪商看了暗暗喝采，因问小涛："伍家乐户，是何处人，有此大本钱，觅得这几个丽人，聚在一处？"小涛说："这乐户不比寻常，原是有名目的人。即使京师六院教坊会着，也须让他坐个首席。"汪商笑道："不信有这个大来头的龟子。"小涛附耳低言道："这六院主人，名虽姓伍，本实姓吾。三年前曾在荆州做监税提举，因贪酷削职，故乡人又不容归去，为此改姓名为伍湖泉，侨居金陵。拿出大本钱，买此六个佳人，做这门户生涯。又娶我来，指教管束。家中尽称员外，所以人只晓得是伍家六院。这话是他家人私对我说的，切莫泄漏。"汪商听了，不胜欢喜道："原来却是吾剥皮在此开门头赚钱，好好好！这小闸上钱财，一发趁得稳。但不知偷关过的，可要抽一半入官？罢罢！他已一日不如一日，前恨一笔勾销。倒再上些料银与他，待我把这六院姊妹，软玉窝中滋味尝遍了，也胜似斩这眼圈金线、衣织回文、藏头缩尾、遗臭万年的东西一刀。"

小涛见他絮絮叨叨说这许多话，不知为甚，忙问何故。汪商但笑不答，就封白金十两，烦小涛送到第一院去嫖芳姬。欢乐一宵，题诗一绝于壁云：

> 昔日传芳事已奇，今朝名号好相齐；
>
> 若还不遇东风便，安得官家老奏书。

又封白金十两，送到第二院去嫖了龙姬。也题诗一绝于壁云：

> 酌酒从来金叵罗，龙津女子夜如何？
>
> 如今识破吾堪伍，渗齿清甜快乐多。

又封白金十两，送到第三院去嫖了仙姬。也题诗一绝于壁云：

> 百味何如此味膻，腰间仗剑斩奇男；
>
> 和盘托出随君饱，善饭先生第几飡。

又封白金十两，送到第四院去嫖了墨姬。也题诗一绝于壁云：

> 相思两字写来真，墨饱诗枯半夜情；
>
> 传说九家村里汉，阿翁原是点筹人。

又封白金十两，送到第五院去嫖了香姬。也题诗一绝于壁云：

爱尔芳香出肚脐，满身柔滑胜凝脂；

朝来好热湖泉水，洗去人间老面皮。

又封白金十两，送到第六院去嫖了双姬。也题诗一绝于壁云：

不会题诗强再三，杨妃捧砚指尖尖；

莫羞五十黄荆杖，买得风流六院传。

汪商撒漫六十金，将伍家院子六个粉头尽都睡到。至第七日，心中暗想，仇不可深，乐不可极。此番报复，已堪雪恨，我该去矣。另取五两银子，送与小涛。方待相辞，忽然传说员来了。只见吾爱陶摇摆进来，小涛和六院姊妹，齐向前迎接。原来吾爱陶定下规矩，院中嫖帐，逐日李小涛掌记。每十日亲来对帐，算收夜钱。即到各院，点简一遭，看见各房壁中，俱题一诗，寻思其意，大有关心，及走到外堂，却见汪商与六院姊妹作别。汪商见了爱陶，以真为假，爱陶见了汪商，认假非真，举手问："尊客何来?"汪商道："小子是徽商水客，向在荆州。遇了吾剥皮，断送了我万金货物。因没了本钱，跟着云游道人，学得些剑术，要图报仇。那知他为贪酷坏官，乡里又不容归去。闻说躲在金陵，特寻至此。却听得伍家六院，姊妹风流标致，身边还存下几两余资，譬如当日一并被吾剥皮取去，将来送与众姊妹，尽兴快活了六夜。如今别去，还要寻吾剥皮算帐，可晓得他住在那里么?"这几句诨话，惊得吾爱陶将手乱摇道："不晓得，不晓得。"即回过身叫道："丫头们快把茶来吃。"口内便叫，两只脚急忙忙的走入里面去了。汪商看了说道："若吾剥皮也是这样缩入洞里，便没处寻了。"大笑出门。又在院门上，题诗一首而去，诗云：

冠盖今何用，风流尚昔人。

五湖追故迹，六院步芳尘。

笑骂甘承受，贪污自率真。

因忘一字耻，遗臭万年新。

他人便这般嘲笑，那知吾爱陶得趣其中，全不以为异。分明是粪缸里的蛆虫，竟不觉有臭秽。看看一日又一日，一年又一年，吾爱陶儿女渐渐长成，未免央媒寻觅亲事。人虽晓得他家富饶，一来是外方人；二来是伍家六院之名，那个肯把儿女与他为婚。其子原名吾省，因托了姓伍，将姓名倒转来，叫做伍省吾。爱陶平日虽教他读书，常对儿子说："我侨居于此，并没田产，全亏这六院生长利息。这是个摇钱树，一摇一斗，十摇成石，其实胜置南庄田，北庄地。你后日若得上进，不消说起。如无出身日子，只守着这项生涯，一生吃着不尽了。"每到院中，算收夜钱，常带着儿子同走。他家里动用极是淡薄，院中尽有酒肴，每至必醉饱而归。这吾省生来嗜酒贪嘴，得了这甜头，不时私地前去。便遇着嫖客吃剩下的东西，也就啖些，方才转身。更有一件，却又好赌。摸着了爱陶藏下的钱财，背着他眼，不论家人小厮，乞丐化子，随地跌钱，掷骰打牌，件件皆来，赢了不歇，输着便走。吾爱陶除却去点简六院姊妹，终日督率家人，种竹养鱼，栽葱种菜，挑灰担粪喂猪，做那陶朱公事业。照管儿子读书，到还是末务，所以吾省乐得逍遥。

一日吾爱陶正往院中去，出门行不多几步，忽然望空作揖，连叫："大郎大郎，是我不是了，饶了我罢！"跟随的家人倒吃了一惊，叫道："员外，怎的如此？"连忙用手扶时，已跌倒在地。发起谵语道[35]："吾剥皮，你无端诬陷，杀了我一家七命，却躲在此快乐受用，教我们那一处不寻到。今日才得遇着，快还我们命来！"家人听了，晓得便是向年王大郎来索命，吓得冷汗淋身，奔到家中，唤起众仆抬归，放在床上。寻问小官人时，又不知那里赌钱去了，只有女儿在旁看觑。吾爱陶口中乱语道："你前日将我们夹拶吊打，诸般毒刑拷逼，如今一件件也要偿还，先把他夹起来。"才说出这话，口中便叫疼叫痛，百般哀求，苦告讨饶。喊了一回，又说"一发把拶子上起"。两只手就合着叫痛。一会儿，又说"且吊打一番"。话声未了，手足即翻过背后，攒做一簇，头颈也仰转，紧靠在手足上。这哀号痛楚，惨不可言。一会儿又说"夹起来"。夹过又拶，拶过又吊，如此三日，遍身紫黑，都是绳索棍棒捶击之痕。十指两足，一齐堕落。家人们备下三牲祭礼，摆在床前，拜求宽恕。他却哈哈冷笑，末后又说："当时我们只不曾上脑箍，今把他来尝一尝，算做利钱。"顷刻涨得头大如斗，两眼突出，从额上回转一条肉痕直嵌入去，一会儿又说："且取他心肝肠子来看，是怎样生的这般狠毒。"须臾间心胸直至小腹下尽皆溃烂，五脏六腑，显出在外，方才气断身绝，正是：

劝人休作恶，作恶必有报；

一朝毒发时，苦恼无从告。

爱陶既死，少不得衣棺盛殓。但是皮肉臭腐，难以举动，只得将衣服覆在身上，连衾褥卷入棺中，停丧在家，此时吾省，身松快活，不在院中吃酒食，定去寻人赌博，地方光棍又多，见他有钱，闻香嗅气的，挨身为伴，取他的钱财。又哄他院中姊妹，年长色衰，把来脱去，另讨了六个年纪小的。一入一出，于中打骗手，倒去了一半。那家人们见小主人不是成家之子，都起异心，陆续各偷了些东西，向他方去过活。不勾几时，走得一个也无，单单只剩一个妹子，此时也有十四五岁，守这一所大房，岂不害怕。吾省计算，院中房屋尽多，竟搬入去住下，收夜钱又便。大房空下，货卖与人，把父亲棺木，抬在其母坟上。这房子才脱，房价便已赌完。两年之间，将吾爱陶这些囊橐家私，弄个罄尽。院中粉头，也有赎身的，也有随着孤老逃的，倒去了四个。那妹子年长知味，又不能婚配，又在院中看这些好样，悄地也接个嫖客。初时怕羞，还瞒着了哥子。渐渐熟落，便明明的迎张送李。吾省也恬不为怪，到喜补了一房空缺。

再过几时，就连这两个粉头，也都走了，单单只剩一个妹子答应门头。一个人的夜合钱，如何供得吾省所需？只得把这院子卖去，燥皮几日[36]，另租两间小房来住。居室既卑，妹子的夜钱也减，越觉急促。看看衣服不时，好客便没得上门。妹子想起哥哥这样赌法，贴他不富，连我也穷，不如自寻去路，为此跟着一个相识孤老，一溜烟也是逃之夭夭。吾省这番，一发是化子走了猴狲，没甚弄了。口内没得吃，手内没得用，无可奈何，便去撬墙掘壁，搯摸过日。做个几遍，被捕人缉访着了，拿去一吊，锦绣包裹起来的肢骨，如何受得这般苦痛？才上吊，就一一招承。送到当官，一顿板子，问成徒罪，刺了金印，发去摆站[37]，遂死于路途。吾爱陶那口棺木，在坟不能入土，竟风化了。这便是贪酷的下梢结果[38]。有古语为证：

> 行藏虚实自家知，祸福因由更问谁；
>
> 善恶到头终有报，只争来早与来迟。

（选自《石点头》）

[注释]

[1] 罗隐——晚唐诗人。一生怀才不遇，流落不偶。他愤世疾俗，好为谐谑讥刺之语。

[2] 孔方兄——旧时钱的别称。古代铜钱中央有方孔，因而得名。鲁褒《钱神论》："亲爱如兄，字曰孔方。"

[3] 齑（jī基）粉——碎末、细粉，常借以比喻粉身碎骨。

〔4〕范史云——即范冉，东汉人，字史云。桓帝时曾委任为莱芜长（故城在今淄川县东南）。他生活贫穷，常常断炊，闾里歌之曰："甑中生尘范史云，釜中生鱼范莱芜。"甑（zèng 赠），古代烹饭的瓦器。釜，古代的锅。鱼，此指蠹鱼。闾里之歌的意思是说范冉的甑中布满灰尘，锅中长满蠹鱼。形容他家境困苦，无米下炊。

〔5〕任彦升——即任昉，南朝梁文学家，字彦升。任昉仕宋、齐、梁三朝。他为官清廉，官至御史中丞、金紫光禄大夫。死后家无余产，孩子流离失所，朝不谋夕。

〔6〕西和——地名，在甘肃省东南部，西汉水上游。

〔7〕补廪（lǐn 凛）食粮——指当了廪生，得到了官府发给的粮米。

〔8〕岁贡——明清时代，按期从各府、州、县学中选送廪生入国子监读书，称为岁贡。

〔9〕髫（tiáo 条）年——代指童年。髫，古时小孩下垂的头发。　入泮（pàn 判）——即入泮宫读书，考取秀才之意。

〔10〕得贡——作了贡生。古代科举制度中，生员（秀才）一旦被选送京师国子监读书，便不再是本府、州、县学的生员，而称为贡生。

〔11〕乡党——泛指乡里。

〔12〕廷试——亦名殿试。科举时代由皇帝对会试取录的贡士在殿廷上进行的一种考试。

〔13〕通房——名义上是丫头，实际上是姬妾，旧称"通房"。

〔14〕承乏——旧时官吏表示自谦的词语。意思是说所任官职一时无合适人选，暂由自己充任。

〔15〕锱（zī 资）铢——形容极微小的数量。锱铢都是古代很小的重量单位。

〔16〕蠲（juān 捐）免——除去、减免之意。蠲，通"捐"。

〔17〕抽分——也叫"抽解"，指旧时对国内外商货贸易征收的实物商税。

〔18〕嗄饭——也写作"下饭"，佐饭的菜肴。

〔19〕脱白——脱空。

[20] 置制使——官名。唐代后期在用兵时为控制地方秩序而设置。宋代沿置。

[21] 辇（niǎn 捻）毂——京都。

[22] "刘晏"句——刘晏，唐代理财家。　桑弘羊——西汉政治家。在制定推行盐铁酒类的官营专卖等方面卓有功绩。

[23] 槸（chèn 衬）：棺材。

[24] 囊橐（tuó 驼）——口袋。

[25] 正以三尺——即绳之以法。三尺，代指法律。古代将法律条文刻在三尺长的竹简上，故称法律为三尺。

[26] 樗（chū 初）材——无用之材。

[27] 鼹（yàn 雁）饮——田鼠，也叫鼩鼠、偃鼠。《庄子·逍遥游》："偃鼠饮河，不过满腹。"

[28] 冰檗（bó）——即黄檗，一种植物，味苦。

[29] 打干——又称"谋干"，即奔走、活动。

[30] 仪门——明清时代官署的第二道门称仪门。

[31] 瘝瘝（wēiwēi 威威）——象声词，很多人一起用力齐声呼喊。

[32] 去思碑——旧时地方士绅等为表示对离任官员的怀念常立碑留念，名之为去思碑。

[33] 次第——整齐之意。

[34] 上舍——即上舍生，宋代太学生之一。

[35] 谵（zhān 詹）语——胡言乱语。

[36] 燥皮——又作"燥脾""燥脾胃"，爽快的意思。

[37] 摆站——古代犯人被发往驿站作苦役叫摆站。

[38] 下梢——结局。

[鉴赏]

《贪婪汉六院卖风流》选自明代拟话本集《石点头》。作者署名"天然痴叟"，其真实姓名无可考。关于"石点头"，冯梦龙在书前的序中作了交代："石点头者，生公在虎丘说法故事也。"生公即竺道生，是晋代一位著名的僧人。他本姓魏，因从竺法汰出家，故以竺为姓。生公曾入庐山寺院经库刻苦钻研佛经达七年之久，后又受业于鸠摩罗什。他研究佛学经典从不墨守成规、人云亦云，而是慧心独具妙语惊人。据说生公传经布道来到苏州虎丘，便把剑池前宽阔的石台当成讲经的课堂，把众石当作听众进行讲习。经过坚持不懈的努力，终于滴水石穿，不仅顽石感悟，频频点头，连讲台东侧的莲花池也涨满碧水并绽开了朵朵莲花，听讲信徒在千人以上。《石点头》化用"生公说法，顽石点头"的典故，寄寓了讽世垂教的用意。正如冯梦龙所说："若曰生公不可作，吾代为说法，所不点头会意，翻然皈依清净方便法门者，是石之不如者也"（《石点头·序》）。《石点头》全书十四卷，每卷一篇，大多从古今古籍中掇拾旧闻以佐谈谐、新听睹。虽然书中有不少篇章让人感到封建伦理道德的说教味十足，但尚有一些较好的作品，《贪婪汉六院卖风流》便是其中的一篇。

小说写的是宋代贪官吾爱陶贪婪凶狠、残害百姓，最后受到果报的故事。作品虽是循着吾爱陶的生活轨迹——乡居、仕宦、罢官及受惩——写来，却又有详有略，重点突出。乡居期间的种种劣迹不是小说描写的重点，只是作为吾爱陶以后贪酷暴虐的根由和铺垫来写的。吾爱陶自幼贪狠成性，占便宜没够："见了人的东西……不想法到手不止"，连书馆中的墨头纸角也不放过，"取得一些也是好的"。与同窗相处"又狠又躁"，一言不合便"怒气相加，揪发扯胸，挥砖掷瓦，不占得一分便宜，不肯罢休"。他作了九家村的开山秀才后愈加放刁："在闾里间，兜揽公事，武断乡曲，理上取不得的财，他偏生要取，理上做不得的事，他偏生要做"，百姓大受其害又无处诉告。就在他临赴京师廷试前，还不忘再捞一把。他利用村农怕事，不敢和他硬顶的心理，把全村大小人家分成上、中、下三等，编造名册，以借盘缠为名，公开敲诈了一大笔钱财后，才"意气洋洋"地离开家乡踏上了仕途。这些简要描写，已经初步勾勒出一个"贪焚"汉的雏形。

作者着墨最多的是仕宦阶段。如果说吾爱陶乡居时的凶恶贪鄙还只是牛刀小试，初露锋芒的话，那么随着仕宦生涯的开始，吾爱陶的占有欲便有增无减地膨胀起来。作了荆湖路条例司监税提举后，他凭借手中的权力，率意更改旧制，巧立各种名目肆意盘剥。掌握在他手中的"权"与"法"，不过成了他巧取豪夺、满足无穷贪欲的工具罢了。历来不抽税的载猪船过河，他要十口抽一；历来不抽税的载人船过河，他也要每人纳银若干。猪饲料过河，要百斤抽十；担斋饭的道士过河，也要十碗抽一。不管是乡绅生员，还是江湖客商；是吏书门皂，还是平头百姓，都不放过，真是搜刮有法，锱铢无遗了。难怪民间流传"贼来如梳，兵来如篦，官来如剃"的俗谚了。吾爱陶的所作所为，不禁令人想起司马迁笔下那些"以恶为治"的酷吏来。像巧立名目、看武帝眼色行事的张汤；一天杀四百余人的义纵；捕盗连坐千家的王温舒……"这些酷吏在斩戮杀伐的手段上不尽相同，但在贪酷上却惊人地相似。其实贪与酷往往是紧密相联的，许多酷吏都是由贪而发展为酷的，小说中的吾爱陶也是如此。

作者在详细描写了他的巧立名目、害民有术后，接着详细描写了他的残民以逞、暴虐恣肆，给我们展示了他性格中的另一侧面。富商汪某只因不肯额外多交银两，便挨了五十毛板的毒打，几千金的绫罗绸缎，好端端地被剪破一半入官。最能显示吾爱陶酷烈的莫过于诬良民王大郎为盗的事件了。一次吾家被盗，只因屠户王大郎家与官衙相邻，墙上又留有盗贼穿行时打下的洞眼，便被当作盗贼抓了起来，尽管搜寻不到任何证据，也绝不放人。为了霸王家价值千金的家私，吾爱陶使尽浑身解数，无中生有，捏造罪名；他还动用各种刑具，逼大郎就范。大郎的长子熬不过毒打，最先丧命。接着五个家人、伙计也先后无辜毙命。大郎最终是"叫着吾爱陶的名字，骂不绝口"，含愤离开了人世。吾爱陶不到三天害死了王家主仆七口人命。作者愤慨地说："曾闻暴政同于虎，不道严刑却为钱，三日无辜伤七命，游魂何处诉奇冤"。凭心而论，《石点头》作者的认识水平并不高明。在小说开头他曾宣称他要讲的是宋代一桩贪财的故事，看来他把故事的内容只限定在"贪财"的范围之内了。不过，透过作品的真实描写，我们看到作者的笔触已越过宋代指向了明代。小说的内容也已接触到了明代末年社会的黑暗、吏治的腐败、封建法律的虚伪……这些都远远不是"贪财"所能涵盖得了的。作品的客观意义已大大超过了作者的主观创作意图。

在写吾爱陶罢官及受惩这一部分时，作者充分发挥了艺术想象力，给故事涂上了一层浪漫的色彩。作者没让吾爱陶一落千丈，立刻毙命，而是让他一步步走向灭亡。小说先是写吾爱陶的倒行逆施终于激起了民愤，迫于压力，封建官府将他削职为民，算是对他略施惩罚。继而写他罢官后积习不改，又挖空心思作起了一本万利的生意——开妓院。就在他自鸣得意，大嫌风流钱时，报应降临到了他的头上。王大郎的冤魂找他索命，他不仅受到各种刑法，还外加脑箍之刑，算作利息，而且也是三日之内，气断身绝。这一浪漫主义的结局，替含愤交怨的百姓们出了一口恶气，反映了市民阶层的价值取向和理想愿望。

在写吾爱陶的诸多劣迹时，作者还运用了对比、衬托的手法，写出了乡民百姓对他的鄙薄与仇视。应该说，他在九家村时，每次应考前，众百姓"求他榜上无名"的"祝告"，以及他落榜后，乡民们的"拜谢神道"，都还是较为委婉的泄愤方式；到了他为官作宦时，"吾爱钱""吾剥皮"的绰号和"要聚集商民，放火驱逐"的匿名信，就已经有点剑拔弩张了。直至他声名狼藉离任返乡时，那扔到他船上的一块块砖石，犹如一颗颗愤怒的枪弹直射吾爱陶。他家乡的村民们，鉴于他"向日做秀才，尚然百般诈害。如今做官，赚了大钱，村中人些小产业，尽都取了，只怕也还嫌少"，索性一把火烧了他的房屋，断了他的归路，足见他的不得人心和罪有应得。

中国传统道德大多劝人"诸恶莫作，众善奉行"。这篇小说既洋溢着浓郁的劝善止恶精神，又蕴含着强烈的"怎么开始便怎么结束"的因果报应色彩。小说一开头作者便开宗明义点出唤醒世人的写作目的："在下如今把一桩贪财的故事，试说一回，也尽可唤醒迷人"。在行文中又强调："劝人休作恶，作恶必有报；一朝毒发时，苦恼无从告"。作品中吾爱陶贪酷无比、横行无忌，最后自己死时，肢体痛彻，五脏俱烂、尸体腐臭、难以举动。这一恶死的描写，体现了小说家果报不爽、惩恶扬善的心情。有意思的是，大到中国历史、朝代变迁，小到平头百姓、个人遭际，常有"怎么开始便怎么结束"的事例。远的不说，明代皇帝朱元璋当皇帝前是和尚，明朝灭亡后，女儿当了姑子，孙子也被逼当了和尚。小说中的吾爱陶以贪起家，滥施酷刑，最后受尽酷刑而死。他罢官后以开妓院盈利，最终女儿也成了娼妓。正如小说最后的警示："行藏虚实自家知，祸福因由更问谁；善恶到头终有报，只争来早与来迟。""怎么开始便怎么结束"，究竟是偶然的巧合，还是历史的规律，姑且不论，但是在封建社会，当平民百姓有冤无处诉，封建统治阶级的法律又不代表他们的利益时，作家笔下的恶有恶报，也可算是伸张正义的一种方式，或者说是对恶人的另一种惩戒吧！

（李银珠）

赵县君乔送黄柑　吴宣教干偿白镪

明·凌濛初

诗云：

> 睹色相悦人之情，个中原有真缘分。
> 只因无假不成真，就里藏机不可问。
> 少年鲁莽浪贪淫，等闲踹入风流阵。
> 馒头不吃惹身膻，世俗传名扎火囤。

听说世上男贪女爱，谓之风情。只这两个字，害的人也不浅，送的人也不少。其间又有奸诈之徒，就在这些贪爱上面，想出个奇巧题目来。做自家妻子不着，装成围套，引诱良家子弟，诈他一个小富贵，谓之"扎火囤"。若不是识破机关、硬浪的郎君，十个着了九个道儿。

记得有个京师人，靠着老婆吃饭的。其妻涂脂抹粉，惯卖风情，挑逗那富家郎君。到得上了手的，约会其夫，只做撞着，要杀要剐，直等出财买命，餍足方休[1]。被他弄得也不止一个了。

有一个泼皮子弟，深知他行径。佯为不晓，故意来缠。其妻与了他些甜头，勾引他上手。正在床里作乐，其夫打将进来。别个着了忙的，定是跳下床来寻躲避去处。怎知这个人不慌不忙，且把他妻子搂抱得紧紧的，不放一些宽松。其妻杀猪也似喊起来，乱颠乱推，只是不下来。其夫进了门，搀起帐子[2]，喊道："干得好事！要杀！要杀！"将着刀背放在颈子上捺了一捺[3]，却不下手。泼皮道："不必作腔，要杀就请杀。小子固然不当，也是令正约了来的。死便死做一处，做鬼也风流。终然独杀我一个不成？"其夫果然不敢动手。放下刀子，拿起一个大杆杖来，喝道："权寄颗驴头在颈上，我且痛打一回。"一下子打来。那泼皮溜撒，急把其妻翻过来，早在臂脊上受了一杖。其妻又喊道："是我，是我。不要错打了。"泼皮道"打也不错，也该受一杖儿。"

其夫假势头已过，早已发作不出了。泼皮道："老兄放下性子！小子是个中人[4]，我与你熟商量。你要两人齐杀，你嫂子是摇钱树，料不舍得。若抛得到官，只是和奸。这番打破机关，你那营生弄不成了。不如你舍着嫂子，与我往来。我公道使些钱钞，帮你买煤买米。若要扎火囤，别寻个主儿弄弄，须靠我不着的。"其夫见说出海底眼，无计可奈，没些收场。只得住了手，倒缩了出去。泼皮起来，从容穿了衣服。对着妇人叫声"聒噪"[5]、摇摇摆摆，竟自去了。正是：

<blockquote>强中更有强中手，得便宜处失便宜。</blockquote>

却（恰）是富家子弟郎君，多是娇嫩出身，谁有此泼皮胆气，泼皮手段？所以着了道儿[6]。

宋时向大理的衙内向士肃[7]，出外拜客，唤两个院长相随[8]。到军将桥，遇个妇人，鬓发蓬松，涕泣而来。一个武夫，着青纻丝袍，状如将官，带剑牵驴，执着皮鞭，一头走，一头骂那妇人，或时将鞭打去，怒色不可犯。随后就有健卒十来人，抬着几扛箱笼，且是沉重，跟着同走。街上人多立驻看他，也有说的，也有笑的。士肃不知其故，方在疑讶，两个院长笑道：

"这番经纪做着了^[9]。"士肃问道："怎么解？"院长道："男女们也试猜^[10]，未知端的。衙内要知备细，容打听的实来回话。"

去了一会，院长来了，回说详细：

"元来浙西一个后生官人，到临安赴铨试^[11]，在三桥黄家客店楼上下着。每下楼出入，见小房青帘下有个妇人行走，姿态甚美。撞着了多次，心里未免欣动。问那送茶的小童道：'帘下的是店中何人？'小童攒着眉头道：'一店中被这妇人累了三年了。'官人惊道：'却是为何？'小童道：'前岁一个将官，带着这个妇人，说是他妻子，要住个洁净房子。住了十来日，就要到那里近府去，留这妻子守着房卧行李。说道去半个月就好回来。自这一去，杳无信息。起初妇人自己盘缠，后来用得没有了，苦央主人家说："赊了吃时，只等家主回来算还。"主人辞不得，一日供他两番。而今多时了，也供不起了。只得替他募化着同寓这些客人，轮次供他。也不是常法。不知几时才了得这业债。'

"官人听得，满心欢喜。问道：'我要见他一见，使得么？'小童道：'是好人家妻子，丈夫又不在，怎肯见人？'官人道：'既缺饮食，我寻些吃口物事送他，使得么？'小童道：'这个使得。'官人急走到街上茶食大店里，买了一包蒸酥饼、一包果馅饼，在店家讨了两个盒儿，装好了，叫小童送去。说道：'楼上官人闻知娘子不方便，特意送此点心。'妇人受了，千恩万谢。

"明日妇人买了一壶酒，装着四个菜碟，叫小童来答谢。官人也受了。自此一发注意不舍。

"隔两日，又买些物事相送。妇人也如前买酒来答。官人即烫其酒来吃。篮内取出金杯一只，满斟着一杯，叫茶童送下去道：'楼上官人奉劝大娘子。'妇人不推，吃干了。茶童复命。官人又斟一杯下去，说：'官人多致意娘子：出外之人，不要吃单杯。'妇人又吃了。官人又叫茶童下去致意道：'官人多谢娘子不弃，吃了他两杯酒。官人不好下来自劝，意欲奉邀娘子上楼，亲献一杯，如何？'往返两三次，妇人不肯来。官人只得把些钱来买嘱茶童道：'是必要你设法他上来见见。'茶童见了钱，欢喜起来，又去说风说水道：'娘子受了两杯，也该去回敬一杯。'被他一把拖了上来，道：'娘子来了。'官人没眼得看。妇人道了个万福。官人急把酒斟了，唱个肥喏，亲手递一杯过来道：'承蒙娘子见爱，满饮此杯。'妇人接过手来，一饮而干，把杯放在桌上。官人看见杯内还有余沥，拿过来呒喀个不歇。妇人看见，嘻的一笑，急急走了下去。

"官人看见情态可动，厚赠小童，叫他做着牵头，时常弄他上楼来饮酒。以后便留他同坐。渐不推辞，不像前日走避光景了。眉来眼去，彼此动情，勾搭上了手。然只是日里偷做一二，晚间隔开，不能同宿。

"如此两月余，妇人道：'我日日自下而升，人人看见，毕竟免不得起疑。官人何不把房迁了下来？与奴相近，晚间便好相机同宿了。'官人大喜过望，立时把楼上囊橐搬下来[12]，放在妇人间壁一间房里。推说道：'楼上有风，睡不得，所以搬了。'晚间虚闭着房门，竟自在妇人房里同宿。自道是此乐即并头之莲、比翼之鸟无以过也。

"才得两晚，一日早起，尚未梳洗，两人正自促膝而坐。只见外边店里一个长大汉子，大踏步踹将进来，大声道：'娘子那里？'惊得妇人手脚忙乱，面如土色，慌道：'坏了！坏了！吾夫来了！'那官人急闪了出来，已与大汉打了照面。大汉见个男子在房里走出，不问好歹，一手揪住妇人头发，喊道：'干得好事！干得好事！'提起醋钵大的拳头只是打。那官人慌了，脱得身子，顾不得甚么七长八短，急从后门逃了出去。剩了行李囊资，尽被大汉打开房来，席卷而去。适才十来个健卒扛着的箱箧，多是那官人房里的了。他恐怕有人识破，所以还装着丈夫打骂妻子模样走路。其实妇人、男子、店主、小童，总是一伙人也。"

士肃听罢，道："那里这样不睹事的少年，遭如此圈套！可恨，可恨。"后来常对亲友们说此目见之事，以为笑话。虽然如此，这还是到了手的。便扎了东西去，也还得了些甜头儿。更有那不识气的小二奇，不曾沾得半点滋味，也被别人弄了一番手脚，折了偌多本钱，还悔气哩！正是：

　　美色他人自有缘，从旁何用苦垂涎？

　　请君只守家常饭，不害相思不损钱。

话说宣教郎吴约[13]，字叔惠，道州人，两任广右官。自韶州录曹赴吏部磨勘[14]。宣教家本饶裕，又兼久在南方，珠翠香象，蓄积奇货颇多，尽带在身边随行。作寓在清河坊客店。因吏部引见留滞，时时出游伎馆，衣服鲜丽，动人眼目。

客店相对，有一小宅院，门首挂着青帘。帘内常有个妇人立着看街上人做买卖。宣教终日在对门，未免留意体察。时时听得他娇声媚语，在里头说话。又有时露出双足在帘外来，一弯新笋，着实可观。只不曾见他面貌如何。心下惶惑不定，恨不得走过去揎开帘子一看，再无机会。那帘内或时巧啭莺喉，唱一两句词儿。仔细听那两句，却是：

　　柳丝只解风前舞，诮系惹那人不住。

虽是也间或唱着别的，只是这两句为多。想是喜欢此二语，又想是他有甚么心事。宣教但听得了，便跌足叹赏道："是在行得紧！世间无此妙人。想来必定标致，可惜未能勾一见。"怀揣着个提心吊胆，魂灵多不知飞在那里去了。

一日正在门首坐地，呆呆的看着对门帘内。忽有个经纪[15]，挑着一篮永嘉黄柑子过门。宣教叫住问道："这柑子可要博的[16]？"经纪道："小人正待要博两文钱使使，官人作成则个[17]。"宣教接将头钱过来[18]，往下就扑。那经纪墩在柑子篮边[19]，一头拾钱，一头数数。怎当得宣教一边扑，一心牵挂着帘内那人在里头看见，没心没想的抛下去，何止千扑，再扑不成一个浑成来。算一算，输了一万钱。宣教还是做官人心性，不觉两脸通红，"哏"的一声道："坏了我十千钱，一个柑不得到口，可恨！可恨！"欲待再扑，恐怕扑不出来，又要贴钱，欲待住手，输得多了，又不甘伏。

正在叹恨间，忽见个青衣童子，捧一个小盒，在街上走进店内来。你道那童子生得如何？

> 短发齐肩，长衣拂地。滴溜溜一双俊眼，也会撩人；黑洞洞一个深坑，尽能害客。痴心偏好，反言胜似妖娆；拗性酷贪，还是图他撇脱。身上一团孩子气，独耸孤阳；腰间一道木樨香，合成众唾。

向宣教道："官人借一步说话。"宣教引到僻处，小童出盒道："赵县君奉献官人的[20]。"宣教不知是那里说起，疑心是错了。且揭开盒子来看一看，元来正是永嘉黄柑子十数个。宣教道："你县君是那个？与我素不相识，为何忽地送此？"小童用手指着对门道："我县君即是街南赵大夫的妻室。适在帘间，看见官人扑柑子折了本钱，不曾尝得他一个，有些不快活。县君老大不忍。偶然藏得此数个，故将来送与官人见意。县君道：'可惜止有得这几个，不能勾多，官人不要见笑。'"宣教道："多感县君美意。你家赵大夫何在？"小童道："大夫到建康探亲去了[21]。两个月还未回来，正不知几时到家。"

宣教听得此话，心里想道："他有此美情，况且大夫不在，必有可图。煞是好机会！"连忙走到卧房内，开了箧，取出色彩二端来[22]，对小童道："多谢县君送柑。客中无可奉答，小小生活二疋[23]，伏祈笑留。"小童接了，走过对门去。须臾又将这二端来还，上复道："县君多多致意，区区几个柑子，打甚么不紧的事，要官人如此重酬？决不敢受。"宣教道："若是县君不收，是羞杀小生了，连小生黄柑也不敢领。你依我这样说去，县君必收。"小童领着言语，对县君说去。此番果然不辞了。

明日，又见小童拿了几瓶精致小菜走过来道："县君昨日蒙惠过重。今见官人在客边，恐怕店家小菜不中吃，手制此数瓶，送来奉用。"宣教见这般知趣着人，必然有心于他了，好不徼幸[24]。想道："这童子传来传去，想必在他身旁讲得话、做得事的。好歹要在他身上图成这事，不可怠慢了他。"急叫家人去买些鱼肉果品之类，烫了酒来，与小童对酌。小童道："小人是赵家小厮，怎敢同官人坐地？"宣教道："好兄弟，你是赵县君心腹人儿，我怎敢把你做等闲厮觑？放心饮酒。"小童告过无礼，吃了几杯，早已脸红，道："吃不得了。若醉了，县君须要见怪。打发我去罢。"宣教又取些珠翠花朵之类，答了来意，付与小童去了。

隔了两日，小童自家走过来玩耍。宣教又买酒请他。酒间与他说得入港[25]，宣教便道："好兄弟，我有句话儿问你，你家县君多少年纪了？"小童道："过新年才廿三岁，是我家主人的继室。"宣教道："模样生得如何？"小童摇头道："没正经！早是没人听见，怎把这样说话来问？生得如何，便待怎么？"宣教道："总是没人在此，说说何妨？我既与他送东送西，往来了两番，也须等我晓得他是长是短的。"小童道："说着我县君容貌，真个是世间少比。想是天仙里头谪下来的。除了画图上仙女，再没见这样第二个。"宣教道："好兄弟，怎生得见他一见？"小童道："这不难。等我先把帘子上的系带解松了，你明日只在对门。等他到帘子下来看的时节，我把帘子揎将出来，揎得重些，系带散了，帘子落了下来，他一时回避不及，可不就看见了？"宣教道："我不要是这样见。"小童道："要怎的见？"宣教道："我要好好到宅子里面，拜见一拜见，谢他平日往来之意，方称我愿。"小童道："这个知他肯不肯？我不好自专得。官人有此意，待我回去禀白一声，好歹讨个回音来复官人。"宣教又将银一两送与小童，叮嘱道："是必要讨个回音。"

去了两日，小童复来，说："县君闻得要见之意，说道：'既然官人立意惓切，就相见一面也无妨。只是非亲非戚，不过因对门在此，礼物往来得两番，没个名色[26]，遽然相见，恐怕惹人议论。'是这等说。"宣教道："也是，也是。怎生得个名色？"想了一想道："我在广里来，带得许多珠宝在此，最是女人用得着的，我只做当面送物事来与县君看，把此做名色，相见一面，何如？"小童道："好倒好，也要去对县君说过，许下方可。"

小童又去了一会，来回言道："县君说，使便使得，只是在厅上见一见就要出去的，"宣教道："这个自然，难道我就揸住在宅里了不成？"小童笑道："休得胡说。快随我来。"

宣教大喜过望。整一整衣冠，随着小童，三脚两步走过赵家前厅来。小童进去禀知了。门响处，宣教望见县君打从里面从从容容走将出来。但见：

> 衣裳楚楚，佩带飘飘。大人家举止端详，没有轻狂半点；小年纪面庞娇嫩，并无肥重一分。清风引出来，道不得云是无心之物，好光挨上去，真所谓容是诲淫之端。犬儿虽已到篱边，天鹅未必来沟里。

宣教看见县君走出来，真个如花似玉，不觉的满身酥麻起来。急急趋上前去，唱个肥喏，口里谢道："屡蒙县君厚意，小子无可答谢，惟有心感而已。"县君道："惶愧，惶愧。"宣教忙在袖里取出一包珠宝来，捧在手中道："闻得县君要换珠宝，小子随身带得有些，特地过来面奉与县君拣择。"一头说，一眼看，只指望他伸手来接。谁知县君立着不动，呼唤小童接了过来，口里道："容看过议价。"只说了这句，便抽身往里面走了进去。

宣教虽然见了一见，并不曾说得一句倬俏的说话[27]，心里猾猾突突，没些意思，走了出来。到下处，想着他模样行动，叹口气道："不见时犹可，只这一番相见，定害杀了小生也。"

以后遇着小童，只央及他设法再到里头去见见。无过把珠宝做因头。前后也曾会过五六次面。只是一揖之外，再无他词，颜色庄严，毫不可犯。等闲不曾笑了一笑，说了一句没正经的话。那宣教没入脚处，越越的心魂撩乱，注恋不舍了。

那宣教有个相处的粉头[28]，叫做丁惜惜，甚是相爱的。只因想着赵县君，把他丢在脑后了，许久不去走动。丁惜惜邀请了两个帮闲的，再三来约宣教，叫他到家里走走。宣教一似掉了魂的，那里肯去？被两个帮闲的不由分说，强拉了去。丁惜惜相见，十分温存。怎当得吴宣教一些不在心上。丁惜惜撒娇撒痴了一会，免不得摆上东道来[29]。宣教只是心不在焉光景，丁惜惜唱个歌儿嘲他道：

> 俏冤家，你当初缠我怎的？到今日又丢我怎的？丢我时顿忘了缠我意。缠我又丢我，丢我去缠谁？似你这般丢人也，少不得也有人来丢了你。

当下吴宣教没情没绪，吃了两杯。一心想着赵县君生得十分妙处，看了丁惜惜，有好些不象意起来。却是身既到此，没及奈何，只得勉强同惜惜上床睡了。虽然少不得干着一点半点儿事，也是想着那个，借这个出火的。云雨已过，身体疲倦。正要睡去，只见赵家小童走来道："县君特请宣教叙话。"宣教听了这话，急忙披衣起来，随着小童就走。小童领了，竟进内室。只见赵县君眠在床里，专等吴宣教来。小童把吴宣教尽力一推，推进床里。吴宣教喜不自胜，叫一声："好县君，快活杀我也。用得力重了，一个失脚，跌进里床，吃了一惊。醒来见惜惜睡在身边，朦胧之中，还认做是赵县君，仍旧跨上身去。丁惜惜也在睡里惊醒道："好馋货！怎不好好的，做出这个极模样？"吴宣教直等听得惜惜声音，方记起身在丁家床上，适才是梦里的事，连自己也失笑起来。丁惜惜再四问问他："你心上有何人，以致七颠八倒如此？"宣教只把闲话支吾，不肯说破。

到了次日，别了出门。自此以后，再不到丁家来了，无昼无夜，一心只痴想着赵县君，思量寻机会挨光。

忽然一日，小童走来道："一句话对官人说，明日是我家县君生辰。官人既然与县君往来，须办些寿礼去，与县君作贺。一作贺，觉得人情面上愈加好看。"宣教喜道："好兄弟，亏你来说。你若不说，我怎知道？这个礼节最是要紧，失不得的。"亟将彩帛二端封好。又到街上买了些时鲜果品、鸡鸭熟食，各一盘，酒一樽，配成一副盛礼。先令家人一同小童送了去，说："明日虔诚拜贺。"小童领家人去了。赵县君又叫小童来推辞了两番，然后受了。

明日起来，吴宣教整肃衣冠，到赵家来，定要请县君出来拜寿。赵县君也不推辞，盛装出到前厅，比平日更齐整了。吴宣教没眼得看，足恭下拜。赵县君慌忙答礼，口说道："奴家小小生朝，何足挂齿？却要官人费心，赐此厚礼。受之不当。"宣教道："客中乏物为敬，甚愧菲薄。县君如此称谢，反令小子无颜。"县君回顾小童道："留官人吃了寿酒去。"宣教听得此言，不胜之喜，道既留下吃酒，必有光景了。谁知县君说罢，竟自进去。宣教此时如热地上蚂蚁，不知是怎的才是。又想那县君如设帐的方士，不知葫芦里卖甚么药出来。呆呆的坐着，一眼望着内里。

须臾之间，两个走使的男人，抬了一张桌儿，揩抹干净。小童从里面捧出攒盒酒果来，摆设停当。掇张椅儿，请宣教坐。宣教轻轻问小童道："难道没个人陪我？"小童也轻轻道："县君就来。"宣教且未就坐，还立着徘徊之际，小童指道："县君来了。"果然赵县君出来，双手纤纤捧着杯盘，来与宣教安席。道了万福，说道："拙夫不在，没个主人做主。诚恐有慢贵客，奴家只得冒耻奉陪。"宣教大喜道："过蒙厚情，何以克当？"在小童手中，也讨个杯盘来与县君回敬。安席了，两下坐定。宣教心下只说此一会必有眉来眼去之事，便好把几句说话撩拨他，希图成事。谁知县君意思虽然浓重，容貌却是端严，除了请酒、请馔之外，再不轻说一句闲话。宣教也生煞煞的，浪开不得闲口，便宜得饱看一回而已。

酒行数过，县君不等宣教告止，自立起身，道："官人慢坐。奴家家无夫主，不便久陪，告罪则个。"吴宣教心里恨不得伸出两只臂来，将他一把抱住，却不好强留得他。眼盼盼的看他洋洋走了进去，宣教一场扫兴。里边又传话出来，叫小童送酒。宣教自觉独酌无趣，只得分付小童道："多多上复县君，厚扰不当，容日再谢。"慢慢地踱过对门下处来。真是一点甜糖抹在鼻头上，只闻得香，却舐不着。心里好生不快。有《银绞丝》一首为证：

> 前世里冤家，美貌也人，挨光已有二三分。好温存，几番相见意殷勤。眼儿落得穿，何曾近得身？鼻凹中糖味，那有唇儿分？一个清白的郎君，发了也昏。我的天那，阵魂迷，迷魂阵。

是夜吴宣教整整想了一夜。踌躇道："若说是无情，如何两次三番许我会面，又留酒，又肯相陪？若说是有情，如何眉梢眼角不见些些光景？只是恁等板板地往来，有何了结？思量他每常帘下歌词，毕竟通知文义。且去讨讨口气看，看他如何回我？"算计停当。

次日起来，急将西珠十颗，用个沉香盒子盛了。取一幅花笺，写诗一首在上。诗云：

> 心事绵绵欲诉君，洋珠颗颗寄殷勤。
>
> 当时赠我黄柑美，未解相如渴半分。

写毕，将来同放在盒内。用个小记号图书印，封皮封好了。忙去寻那小童过来，交付与他道："多拜上县君：昨日承蒙厚款，些些小珠，奉去添妆，不足为谢。"小童道："当得拿去。"宣教道："还有数字在内。须县君手自拆封，万勿漏泄则个。"小童笑道："我是个有柄儿的红娘，替你传书递简！"宣教道："好兄弟，是必替我送送。倘有好音，必当重谢。"小童道："我县君诗词歌赋最是精通。若有甚话写去，必有回答。"宣教道："千万在意。"小童说："不劳分付。自有道理。"

小童去了半日，笑嘻嘻的走将来道："有回音了。"袖中拿出一个碧甸匣来，递与宣教。宣教接上手看时，也是小小花押封记着的。宣教满心欢喜，慌忙拆将开来。中又有小小纸封，裹着青丝发二缕，挽着同心结儿。一幅罗纹笺上，有诗一首。诗云：

> 好将鬓发付并刀，只恐经时失俊髦。
>
> 妾恨千丝差可拟，郎心双挽莫空劳。

末又有细字一行云：

> 原珠奉璧。唐人云"何必珍珠慰寂寥"也。

宣教读罢，跌足大乐。对小童道："好了！好了！细详诗意，县君深有意于我了。"小童道："我不懂得，可解与我听。"宣教道："他剪发寄我，诗里道要挽住我的心，岂非有意？"小童道：

"既然有意，为何不受你珠子？"宣教道："这又有一说。这是一个故事在里头，"小童道："甚故事？"宣教道："当时唐明皇宠了杨贵妃，把梅妃江采蘋贬入冷宫。后来思想他，惧怕杨妃不敢去，将珠子一封私下赐与他。梅妃拜辞不受，回诗一首，后二句云：'长门尽日无梳洗[30]，何必珍珠慰寂寥。'今县君不受我珠子，却写此一句来，分明说你家主不在，他独居寂寥，不是珠子安慰得的。却不是要我来伴他寂寥么？"小童道："果然如此，官人如何谢我？"宣教道："惟卿所欲。"小童道，"县君既不受珠子，何不就送与我了？"宣教道："珠子虽然回来，却还要送去。我另自谢你便是。"

宣教箱口去取通天犀簪一枝，海南香扇坠二个，将出来送与小童道："权为寸敬，事成重谢。这珠子再烦送一送去，我再附一首诗在内，要他必受。"诗云：

往返珍珠不用疑，还珠垂泪古来痴，

知音但使能欣赏，何必相逢未嫁时？

宣教便将一幅冰鮹帕写了，连珠子付与小童。小童看了，笑道："这诗意我又不晓得了。"宣教道："也是用着个故事，唐张籍诗云：'还君明珠双泪垂，恨不相逢未嫁时。'今我反用其意，说道：'只要有心，便是嫁了何妨？你县君若有意于我，见了此诗，此珠必受矣。"小童笑道："元来官人是偷香的老手[31]。"宣教也笑道："将就看得过。"小童拿了，一径自去。此番不见来推辞，想多应受了。

宣教暗自喜欢，只待好音。丁惜惜那里时常叫小二来请他走走，宣教好一似朝门外候旨的官，惟恐不时失误了宣召，那里敢移动半步？

忽然一日傍晚，小童嘻嘻的走来道："县君请官人过来说话，"宣教听罢，忖道："平日只是我去挨光，才设法得见面，并不是他着人来请我的。这番却是叫人来相邀，必有光景。"因问小童道："县君适才在那里？怎生对你说，叫你来请我的?"小童道："适来县君在卧房里，卸了妆饰，重新梳裹过了，叫我进去，问说：'对门吴官人可在下处否?'我回说：'他这几时只在下处，再不到外边去。'县君道：'既如此，你可与我悄悄请过来，竟到房里来相见。切不可惊张。'如此分付的。"宣教不觉踊跃道："依你说来，此番必成好事矣。"小童道："我也觉得有些异样，决比前几次不同，只是一件：我家人口颇多，耳目难掩。日前只是体面上往来，所以外观不妨。今却要到内室里去，须瞒不得许多人。就是悄着些，是必有几个知觉。露出事端，彼此不便。须要商量。"宣教道："你家中事体，我怎生晓得备细？须得你指引我道路，应该怎生才妥。"小童道："常言道：'有钱使得鬼推磨。'世上那一个不爱钱的？你只多把些赏赐分送与我家里人了，我去调开了他每。他每各人心照，自然躲开去了，任你出入。就有撞见的，也不说破了。"宣教道："说得甚是有理，真可以筑坛拜将。你前日说我是老偷香手，今日看起来，你也像个老马泊六了[32]。"小童道："好意替你计较，休得取笑。"

当下吴宣教拿出二十两零碎银两，付与小童，说道："我须不认得宅上甚么人，烦你与我分派一分派，是必买他们尽皆口静方妙。"小童道："这个在我，不劳分付。我先行一步。停当了众人，看个动静，即来约你同去。"宣教道："快着些个。"小童先去了。吴宣教急拣时样济楚衣服，打扮得齐整。真个赛过潘安，强如宋玉。眼巴巴只等小童到来，即去行事。正是：

> 罗绮层层称体裁，一心指望赴阳台[33]。
> 巫山神女虽相待，云雨宁知到底谐！

说这宣教坐立不定，只想赴期。须臾小童已至，回复道：

"众人多有了贿赂。如今一去，径达寝室，毫无阻碍了。"宣教不胜欢喜，整一整巾帻，洒一洒衣裳，随着小童便走过了对门。不由中堂，在旁边一条弄里转了一两个湾曲，已到卧房之前。只见赵县君懒梳妆模样，早立在帘儿下等候。见了宣教，满面堆下笑来，全不比日前的庄严了。开口道："请官人房里坐地。"

　　一个丫鬟掀起门帘，县君先走了进房，宣教随后入来。只见房里摆设得精致，炉中香烟馥郁，案上酒肴齐列。宣教此时荡了三魂，失了六魄，不知该怎么样好。只得低声柔语道："小子有何德能，过蒙县君青盼如此！"县君道："一向承蒙厚情。今良宵无事，不揣特请官人清话片晌，别无他说。"宣教道："小子客居旅邸，县君独守清闺，果然两处寂寥。每遇良宵，不胜怀想。前蒙青丝之惠，小子紧系怀袖，胜如贴肉。今蒙宠召，小子所望岂在酒食之类哉？"县君微笑道："休说闲话，且自饮酒。"宣教只得坐了。县君命丫鬟一面斟下热酒，自己举杯奉陪。

　　宣教三杯酒落肚，这点热团团兴儿直从脚跟下冒出天庭来[34]，那里按纳得住？面孔红了又白，白了又红。箸子也倒拿了，酒盏也泼翻了，手脚都忙乱起来。觑个丫鬟走了去，连忙走过县君这边来跪下道："县君可怜见，急救小子性命则个。"县君一把扶起道："且休性急，妾亦非无心者，自前日博柑之日，便觉钟情于子。但礼法所拘，不敢自逞。今日久情深，清夜思动，愈难禁制。冒礼忘嫌，愿得亲近。既到此地，决不教你空回去了。略等人静后，从容同就枕席便了，"宣教道："我的亲亲的娘！既有这等好意，早赐一刻之欢也是好的。叫小子如何忍耐得住？"县君笑道："怎恁地馋得紧！"即唤丫鬟们："快来收拾。"

　　未及一半，只听得外面喧嚷，似有人喊马嘶之声，渐渐近前堂来了。宣教方在神魂荡扬之际，恰像身子不是自己的。虽然听得有些诧异，没工夫得疑虑别的，还只一味痴想。忽然一个丫鬟慌慌忙忙撞进房来，气喘喘的道："官人回来了！官人回来了！"县君大惊失色道"如何是好？快快收拾过了桌上的！"即忙自己帮着，搬得桌上馨净。宣教此时任是奢遮胆大的，不由得不慌张起来道："我却躲在那里去？"县君也着了忙道："外边是去不及了，"引着宣教的手，指着床底下道："权躲在这里面去，勿得做声。"宣教思量走了出去便好，又恐不认得门路，撞着了人。左右看着房中，却别无躲处。一时慌促，没计奈何，只得依着县君说话，望着床底一钻，顾不得甚么尘灰龌龊。且喜床底宽阔，战陆陆的蹲在里头，不敢喘气。一眼偷觑着外边。

那暗处望明处，却见得备细。看那赵大夫大踏步走进房来，口里道："这一去不觉许久，家里没事么？"县君着了忙的，口里牙齿捉对儿厮打着，回言道："家……家……家里没事，你……你……你如何今日才来？"大夫道："家里莫非有甚事故么？如何见了我举动慌张，语言失措，做这等一个模样？"县君道："没……没……没甚事故。"大夫对着丫鬟问道："县君却是怎的？"丫鬟道："果……果……果然没有甚么怎……怎……怎的。"宣教在床下着急，恨不得替了县君、丫鬟的说话，只是不敢爬出来。

大夫迟疑了一回，道，"好诧异！好诧异！"县君按定了性儿，才说得话儿圆囵，重复问道："今日在那里起身？怎夜间到此？"大夫道："我离家多日，放心不下。今因有事在婺州，在此便道，暂归来一看。明日五更，就要起身过江的。"宣教听得此言，惊中有喜，恨不得天也许下了半边道，"原来还要出去！却是我的造化也。"县君又问道："可曾用过晚饭？"大夫道："晚饭已在船上吃过，只要取些热水来洗脚。"

县君即命丫鬟安好了足盆，厨下去取热水来倾在里头了。

大夫便脱了外衣，坐在盆间，大肆浇洗。浇洗了多时，泼得水流满地，一直淌进床下来，盖是地板房子，铺床处压得重了，地板必定低些，做了下流之处。那吴宣教正蹲在里头，身上穿着齐整衣服。起初一时极了，顾不得惹了灰尘，钻了进去，而今又见水流来了，恐怕污了衣服，不觉的把袖子东收西敛，来避那些醒齷水。未免有些塞塞窣窣之声。大夫道："奇怪！床底下是甚么响？敢是蛇鼠之类？可拿灯烛来照照。"

丫鬟未及答应，大夫急急揩抹干净，即伸手桌子上去取烛台过来，捏在手中，向床底下一看。不看时万事全休，这一看，好似：

霸王初入垓心内，张飞刚到灞陵桥。

大夫大吼一声道："这是个甚么鸟人，躲在这底下？"县君支吾道："敢是个贼？"大夫一把将宣教拖出来道："你看，难道有这样齐整的贼？怪道方才见吾慌张，元来你在家里养着奸夫！我去得几时，你就是这等羞辱门户！"先是一掌打去，把县君打个满天星。县君啼哭起来。大夫喝教众奴仆都来，此时小童也只得随着众人行止。大夫叫将宣教四马攒蹄，捆做一团，声言道："今夜且与我送去厢里吊着，明日临安府推问去。"大夫又将一条绳来，亲自动手，也把县君缚住，道："你这淫妇，也不与你干休。"县君只是哭，不敢回答一言。大夫道："好恼！好恼！且烫酒来，我吃着消闷。"从人丫鬟们多慌了，急去灶上撮哄些嘎饭，烫了热酒拿来。大夫取个大瓯，一头吃，一头骂。又取过纸笔，写下状词。一边写，一边吃酒。吃得不少了，不觉懵懵睡去。

县君悄悄对宣教道："今日之事，固是我误了官人，也是官人先有意向我。谁知随手事败！若是到官，两个多不好了。为之奈何？"宣教道："多蒙县君好意相招，未曾沾得半点恩惠。

今事若败露，我这一官，只当断送在你这冤家手里了。"县君道："没奈何了，官人只是下些小心求告他，他也是心软的人，求告得转的。"

正说之间，大夫醒来，口里又喃喃的骂道："小的们打起火把，快将这贼弟子孩儿送到厢里去。"众人答应一声，齐来动手。宣教着了急，喊道："大夫息怒，容小子一言。小子不才，忝为宣教郎。因赴吏部磨勘，寓居府上对门。蒙县君青盼，往来虽久，实未曾分毫犯着玉体。今若到公府，罪犯有限，只是这官职有累。望乞高抬贵手，饶过小子。容小子拜纳微礼，赎此罪过罢。"大夫大笑道："我是个宦门，把妻子来换钱么？"宣教道，"今日便坏了小子微官，与君何益？不若等小子纳些钱物，实为两便。小子亦不敢轻，即当奉送五百千过来。"大夫道："如此口轻！你一个官，我一个妻子，只值得五百千么？"宣教听见论量多少，便道是好处的事了[35]，满口许道："便再加一倍，凑做千缗罢。"大夫还只是摇头。

县君在旁哭道："我只为买这官人的珠翠，约他来议价，实是我的不是。谁知撞着你来，捉破了。我原不曾点污。今若拿这官人到官，必然扳下我来。我也免不得当官对理，出乖露丑，也是你的门面不雅。不如你看日前夫妻之面，宽恕了我，放了这官人罢。"大夫冷笑道："难道不曾点污？"众从人与丫鬟们，先前是小童贿赂过的，多来磕头讨饶道："其实此人不曾犯着县君。只是暮夜，不该来此。他既情愿出钱赎罪，官人罚他重些，放他去罢。一来免累此人官职，二来免致县君出丑，实为两便。"县君又哭道："你若不依，我只是寻个死路罢了。"大夫默然了一晌，指着县君道："只为要保全你这淫妇，要我忍这样赃污！"

小童忙揎到宣教耳边厢低言道："有了口风了，快快添多些，收拾这事罢。"宣教道："钱财好处，放绑要紧。手脚多麻木了。"大夫道："要我饶你，须得二千缗钱。还只是买那官做，羞辱我门庭之事，只当不曾提起，便宜得多了。"宣教连声道："就依着是二千缗，好处好处。"大夫便喝从人，教且松了他的手。小童急忙走去，把索子头解开，松出两只手来。大夫叫将纸墨笔砚拿过来，放在宣教面前，叫他写个不愿当官的招伏。宣教只得写道：

> 吏部候勘宣教郎吴某，只因不合闯入赵大夫内室，不愿经官，情甘出钱二千贯赎罪，并无词说，私供是实。

赵大夫取来看过，要他押了个字。便叫放了他绑缚，只把脖子拴了，叫几个方才随来家的带大帽、穿一撒的家人，押了过对门来，取足这二千缗钱。

此时亦有半夜光景，宣教下处几个手下人已此都睡熟了。这些赵家人个个如狼似虎，见了好东西便抢。珠玉犀象之类，狼藉了不知多少，这多是二千缗外加添的。吴宣教足足取勾了二千数目，分外又把些零碎银两送与众家人，做了东道钱，众家人方才住手。赍了东西，仍同了宣教，押至家主面前，交割明白。大夫看过了东西，还指着宣教道："便宜了这弟子孩儿！"喝叫："打出去！"宣教抱头鼠窜，走归下处。下处店家灯尚未熄。

宣教也不敢把这事对主人说，讨了个火，点在房里了。坐了一回，惊心方定。无聊无赖，叫起个小厮来，烫些热酒，且图解闷。一边吃，一边想道："用了这几时工夫，才得这个机会。再差一会儿，也到手了。谁想却如此不偶，反费了许多钱财！"又自解道："还算造化哩！若不是县君哭告，众人拜求，弄得到当官，我这官做不成了。只是县君如此厚情厚德，又为我如此受辱，他家大夫说明日就出去的，这倒还好个机会，只怕有了这番事体，明日就使不在家，是必分外防守，未必如前日之便了，不知今生到底能勾相傍否？"心口相问，不觉潸然泪下。郁抑不快，呵欠上来，也不脱衣服，倒头便睡。

只因辛苦了大半夜，这一睡直睡到第二日晌午方才醒来。走出店中，举眼看去，对门赵家门也不关，帘子也不见了。一望进去，直看到里头。内外洞然，不见一人。他还怀着昨夜鬼胎，不敢自进去。悄悄叫个小厮，一步一步挨到里头探听。直到内房左右看过，并无一个人走动踪影，只见几间空房。连家伙什物，一件也不见了。出来回复了宣教。

宣教忖道："他原说今日要到外头去，恐怕出去了我又来走动，所以连家眷带去了。只是如何搬得这等罄净？难道再不回来住了？其间必有缘故。"试问问左右邻人，才晓得这赵家也是那里搬来的，住得不十分长久，这房子也只是赁下的，原非己宅，是用着美人之局，扎了火囤去了。

宣教浑如做了一个大梦一般，闷闷不乐，且到丁惜惜家里消遣一消遣。惜惜接着宣教，笑容可掬道："甚好风吹得贵人到此！"连忙置酒相待。饮酒中间，宣教频频的叹气。惜惜道："你向来有了心上人，把我冷落了多时。今日既承不弃到此，如何只是嗟叹，像有甚不乐之处。"宣教正是事在心头，巴不得对人告诉，只得把如何对门作寓，如何与赵县君往来，如何约去私期，却被丈夫归来拿住，将钱买得脱身，备细说了一遍。惜惜大笑道："你枉用痴心，落了人的圈套了！你前日早对我说说，我敢也先点破你，不着他道儿也不见得。我那年有一伙光棍，将我包到扬州去，也假了商人的爱妾，扎了一个少年子弟千金。这把戏我也曾弄过的。如今你心爱的县君，又不知是那一家的歪剌货也[36]。你前日瞒得我好，撇得我好，也叫你受些业报。"宣教满脸羞惭，懊恨无已。丁惜惜又只顾把说话盘问，见说道身畔所有剩得不多，徇徇家本色[37]，就不十分亲热得紧了。

宣教也觉怏怏，住了一两晚，走了出来。满城中打听，再无一些消息。看看盘费不勾用了，等不得吏部改秩[38]，急急走回故乡，亲眷朋友晓得这事的，把来做了笑柄。宣教常时忽忽如有所失，感了一场缠绵之疾，竟不及调官而终。

可怜吴宣教一个好前程，惹着了这一些魔头，不自尊重，被人弄得不尴不尬，没个收场如此。奉劝人家少年子弟每，血气未定，贪淫好色，不守本分，不知利害的，宜以此为鉴。诗云：

> 一脔肉味不曾尝，已遣缠头罄橐装。
>
> 尽道陷人无底洞，谁知洞口赚刘郎！

（选自《二刻拍案惊奇》）

[注释]

[1] 餍足——满足。餍（yàn厌），吃饱。

[2] 揎起——揭起。

[3] 捩了一捩——转了一转。捩（liè列），扭转。

[4] 个中人——知这其中奥妙的人。个，这。

[5] 聒噪——打扰的意思，

[6] 着了道儿——落进圈套。

[7] 大理——大理卿的省称。大理卿是掌刑法的官。　衙内——官府的子弟。

[8] 院长——对衙门中办事人员的尊称。

[9] 经纪——这里作"买卖"解。

[10] 男女们——"院长"卑称自己。

[11] 临安——南宋京都，今浙江省杭州市。　铨试——朝廷对官吏的考核、选录，由吏部主持，试以身、言、书、判四事。铨，量人授官。

[12] 囊橐——袋子，这里指装有贵重物品的袋子、箱子和行李。

［13］宣教郎——宋代散官，正七品。

［14］磨勘——勘验政绩。

［15］经纪——这里作"买卖人"解。

［16］博——赌博。

［17］作成——关照的意思。

［18］头钱——用钱代作的博具。这里的博法是，用六枚钱，一枚枚掷下，看是"字"还是"镘"（钱背），全字或全镘即后面提到的"浑成"。

［19］墩——同"蹲"

［20］县君——宋代一般官员之妻的封号。

［21］建康——今江苏省南京市。

［22］色彩二端——彩帛二匹。

［23］小小生活——微薄物品的意思。

［24］徯幸——同"侥幸"。徯（xī 西），疑为"侥"之误。

［25］入港——投机。

［26］名色——这里作"理由"或"借口"解。

［27］俫俏——俏皮。

［28］粉头——这里指妓女。

［29］摆上东道——设宴。

［30］长门——汉代宫名。汉武帝时，陈皇后失宠，贬在长门宫。这里指贬入冷宫。

［31］偷香——偷情。偷香的故事是：晋贾充的女儿与韩寿私通，贾女偷了御赐的奇香给韩寿，贾充发觉后便将女儿许配给韩寿。

［32］马泊六——引诱男女搞不正当关系的人。

［33］阳台——男女欢会之所。宋玉《高唐赋》载，楚襄王游高唐，梦巫山神女来会，在阳台之下。

［34］天庭——相士用语，指人脸面上的两眉间、前额中央的部位。

［35］好处——好办。

［36］歪剌货——骂人的话，意思是卑贱下劣的女人。

[37] 衎衎家——妓院，衎衎（háng杭），即行院。

[38] 改秩——调动官职。秩，官职的品级。

[鉴赏]

这是一篇将辛辣的笔锋指向封建官僚阶层的讽刺小说，出自《二刻拍案惊奇》。

明代中叶以后，随着工商业的发达和城市的繁华，为满足行商坐贾需求的妓业也热闹起来，正所谓"今时娼妓布满天下，其大都会之地动以千百计，其他穷州僻邑，在在有之，终日倚门献笑，卖淫为活"（谢肇淛《五杂俎》）。当时狎妓宿娼的，不止行商坐贾，还有大小官吏。虽在明代中叶以前，有宣德三年的禁官吏狎妓宿娼的整饬风宪之举，但愈禁愈烈。连最高统治者如明武宗也三次临幸大同作狎邪游，嘉靖年间的一身而兼三公的陶仲文津津乐道于"闺帏亵媟"。嘉靖、隆庆以来，皇帝、相国之下的大小官吏，其奢靡淫纵自然也就管束不住了。封建统治集团内部的忧国忧民之士，视此腐败现象如鲠在喉，不吐之不快。凌濛初以小说的形式，尽情嘲弄了那些奢靡淫纵的封建官僚。

这篇小说针对的是明代官僚，而以宋人故事代之。小说有两个头回和正话共三个故事，第二个头回和正话均有所本。第二个头回所叙向士肃听到的故事，出自洪迈《夷坚志补·临安武将》；正话所叙宣教郎吴约的故事，也出自《夷坚志补》，是将《李将仕》和《吴约知县》两篇糅合加工而成的。一个武将，一个文官，闹出了贻笑大方的丑闻。

在两宋，《宋刑统》列有"法官冶游罪"，虽限制官吏冶游狎妓，但那仅是一纸空文。北宋都城汴京，娼楼妓馆林立，"向西去皆妓女馆舍，都人谓之院街。……东去大街、麦秸巷、状元楼，余皆妓馆。……向晚灯烛荧煌，上下相照，浓妆妓女数百，……又有下等妓女，不呼自来"（孟元老《东京梦华录》）；南宋都城临安，其繁华超过汴京十倍，娼楼妓馆亦多，"平康诸坊，如上下抱剑营、漆器墙、沙皮巷、清河坊……皆群花所聚之地。外此诸处茶肆……莫不靓妆迎门，争妍卖笑，朝歌暮弦，摇荡心目"（周密《武林旧事》）。如此"摇荡心目"的环境，两宋官吏鲜有不身临者，连最高统治者宋徽宗还要同自己的臣下共狎一妓。第二个头回所叙的宋代浙西官人和正话所叙的宋代宣教郎吴约被"扎火囤"的故事，就是在如此的"摇荡心目"的环境里展开的。

正话所叙的宋代宣教郎吴约被"扎火囤"的故事，是这篇小说的主体。第二个头回是为铺垫正话而设的，以浙西官人之贪色之愚蠢衬出宣教郎吴约的更贪、更蠢。

吴宣教进京磨勘"作寓在清河坊客店"，这清河坊正是《武林旧事》所载的妓女所聚地之一，赵县君并非官吏的妻子，而是一个干"扎火囤"勾当的妓女，如此一个假冒官员妻子的妓女，将吴宣教这个正牌官员逗引得"心魂撩乱"，最后在同伙的配合下使吴宣教白送了两千缗巨资，并将吴宣教置于死地。这篇小说集中笔墨于吴宣教的所思、所言、所行，对其给予了辛辣的讽刺。

本来是进京磨勘，不好好等着弄个新官职，却仗着自己"蓄积奇货颇多"而尽情挥霍，"时时出游伎馆"。这个吴宣教一出场，一个腐败官员的模样便被勾画出来了。"蓄积奇货颇多"是他"两任广右官"时搜刮民财所得，而百姓的血汗成了他狎妓的资本。嫖着丁惜惜还不满足，眼睛又盯上了赵县君。这篇小说以吴宣教作为讽刺对象，正是其具有深刻社会意义的所在。

将吴宣教的所思、所言、所行作生动的描写展示，以达到讽刺效果，是这篇小说艺术表现上的一个特点。

吴宣教的所思，即他的心理活动，使这个堂堂的官员与他的贪色愚蠢形成反差，让人觉得可笑。开始，他见像"一弯新笋"似的女人双足露出帘外时，"心下惶惑不定，恨不得走过去揎开帘子一看"。女人双足就逗起了他的淫欲，可见贪色之甚。在与卖黄柑子的博钱时，他输了一万钱，蠢笨得让人发笑。其实这蠢笨是与他的邪念连在一起的，因为他"一边扑，一心牵挂着帘内那人在里头看见，没心没想的抛下去，何止千扑，再扑不成一个浑成来。"赵县君派童子送黄柑子来了，明眼人一看就知这是早策划好了的，而他却"心里想道：'他有此美情，况且大夫不在，必有可图，煞是好机会!'"真是色令智昏。在他入了赵县君的围套之后，他"整整想了一夜"，是顺着他那贪色、愚蠢的思路想的，而远非明智的剖析。他"踌躇道：'若说是无情，如何两次三番许我会面，又留酒，又肯相陪？若说是有情，如何眉梢眼角不见些些光景？只是恁等板板地往来，有何了结?'"他被"扎火囤"的当天夜里，"惊心方定"，仍对赵县君存有幻想，他"烫些热酒，且图解闷。一边吃，一边想道：'用了这几时工夫，才得这个机会，再差一会儿，也到手了。谁想却如此不偶，反费了许多钱财!'又自解道：'还算造化哩! 若不是县君哭告，众人拜求，弄得到当官，我这官做不成了。只是县君如此厚情厚德，又为我如此受辱，他家大夫说明日就出去的，这倒还好个机会，只怕有了这番事体，明日就使不在家，是必分外防守，未必如前日之便了，不知今生到底能勾相傍否?'"他对赵县君可谓一往情深，头撞了南墙还不醒悟。其实，赵县君欲擒故纵的一个个围套，赵县君一伙合谋的大骗局，从一开始便有破绽，而色令智昏的他，却一味地照自己的逻辑想下去：被"扎火囤"而不能识破，还因"差一会儿，也到手了"而惋惜，还因没被告官自认"算造化"而庆幸，还因听赵县君之夫又要离家而再生贪心。这一大段心理活动的描写，容纳了多少笑料。

吴宣教的所言、所行，更让人忍俊不禁。他第一次到赵家前厅，"看见县君走出来，真个如花似玉，不觉的满身酥麻起来。急急趋上前去，唱个肥喏，口里谢道：'屡蒙县君厚意'"。一个正牌官员向假冒的官员妻子，做出"急急趋上"的卑躬行动，说出"屡蒙厚意"的自贱话语；不止于此，还要"满身酥麻"，全是迷于色后的变态。他被赵县君三番五次的欲擒故纵之后，终于进了赵县君的内室，他"此时荡了三魂，失了六魄，不知该怎么样好。只得低声柔语道：'小子有何德能，过蒙县君青盼如此！'"接着更有可见丑态百出之处：他"三杯酒落肚，这点热团团兴儿直从脚跟下冒出天庭来，那里按纳得住？面孔红了又白，白了又红。箸子也倒拿了，酒盏也泼翻了，手脚都忙乱起来。觑个丫鬟走了去，连忙走过县君这边来跪下道：'县君可怜见，急救小子性命则个。'"他原想："此番必成好事"，而刚沾上"好事"的边便被驱到妓女的床底下去了。他"一时慌促，没计奈何，只得依着县君说话，望着床底一钻，顾不得甚么尘灰龌龊。且喜床底宽阔，战陡陡的蹲在里头，不敢喘气"。当洗脚水流进了床底，他"恐怕污了衣服，不觉的把袖子东收西敛，来避那些龌龊水。"这里的大段言行描写，让他这个正牌官员在假冒官员上场后出尽了丑。

吴宣教贪色、愚蠢的举止是丑的，而他自己却那么认真地当成"雅事"去做，作者也不惜篇幅地去表现这一点。诗笺往来一段最为突出。才子佳人式的爱情故事中有诗笺往来的情节，但这故事中既无才子又无佳人，作者让吴宣教东施效颦，是想从更深处挖掘出吴宣教这一人物的可笑点。吴宣教还卖弄自己懂得不少有关男女艳情的典故，这也是作者为讽刺而有意安排。

在生动描写吴宣教的所思、所言、所行的同时，作者还配以形象化的议论。当写到吴宣教听了帘内人的"巧啭莺喉，唱一两句词儿"之时，作者说他"怀揣着个提心吊胆，魂灵多不知飞在那里去了"；当写到吴宣教前后与赵县君会过五六次面仍未得手之时，作者说他"没入脚处，越越的心魂撩乱，注恋不舍了"；当写到吴宣教应邀拜寿而赵县君"竟自进去"之时，作者说他"此时如热地上蚂蚁，不知是怎的才是。又想那县君如设帐的方士，不知葫芦里卖甚么药出来"；当写到吴宣教等待赵县君派童子来邀之时，作者说他"好一似朝门外候旨的官，惟恐不时失误了宣召，那里敢移动半步？"从诸如此类的形象化议论中，可见作者对讽刺语言的驾驭能力。

生动描写吴宣教的所思、所言、所行，达到了讽刺效果。而将吴宣教的动机与其结局的相反加以表现，也富于讽刺意味。吴宣教在赵县君"乔送黄柑"之后，他自恃"蓄积奇货颇多"，觉得凭财物便可打通"好事"之途。其实，赵县君一伙正图的是他的财物。他未能识破，反心甘情愿地奉送，在被"扎火囤"之前，他奉送的有："色彩二端""珠翠花朵之类""一包珠宝"（不止一包，而是五六次奉送）、"西珠十颗""二十两零碎银两"等等；在被"扎火囤"之时，他白送了两千缗巨资，还遭到赵家人的抢劫，赵家人"见了好东西便抢。珠玉犀象之类，狼藉了不知多少，这多是二千缗外加添的。"后来他从丁惜惜嘴里才得知自己落进了"扎火囤"的陷坑，便"觉怏怏"了。财物一空，落了个如此结局："看看盘费不勾用了，等不得吏部改秩，急急走回故乡。亲眷朋友晓得这事的，把来做了笑柄。宣教常时忽忽如有所失，感了一场缠绵之疾，竟不及调官而终。"将结局写得惨上加惨，不仅财物一空，而且送了性命，就更能衬托出当初凭财物打通"好事"之途这一动机的可笑。不过，此番讽刺，辛辣之余又带上了苦涩的味道。

讽刺吴宣教这一类的封建官僚，作者还用了对比的手法。第一个头回无所本，所叙故事是作者虚构的。有一个泼皮子弟，能识破"扎火囤"的机关，使骗子"无计可奈，没些收场"。泼皮有泼皮的做法，固不可取，但将其与吴宣教对比，便更显出吴宣教的色令智昏，愚蠢得还不如一个泼皮子弟。

如前所述，正话所叙宣教郎吴约的故事，出自《夷坚志补》，是将《李将仕》和《吴约知县》两篇糅合加工而成的。从这一糅合加工过程看，作者的讽刺目的和讽刺手法则更显明。"宣教郎吴约"这一官职、姓名，吴约避赵不及而"趋伏床下"这一场面，吴约"未赴官而卒"这一结局，取自《吴约知县》；妇人帘内歌"柳丝"之词、生扑而输万钱、县君乔送黄柑、童子往来牵线、生应邀拜寿、生"卒捐二千缗"等情节，取自《李将仕》。虽从《吴约知县》和《李将仕》中有所取材，但原素材甚为简约，而正话却扩充为生动的描写，并时露讽刺的锋芒。不止于此，正话中还新添了一些情节，如"把珠宝做因头"以得见、妓女丁惜惜的前后两次出现，诗笺往来等情节。这些情节的安排，较为完善地实现了作者的讽刺目的，作者的讽刺手法也更多地得以运用。

整篇小说，除作为主体的正话外，正话前有两个头回，头回前有入话，开头和结尾是篇首、篇尾。解释性的入话，先将"扎火囤"作了一番说明，这很有必要，因为正话和两个头回所叙故事都涉及到了"扎火囤"。篇首、篇尾的两首诗和有关的议论，是作者用来点明主旨的，但作者篇尾的议论，仅是"奉劝人家少年子弟每，血气未定，贪淫好色，不守本分，不知利害的，宜以此为鉴"，就有些减损了这篇小说所具有的深刻社会意义，两首诗也不太高明。不过，作者追求结构完整的意图是不能不肯定的。

最后，举一个贯穿全篇的细节，可见出作者的构思之妙和安排之细。这个细节，是有关"门帘"的。"门帘"第一次出现是在第二个头回中，写浙西官人"见小房青帘下有个妇人行走"。有这个"青帘"挡着但又没挡严实，对浙西官人来说则更有诱惑力，"扎火囤"的故事才能神秘地展开。出于同样的目的，正话一开始便五次写出"帘"的字样，有："门首挂着青帘""帘内常有个妇人立着""又有时露出双足在帘外来""恨不得走过去揎开帘子一看""那帘内或时巧啭莺喉"等。接着是写吴宣教在"门帘"上打的主意：他"呆呆的看着对门帘内"，他"一心牵挂着帘内那人"。再接着是写童子讲出的"门帘"：童子说他的主人"适在帘间，看见官人扑柑子折了本钱"。童子给吴宣教出主意的话中又四次写出"帘"的字样，即："等我先把帘子上的系带解松了，你明日只在对门。等他到帘子下来看的时节，我把帘子揎将出来，揎得重些，系带散了，帘子落了下来，他一时回避不及，可不就看见了？"这可不是一般的"门帘"，这"帘"犹如一个象征，像魔术师手中的障眼布。直到最后，"扎火囤"得逞了，被骗了的吴宣教，"走出店中，举眼看去，对门赵家门也不关，帘子也不见了。一望进去，直看到里头。内外洞然，不见一人。"魔术师收走了障眼布，留给吴宣教的是深深的失落。挂在赵家外门上的"门帘",贯穿始终,前后呼应。中间还写到赵县君内室的"门帘",与赵家外门上的"门帘"有异曲同工之妙。

(刘福元)

痴郎被困名缰　恶髡竟投利网

小引：穷达会有时，英雄岂无泪。骖骐骥而服轭，宜为昂首之鸣；息鲲鹏于水涯，终见凌风之举。时习兮行见遄发，躁行者浸成蹶趄。何事蝇营，遽从狗窦，履危机而自快，入奇觳而不知。笔墨无灵，漫乞灵于钟磬，文章无用，思见用于梵呗。不倚人而倚天，良可丑也；不信己而信鬼，或承羞乎？且成笔底之花，笑破傍人之口。

壮夫志匡济[1]，蠹简为津梁[2]。
朝耕研田云[3]，暮撷艺圃芳。
志不落安饱，息岂在榆枋[4]。
材借折弥老，骨以磷逾强。
宁逐轻薄儿[5]，肯踵铜臭郎[6]。
七幅豁盲者，三策惊明王[7]。
杏园舒壮游[8]，兰省含清香[9]。
居令愬缪格[10]，出俾凋瘵康[11]。
斯不愧读书，良无惭垂黄。

穷达应有数，富贵真所忘。

毋为贪心炽，竟入奸人缰。

上五言排律

男儿生堕地，自必有所建立，何必一顶纱帽[12]？但只三考道是奴才官[13]，例监道是铜臭[14]。这些人借了一块九折五分钱重债出门，又堂尊处三日送礼，五日送礼，一念要捉本钱，思量银子，便没作为。贡举又道日暮途穷[15]，岁贡捱出学门[16]，原也老迈，恩选孝廉[17]，岂无异才？却荐剡十之一，弹章十处八，削尽英雄之气。独是发甲可以直行其志，尽展其才，便是招人忌嫉，也还经得几遭跌磕[18]，进士断要做的[19]。虽是这样说，也要尽其在己，把自己学问到识老才雄、悟深学富，气又足、笔又锐，是个百发百中人物。却又随流平进，听天之命，自有机缘。如张文忠五十四中进士，遭际世庙，六年拜相，做许多事业，何妨晚达？就是嘉兴有个张巽解元[20]，文学纰缪[21]，房官正袋在袖中，要与众人发一番笑话。不期代巡见了讨去，看做个奇卷，竟作榜首，是得力在误中。后来有一起大盗，拿银三千，央他说分上。在宾馆中遇一吏部，是本府亲家，吏部谭文，将解元文字极其指摘唾骂。骂了请教姓名，他正是解元，自觉惭惶，竟一肩为他说了这分上。是又得力在误中。人都道可以幸胜。又见这些膏粱子弟[22]、铜臭大老得中，道可以财势求，只看崔铎，等到手成空，还有几个买了关节[23]？自己没科举，有科举又病，进不得场，转卖与人。买得关节，被人盗去，干赔钱。买关节，被中间作事人换去，自己中不着，还有事露，至于破家丧身。被哄银子被抢，都是一点躁心，落了陷阱。又有一个也不是买关节，只为一念名心未净，被人赚掇，不唯钱财被诓，抑且身家几覆。

话说湖州有个秀才姓张[24]，弱冠进了学[25]。家里田连阡陌，广有金银，呼奴使婢，极其富足。娶妻沈氏，也极有姿色，最妙是个不妒。房里也安得两个有四五分姿色丫头，一个叫做兰馨，一个叫做竹秀[26]。还有两个小厮，一个叫做绿绮，一个叫做龙纹，伏侍他。有时读书，却是：

> 柔绿侵窗散晓阴，牙签满案独披寻。
>
> 飞花落研参朱色，竹响萧萧和短吟。

倦时花径闲步：

> 苔色半侵屐，花梢欲殢人。
>
> 阿谁破幽寂，娇鸟正鸣春。

客来时，一室笑谈：

> 对酒恰花开，诗联巧韵来。
>
> 玄诠随麈落，济济集英才。

也是个平地神仙，岂是寒酸措大[27]？

一日，只见其妻对着他道："清庵王师父说，南乡有个道睿和尚，晓得人功名迟早、官职大小，附近乡官举监都去拜在门下，你也去问一问。"张秀才道："仔么这师姑与这和尚熟[28]？我停日去看他。"恰好一个朋友也来相拉，他便去见他。不知这和尚是个大光棍，原是南京人，假称李卓吾第三个徒弟[29]，人极生得齐整，心极玲珑，口极快利，常把些玄言悟语打动乡绅，书画诗词打动文士，把些大言利嘴诳惑男妇，还有个秘法，是奉承结识尼姑。尼姑是寻老鼠的猫儿，没一处不钻到，无论贫家、富户、宦门，借抄化为名，引了个头，便时常去闯。口似蜜，骨如绵，先奉承得人喜欢，却又说些因果打动人家，替和尚游扬赞诵。这些妇女最听哄，那个不背地里拿出钱，还又撺掇丈夫护法施舍[30]。但他得了这诀，极其兴了。还又因这些妖娆来拜师的、念佛的，引动了色火，便得两个行童徒孙，终不济事，只得重贿尼姑，叫他做脚勾搭，有那一干。或是寡妇独守空房，难熬清冷，或是妾媵，丈夫宠多，或是商贾之妇，或是老夫之妻，平日不曾餍足，他的欲心形之怨叹，便为奸尼乘机得入。还有喜淫的借此解淫，苦贫的望他济贫。都道不常近妇人面，毕竟有本领，毕竟肯奉承，毕竟不敢向人说。有这几件好，都肯偷他。只这贼秃见援引来得多，不免拣精拣肥；欲心炽，不免不存形迹。那同寺的徒弟徒孙，不免思量蹚浑水、捉头儿。每每败露，每每移窠，全无定名。这翻来湖州，叫做道睿，号颖如，投了个乡绅作护法，在那村里谈经说法。

　　这王师姑拜在他门下，因常在张家打月米，顺口替他荐扬。又有这朋友叫做钟暗然，来寻他同去。好一个精舍：

　　　　径满松杉日影微，数声清梵越林飞。

　　　　花烹梭水禅情隽，菜煮馈蒌道味肥。

　　　　天女散花来艳质，山童面壁发新机。

　　　　一堂寂寂闲钟磬，境地清幽似者稀。

先见了知客，留了茶，后见颖如。看他外貌极是老成镇重！

　　　　满月素涵色相，悬河小试机锋。

　　　　凛凛泰山乔岳，允为一世禅宗。

叙了些闲文，张秀才道："闻得老师知人休咎，功名早晚，特来请教。"颖如道："二位高明。这休咎功名只在自身，小僧不过略为点拨耳。这也是贵乡袁子凡老先生己事。这老先生曾遇一孔星士，道他命中无子，且止一岁贡，历官知县。后边遇哲禅师指点，叫他力行善事，他为忏悔。后此老连举二子，发甲，官至主政。故此小僧道在二位，小僧不过劝行忏悔而已。就是这善行，贫者行心，富者行事，都可行得。就如袁了凡先生宝坻减粮一事，作了万善，可以准得。故此和尚也尝尝劝行，尝尝有验，初不要养供小僧，作善行也。"钟暗然道："张兄，你尚无子，不若央颖老师起一愿，力行千善，祈得一子。这只在一年之间，就见晓报的。况且你们富家，容易行善。"张秀才道："待回家计议。"钟暗然道："这原是你两个做的事，该两个计议。"两个别了，一路说："这和尚是有光景的。我自积我的阴德[31]，他不骗我一毫。使得，使得。"钟暗然道："也要你们应手。"

果然张秀才回去计议，那尊正先听了王师姑言语，只有撺掇，如何有拦阻？着人送了二两银子、两石米，自过去求他起愿。颖如道："这只须先生与尊正在家斋戒七日[32]，写一疏头，上边道愿力行善事多少，求一聪明智慧、寿命延长之子就是了，何必老僧。"张秀才道："学生不晓这科仪，一定要老师亲临。"颖如见他已着魔了，就应承他。到他家中，只见三间楼上，中悬一幅赐子白衣观音像，极其清雅。他尊正也过来相见。颖如就为他焚符起缘，烧了两个疏头，立了一个疏头。只是这和尚在楼上看了张秀才尊正，与这两个丫头，甚是动火。

> 呖呖一群莺啭，嫋嫋数枝花颤。
>
> 司空见惯犹闲，搅得山僧魂断。

这边夫妻两个也应好日起愿，那边和尚自寻徒孙泄火。似此张秀才夫妻遂立了一个行善簿，上边逐日写去，今日饶某人租几斗，今日让某人利几钱，修某处桥助银几钱，砌某处路助银几钱，塑佛造经，助修寺、助造塔，放鱼虾、赎龟鳖。不上半年，用去百金。一千善立完，腹中已发芽了，便请他完愿。张秀才明有酬谢，其妻的暗有酬谢。自此之后，常常和尚得他些儿，只是和尚志不在此。

不期立愿将半年，已是生下一个儿子。生得满月，夫妻两个带了到精舍里[33]，要颖如取名，寄在观音菩萨名下[34]。颖如与他取名观光，送了几件出乡的小僧衣、小僧帽，与他斋佛看经，左右都出豁在张秀才身上。夫妻两个都在庵中吃斋，王师姑来陪[35]。回家说劝，劝行善有应，不若再寻他起一个愿，求功名。张秀才道："若说养儿子，我原有些手段，凑得来。若说中举中进士，怕本领便生疏，笔底壅滞，应不得手。"其妻道："做看。"巧是王师姑来，见了他夫妇两个，道："睿老爷怠慢相公、大娘。"沈氏道："出家人甚是搅他。"王尼道："前日不辛苦么？"沈氏道："有甚辛苦。正在这里说，要睿师父一发为我们相公立愿，保佑他中举，我们重谢他。"王尼道："保佑率性保个状元。中了状元，添了个护法了，还要谢。只是要奶奶看取见尼姑，这事实搭搭做得来。上科县里周举人，还有张状元、李状元，都是他保的。我们出家人怎肯打诳语？我就去替相公说。只是北寺一尊千手千眼观音要装，溪南静舍一部《法华经》缺两卷[36]，我庵里伽蓝不曾贴金，少一副供佛铜香炉，这要相公、亲娘发心发心，先开这行善簿子起。"沈氏道："当得，当得。"吃了些斋，就起身来见颖如。一个问讯道："佛爷好造化。前日立愿求子的张相公，又要求个状元，要你立愿。他求个儿子，起发他布施酬谢，也得二三十两。这个愿心，怕不得他五七十金？"颖如道："我这里少的那里是银子？"王尼道："是，是，是少个和尚娘。"颖如道："就是个状元，可以求得的？"王尼道："要你的？求不来要你赔？把几件大施舍难他，一时完不来的，便好把善行不完推。这科不停当，再求那科，越好牵长去。只是架子要搭大些。"颖如道："不是搭架子，实是要他打扫一所净室，只许童男童女往来。恨我没工夫，我也得在他家同拜祷三七日才好。"王尼道："你没工夫我来替。"颖如："怕你身子不洁净。"王尼道："你倒身子洁净么！有些符咒文疏，这断要你去的。只是多谢你些罢了。"他两个原有勾搭，也不必定要在这日，也不必说他。去回复道，"去说，满口应承，道要礼拜三七日，怕他没工夫，我道张相公仔么待，你便费这二十日工夫，张相公料不负你。"

张秀才夫妇欣然打扫三间小厅，侧首三间雪洞，左首铺设一张凉床、罗帐、净几、古炉、蒲团等项。右首也是床帐，张秀才自坐。择了日，着人送了些米银子，下一请书去请他来。厅内中间摆设三世佛、玉皇各位神祇，买了些黄纸，写了些意旨，道愿行万善，祈求得中状元。只见颖如道："我见道家上表，毕竟有个官衔，甚么上清三洞仙卿、上相九天采访使，如今你表章上也须署一个衔才好。"张秀才道："甚么官衔？填个某府某县儒学生员罢。"颖如道："玉帝面前表章，是用本色了。但这表要直符使者传递，要进天门，送至丘、吴、张、葛各天师，转进玉帝。秀才的势怎行得动？须要假一个大官衔金署封条牒文，方行得去。"张秀才道："无官而以为有官，欺天了，"颖如道："如今俗例，有借官勘合，还有私书用官封打去，图得到上官前，想也不妨。"张秀才道："这等假甚么官？"颖如道："圣天子百灵扶助，率性假个皇帝。"张秀才道："这怎使得，"颖如道："这不过一时权宜上得，你知我知，哄神道而已。"两个计议，在表函上写一个道："代天理物抚世长民中原天子大明皇帝张某谨封"，下用一个图书，牒上写道"大明皇帝张"，下边一个花押，都是张秀才亲笔。放在颖如房中，先发符三日，然后斋天进表。每日颖如作个佛头，张秀才夫妇随在后边念佛，做晚功课。王尼也常走来[37]，拱得他是活佛般。若是走时，张秀才随着，丢些眼色，那沈氏一心只在念佛上，也不看他。夜间沈氏自在房中宿，有个"相见不相亲"光景。到了焚表，焚之时，颖如都将来换过了。

　　　　堪笑痴儒浪乞恩，暗中网罟落奸髡[38]。

　　　　茫茫天远无从问，尺素何缘达帝阍。

鬼混了几日，他已拿住了把柄，也不怕事。况且日日这些娈童艳婢，引得眼中火发，常时去撩拨这两个小厮。每日龙纹、绿绮去伏侍他，一日他故意把被丢在床下，绿绮钻进去拾时，被他按住。急率走不起，叫时，适值张秀才在里边料理家事，没人在，被他弄一个像意。一个龙纹小些，他哄他作福开档，急得他哭时，他道："你一哭，家主知道，毕竟功德做不完，家主做不得状元，你也做不成大管家。"一破了阵，便日日戏了脸，替这两个小厮缠。倒每日张秀才夫妇两个斋戒，他却日日风流。就是兰馨、竹秀，沈氏也尝使他送茶送点心与他，他便对着笑吟吟道："亲娘，替小僧作一个福儿。"两个还不解说。后来兰馨去送茶，他做接茶，把兰馨捏上一把。兰馨放下碗。飞跑，对沈氏道："颖如不老实。"沈氏道："他是有德行和尚，怎干这事？你不要枉口拔舌。"兰馨也便不肯到他房里，常推竹秀去。一会竹秀去，他见无人，正在那边念经，见了竹秀，笑嘻嘻赶来，一把抱定。那竹秀倒也正经，道："这甚模样！我家里把你佛般样待，仔么思量做这样事？"颖如笑道："佛也是做这样事生出来的。姐姐便做这好事。"竹秀道："你这贼秃无礼。"劈头两个栗暴。颖如道："打凭你打，要是要的。"涎着脸儿，把身子去送，手儿去摸。不料那竹秀发起性来，乘他个不备，一掀，把颖如掀在半边，跑出房门："千贼秃、万贼秃，对家主说，叫你性命活不成。"颖如道："我活不成，你一家性命真在荷包里。"竹秀竟赶去告诉沈氏。颖如道："不妙，倘或张秀才知机，将我打一顿，搜了这张纸，我却没把柄。"他就只一溜走了。

竹秀去说，沈氏道："他是致诚人，别无此意。这你差会意，不要怪他。"只听得管门的道："睿师太去了。"张秀才夫妇道："难道有这样事？一定这丫头冲撞。且央王师姑接他来，终这局。"不道他先已见王师姑了。王尼道[39]："佛爷，张家事还不完，怎回来了？"颖如道："可恶张家日久渐渐怠慢我，如今状元是做不成了，他如今要保全身家，借我一千银子造殿。"王尼道："一千银子，好一桩钱财，他仔么拿得出？"颖如道："你只去对他说，他写的表与牒都在我身边，不曾烧，叫他想一想利害。"王尼道："这是甚话！叫我怎么开口。"只见张家已有人来请王尼了，王尼便邀颖如同去。颖如道："去是我断不去的，叫他早来求我，还是好事。"颖如自一径回了。

这王尼只得随着人来，先见沈氏。沈氏道："睿师太，在这里怎经事不完去了？"王尼道："正是，我说他为甚么就回，他倒说些闲话，说要借一千两银子，保全你们全家性命。"沈氏道："这又好笑。前日经事不完，还要保襄甚的？"此时张秀才平日也见他些风色，去盘问这两个小厮，都说他平日有些不老成。张秀才便恼了，见了王尼道："天下有这等贼秃，我一桩正经事，他却戏颠颠的，全没些致诚。括我小厮，要拐我丫头，是何道理？"王尼道："极好的呢！坐在寺里，任你如花似玉的小姐奶奶拜他，问他，眼梢也不抬。"沈氏道："还好笑，说要我一千银子，保全我一家性命。"张秀才听到这句，有些吃惊，还道是文牒都已烧去，没踪迹，道："这秃驴这等可恶，停会着人捉来，打上一顿送官。"王师姑："我也道这借银事开不得口，他道你说不妨，道相公亲笔的表章文牒都不曾烧，都在他那里，叫相公想一想利害。"张秀才道："胡说，文牒我亲眼看烧的。你对他说莫说一千，一钱也没得与他，还叫他快快离这所在。"沈氏道："这样贪财好色的和尚，只不理他罢了，不必动气。"

王师姑自回了，到庵里去回复，怨畅颖如道："好一家主顾，怎去打断了？张相公说你不老实，戏弄他小厮、丫鬟。"颖如道："这是真的。"王尼道："阿弥陀佛，这只好在寺里做的，怎走到人家也是这样？就要也等我替你道达一道达才好，怎么生做!"颖如笑道:"这两个丫头究竟也还要属我,我特特起这衅儿,你说的怎么。"王尼道:"我去时,张相公大恼,要与你合嘴,亏得张大娘说罢了。"颖如笑道:"他罢我不罢,一千是决要的。"王尼道:"佛爷,你要这银子做甚?"颖如道:"我不要银子,在这里做甚和尚?如今便让他些,八百断要的。再把那两个丫鬟送我,我就在这里还俗。"王尼道:"炭堥八百九百,借银子这样狠。"颖如道:"我那里问他借,是他要送我的买命钱。他若再做一做腔,我去一首,全家都死。"王尼道:"甚么大罪,到这田地?我只不说。"颖如道,"你去说,我把你加一头除;若不说,把你都扯在里边。"王尼道,"说道和尚狠,真个狠!"只得又到张家来,把颖如话细细告诉。

沈氏对张秀才道:"有甚把柄在他手里么?"张秀才又把前事一说,沈氏道:"皇帝可假得的?就烧时也该亲手烧,想是被他换去,故此他大胆。你欠主意,欠老成。"张秀才道:"这都是他主谋。"沈氏道:"须是你的亲笔。这仔么处?"张秀才道"岂有我秀才反怕和尚之理?他是妖僧哄我,何妨!"嘴里假强,心中也突突的跳。那王尼听了"头除"这句话,便扯着沈氏打合,道:"大娘,这和尚极是了得的,他有这些乡官帮护,料不输与相公。一动不如一静,大娘劝一劝,多少撒化些,只当布施罢。常言道:做鬼要羹饭吃。"沈氏道:"他要上这许多,叫我怎做主?况这时春三二月,只要放出去,如何有银子收来与他!"王尼道:"我不晓得这天杀的,绝好一个好人,怎起这片横心?他说造殿,舍五十两与他造殿罢。"张秀才道:"没这等事。舍来没功德。"沈氏道:"罢!譬如旧年少收百十石米,赏与这秃罢。"王尼只得又去,道:"好了,吃我只替他雌儿缠,许出五十两。"颖如道:"有心破脸,只这些儿?"王尼道:"你不知道,这些乡村大户也只财主在泥块头上,就有两个银子,一两九折五分钱，那个敢少他的？肯藏在箱里？得收手罢，人极计生。"颖如道："银子没有，便田产也好。五百两断断要的。"王尼道："要钱的要钱，要命的要命，倒要我跑。"赶来朝着沈氏道："说不来，凭你们。再三替你们说，他道便田产也定要足到五百。张相公，打意得过，没甚事，不要理他。作腔作势，连我也厌。"张秀才道："没是没甚事。"沈氏道："许出便与他，只是要还我们这几张纸。"王尼道："若是要他还甚么几张纸，他须要拿班儿。依我五十两银子、十亩田，来我庵里交手换手罢。"张秀才假强摇头，沈氏口软，道："便依你，只是要做得老到。"跑了两日，颖如只是不倒牙，王尼见张家夫妇着急，也狠命就敲紧。敲到五十两银子，四十亩田，卖契又写在一个衙院名下，约定十月取赎，临时在清庵里交。他又不来，怕张秀才得了这把柄去，变脸要难为他。又叫徒弟法明临下一张，留着做把柄，以杜后患。张秀才没极奈何，只得到他静室，他毕竟不出来相见，只叫徒弟拿出这几张纸来。王尼道："相公自认仔细，不要似那日不看清白。"张秀才果然细看，内一张有些疑心。法明道："自己笔迹认不出，拿田契来比么。"张秀才翻覆又看一看，似宝一般收下袖中，还恐又变，流水去了。王尼却在那边逼了十两银子，又到张家夸上许多功。张秀才与了他五两银子、五石米，沈氏背地又与他五七两银子、几匹布。张秀才自认悔气，在家叹气叫屈[40]，不消说了。

颖如也怕张秀才阴害他，走到杭州。他派头大，又骗着一个瞎眼人家，供养在家，已是得所了。只是颖如还放不这两个丫头下，又去到王尼庵中道："我当日还留他一张牒文做防身的，我如今不在这边，料他害我不着。不若一发还了他，与他一个了断。如今他家收上许多丝，现在卖丝，我情愿退田与他，与我银子。这只完得旧事，新事只与我两个丫头罢了。"王尼道："这做过的事，怎又好起浪。明明白白交与他这四张纸，怎又好说还有一张？"颖如道："当日你原叫他看仔细，他也看出一张不像，他却又含糊收了。他自留的酒碗儿，须不关你我事。"王尼道："是倒是，只是难叫我启口。就是你出家人，怎带这两个丫头？"颖如道："我有了二三百银子，又有两个女人，就还了俗，那个管我。"王尼道："一日长不出许多头发。"颖如道："你莫管我。你只替我说。"王尼道："不要。你还写几个字脚儿与我，省得他疑我撮空。"颖如道："不难，我写我写。"写道：

> 张秀才谋做皇帝文字，其真迹尚在我处，可叫他将丫头兰馨、竹秀赠我，并将前田俱还价，我当尽还之。不则出首莫怪。

写了道："歇半月我来讨回覆。"去了。王尼道："也是不了事件，还与他说一说。"又到张家来。

恰是沈氏抱着儿子吃乳，张秀才搭着肩头在那厢逗他耍。只见王尼走到相唤了。王尼对着张秀才道："好不老成相公，当日仔么替你说？又留这空洞儿等和尚钻。"张秀才道："甚空洞儿？"王尼道："你当日见有一张疑心，该留住银子，问颖如要真的，怎胡乱收了，等他又起浪？"便递出这张字儿。其时兰馨在面前，王尼故意作景耍他，道："难道这等花枝样一个姐儿，叫他去伴和尚？"沈氏道："便与他，看他仔么放在身边。"王尼道："放在身边，包你还两个姐姐快活？"张秀才看字，待扯，沈氏笑道："且慢，我们计议，果若断绝得来，我就把兰馨与他。"只见兰馨便躲在屏风后哭去了。

> 雨余红泪滴花枝，惨结愁深不自持。
> 羞是书生无将略，和戎却自倩蛾眉。

正说时，却遇舅子沈尔谟来，是个义烈汉子，也是个秀才。

见他夫妻不快，又听得兰馨哭，道："妹子，将就些，莫动气。"沈氏道："我做人极将就，他哭是怕做和尚婆。"张秀才忙瞅一眼，沈氏道："何妨得我哥哥极直、极出热，只为你掩耳偷铃，不寻个帮手，所以欺你。"便把这事认做自家错，道："是我误听王尼姑，他又不合听和尚哄，写甚官衔。遭他捏住，诈去银子五十两，并田四十亩。如今又来索诈，勒要兰馨、竹秀，故此我夫妇不快，兰馨这里哭。"沈尔谟道："痴丫头，人人寻和尚，你倒怕他。"又大声道："妹子，这妹夫做拙了。要依他，他不要田，便与他银子，没有我那边拿来与他。丫头他也不便，好歹再与他二十两罢。不要刀口上不用，用刀背上钱。"张秀才忙摇手叫他不要说时，那里拦得住，都被王尼听了。须臾整酒在书房，三个在那边吃，沈尔谟道："妹子，这是老未完，诈不了的。毕竟要断送这和尚才好。如今我特把尼姑听见，说我们肯与他银子，哄他来。县尊，我与妹夫都拜门生，不知收了我们多少礼，也该为我们出这番力，且待此秃来动手。"两个计议已定，只等颖如来。不期这和尚偏不失信，到得月尽来了。王尼把事说与他，道："他舅子肯借银子，丫头与你二十两自讨。"颖如道："怕讨不出这等好的。"王尼道："看他势头，还揝得出。多勒他几两就是，定要这绊脚索。"颖如道："也是，省得有了他，丢了你。叫他明日我庵中交银。"王尼来说，沈氏故意把银子与他看了，约在次日。

这边郎舅两个去见县尊，哭诉这节情事。县尊道："有这等光棍和尚。"便分付四个差人，叫即刻拿来，并取他行李。张秀才便拿出二十两送了差人，自己还到庵里。只见王尼迎着道："在这里等了半日。"颖如倚着在自己庵里，就出来相见。只见驼拜匣的两个后生放下拜匣，将颖如缚住。颖如忙叫徒弟时，张秀才径往外跑，又领进六个人来，道是县里访的，搜了他出入行囊。这些徒弟都各拿了他些衣钵走了，那个来顾他？带至县里，适值晚堂。县尊道："你这秃厮，敢设局诈人？"颖如道："张生员自谋反，怕僧人发觉，买求僧人。"县尊道："有甚么证据？"道："拜匣中有他文牒。"忙取出来看了，道："这又不干钱谷刑名，是个不解事书生胡写的，你就把来做诈端。"便拔签叫打四十。一声"打"，早拿下去，张秀才用了银子，尿浸的新猫竹板子着着实打上四十下，文牒烧毁，田契与银子给还。颖如下监，徒弟逃去，没人来管，不二日，血胀死了。尝戏作一颂子，云：

　　睿和尚，祝发早披缁。夜枣三更分行者，菩提清露洒妖尼，犹自起贪痴。

　　睿和尚，巧计局痴迷。贪想已看盈白镪，淫心犹欲搂娇姿，一死赴泥犁[41]。

在监中搁了两日，直待禁子先递病呈，后递绝呈，才发得出来，也没个人收葬。这便是设局害人果报。

　　张秀才也因事体昭彰，学道以行捡退了前程。若使他当日原是个书呆子，也只朝玩夜读，不能发科甲，也还作秀才。只为贪而愚，落人机阱，又得县令怜才，知他不过一时愚呆，别无人想，这身家才保得，诈端才了得。还又至状元不做得，秀才且没了，不然事正未可知，不可为冒进的鉴戒么！

　　雨侯曰：秀才不会自取功名，假钱神、借权要，甚而乞灵和尚，羞之极矣！愚受局而贪得死，都可作今笑柄。

　　　　　　　　　　　　　　　　　（选自《型世言》）

[注释]

　[1] 匡济——"匡世济民"的略称。意为挽救艰困的局势，使转危为安。《三国志·魏志·赵俨传》："曹振东应期命世，必能匡济华夏。"

　[2] 蠹（dù度）简——被蠹蚀的书籍。津梁，桥梁，比喻能起桥梁

作用的事物。此指读书。

[3] 研田——即砚田。旧时读书人依靠文墨为生计，因将砚台比作田地。苏轼《次韵孔毅甫久旱已而甚雨》："我生无田食破砚，尔来砚枯磨不出。"

[4] 榆枋——榆树和枋树。比喻狭小的天地。唐赵中虚《游清都观寻沈道士得芳字》："早蝉清暮响，崇兰败晚芳。即此翔寥廓，非复控榆枋。"

[5] 轻薄儿——轻佻浮薄的人，多指以轻佻的态度对待妇女。《南史·谢惠连传》："轻薄多尤累，故官不显。"

[6] 铜臭郎——用钱买官的人。铜臭，铜钱的臭气。原用以讥讽用钱买官或富豪者，后常用讽刺唯利是图的人。《后汉书·崔寔传》载崔寔位居三公，"天下失望"。寔问崔烈原因，烈回答说："论者嫌其铜臭。"

[7] 三策——三篇策论。汉代应荐举的人对答皇帝有关政治、经义的策问叫"对策"。后代用这种方法取士，应试者要做三篇策论文章，故称三策。

[8] 杏园——园名。故址在今陕西省西安市郊大雁塔南。秦时为宜春下苑地。唐时与慈恩寺南北相接，在曲江池西南，为新进士游宴之地。唐刘沧《及第后宴曲江》："及第新春选胜游，杏园初宴曲江头。"

[9] 兰省——即兰台。唐韦应物《答佃奴重阳二甥诗》："一朝忝兰省，三载居远藩。"兰台本为汉代宫廷藏书处，设御史中丞掌管，后置兰台令史，掌书奏。东汉以御史大夫官属省入兰台，置御史中丞，故御史府也称兰台寺，御史台也称兰省。唐高宗龙翔二年改秘书省为兰台。唐人诗文中常称秘书省为兰台或兰省。唐白居易《秘书省中忆旧山》："为喜兰台非傲吏，归时应免动㯹文。"

[10] 愆缪（qiān miù 千谬）——过失，错误。《新唐书·阎立德传》："曾孙用之……初为彭州参军，尝摄录事，一日纠愆缪不法数十事，太守以为材。"

[11] 凋瘵（zhài 寨）——指穷困之民或衰败之象。唐白居易《忠州刺史谢上表》："下安凋瘵，上副忧勤，未死之间，斯展微效。"

[12] 纱帽——官帽。纱帽本为古代君主、贵族或官员所戴的一种帽

子。明制，凡文武官常服，致仕及侍亲辞闲官、状元及诸进士、内外官亲属、内使监皆用纱帽。后因用作在官有职的代称。

[13] 三考道——三考的路子。三考是古代官吏的考试制度，即三年考一次，九年考三次，决定提升或降免。《书·尧典》："三载考绩，三考黜陟幽明。"

[14] 例监——科举时代，由于捐献钱物而取得监生资格的。也叫捐监。始于明代，清代因之。

[15] 贡举——古时官吏向君主推荐人员，泛称贡举。后世即指科举制度。

[16] 岁贡——科举制度中贡入国子监的生员之一种。明清两代，每年从府、州、县中选送禀生升入国子监肄业，因称岁贡。

[17] 孝廉——明清时代对举人的称呼。

[18] 也还经得几遭跌磕——"得"字原残，据《三刻拍案惊奇》补。

[19] 进士——贡举的人员。唐代科目中以进士科为最重要，应考者叫进士，考试及格的"赐进士及第"。明清始以进士为考中者的专称。凡举人经会试考中者为贡士，由贡士经殿试录取者为进士。

[20] 解元——唐制，举进士者皆由地方解送入试，故沿称乡试第一名为解元。

[21] 纰缪——错误。裴骃《史记集解序》："虽时有纰缪，实勒成一家。"

[22] 膏粱子弟——富贵人家子弟。膏粱，精美的食品。

[23] 买了关节——旧称暗中行贿、说人情为通关节。《资治通鉴·唐穆宗长庆元年》："所取进士诸子弟无艺，以关节得之。"

[24] 湖州——今浙江省湖州市。

[25] 弱冠——古时男子二十岁始行冠礼，以示已是成年。弱冠即将近二十岁。

[26] 一个叫竹秀——原作"竹翠"，据下文改。

[27] 寒酸措大——旧称贫穷的读书人，含有轻慢意。

[28] 仔么——怎么。

[29] 李卓吾（1527—1602）——名赞，号卓吾，又号宏甫，别号温

陵居士，泉州晋江人，明代进步思想家、文学家。

[30] 撺掇——怂恿。

[31] 阴德——旧时所谓暗中有德于人的行为。旧时迷信，认为积阴德必有善报。

[32] 斋戒——"斋"本作"齐"。古人于祭祀时沐浴更衣，戒其嗜欲，以示诚敬。《礼记·曲礼上》："齐戒以告鬼神。"《孟子·离娄(下)》："虽有恶人，斋戒沐浴，则可以祀上帝。"

[33] 精舍——旧时书斋、学舍，集生徒讲学之所。此指僧、道居住或讲道说法之所。

[34] 观音菩萨——即观世音，亦称观自在菩萨，与大势至菩萨共侍阿弥陀如来，推行教化。后讹为女像。

[35] 王师姑来陪——"陪"原作"赔"，误。

[36]《法华经》——佛教主要经典之一。《妙法莲华经》的简称。经中宣传三乘归一之旨，自以其法微妙，如莲华居尘不染。

[37] 王尼也常走来——"尼"，原残，据《三刻拍案惊奇》《别刻拍案惊奇》补。

[38] 网罟（gū 古）——网，此处指法网。罟，网的总称。奸髡（kūn 坤）——淫邪的和尚。髡，古代一种剃去头发的刑罚，此指和尚。

[39] 王尼道——"尼"，原残，据《三刻拍案惊奇》，《别刻拍案惊奇》补。

[40] 在家叹气叫屈——"叹气"，原残，据《三刻拍案惊奇》《别刻拍案惊奇》补。

[41] 泥犁——亦作泥梨、泥黎。佛家谓地狱，其义为无喜乐。《翻译名义集·地狱篇》："地狱，此方名。梵称泥犁。"

[鉴赏]

《痴郎被困名缰　恶髡竟投利网》选自明代陆人龙著短篇小说集《型世言》，全书共收短篇小说四十篇。每篇之前有翠娱阁主人写的小引，末有雨侯写的回评。据考，雨侯是陆人龙之兄陆云龙的字，翠娱阁是其堂名。

这是一篇优秀的讽刺小说。写明代湖州张秀才，弱冠进了学，家中富足，呼奴使婢，简直是个"平地神仙"。因膝下无子，便经清庵王尼姑介绍，请道睿和尚祈祷求子。半年之后，秀才娘子果然怀了一子，便把道睿奉若神明，想进一步要道睿为他求个功名。谁知这和尚原是个好色贪财之徒，口中慨然答应，心里却另有他的打算。道睿在张家拜祷，乘机引诱秀才在拜祷时写个"代天理物　抚世长民　中原天子　大明皇帝"的官衔，后有张秀才签字画押。奸诈的道睿在焚表时焚了假的而把真的留下作为把柄。邪恶的道睿有恃无恐先是鸡奸了张秀才的两个小厮绿绮、龙纹，又去调戏、奸污丫鬟兰馨、竹秀，而被拒绝，告知主人。于是道睿逃回寺中，叫王尼通话，反要诈秀才一千两银子。秀才因有托名"大明皇帝"的亲笔签押攥在道睿手中，几经讨价还价，和尚诈到五十两银子、四十亩田还不罢休，非再要兰馨、竹秀不可。这时恰巧秀才舅子沈尔谟来，尔谟是个义烈汉子，和秀才定计，假允道睿条件，由王尼通知道睿交银的时间地点。沈尔谟和秀才求得县令的帮助，待秀才和道睿交割时，几个差人把道睿缚去，问他个诈骗罪，重打四十大板，监下，不二天，就死了。县令为张秀才开脱了罪责，说是"不解事书生胡写的"，将文牒烧毁，田契与银子给还，但秀才的功名也被免了。小说对张秀才为了功名，而致中恶僧奸计，险些身家性命不保的愚蠢行为，进行了辛辣的讽刺，对恶僧道睿贪财好色，害人反害己的奸诈嘴脸进行了有力的揭露和鞭挞。

在封建社会，知识分子走读书做官的道路也很不容易，因为竞争对手很多，自己除需悟深学富、气足笔锐，也还要碰机会。所以中举者很少。况且社会黑暗，考试不公，有钱的可以买通关节，找人代考。再加上主考官没有眼光，不识好坏，甚至胡乱选取，以至有人误中，这样真有本领的就不能中了。因此这条路无疑是一条羊肠小道，不容易走通的。于是有的知识分子不得不乞灵于鬼神、乞求于和尚。本文中所写的张秀才就是这么一个人物。

张秀才"田连阡陌，广有金银，呼奴使婢，极其富足"。妻子沈氏，"极有姿色"，还有两个丫头兰馨、竹秀、两个小厮儿绿绮、龙纹，供其驱使，简直是个"平地神仙"。张秀才条件这么好，如能矢志攻书，将来或许有所作为，也未可知；但他并不是这样的人。他头脑不清，思想愚蠢，是一个不谙世事的书呆子，却又想猎取功名，于是便想走邪路歪道，乞灵于神仙，求助于尼姑道士。当他"用去百金。一千善立完"得了一个儿子以后，更是把道睿和尚奉若神明。本来生子与否，完全由夫妇生理条件决定，与和尚祈祷毫无关系，他却认为是道睿祷神有方，足见其糊涂之至，愚蠢之极！但他的愚昧还不止此。俗话说人心不足蛇吞象，张秀才攻读没有干劲，科举缺乏信心，但却不肯放弃猎取功名，于是便落到了奸僧所设的陷阱之中。张秀才想让道睿祈祷个状元。初时道睿还推三阻四，因为他也知道状元是求不得的；但他又怎肯放弃诈人钱财的机会？他自有自己的奸计——要在张秀才家礼拜二十日。当道睿写好祈求状元的疏头，说表章上需署一个官衔。张秀才本诚实地提出写上"某府某县儒学生员"罢了，道睿却胡说什么表章要经四大天师"转进玉帝"，这官衔太小了，需要借一个大官衔。张秀才以为"无官而以为有官，欺天了"，心怀叵测的道睿却劝他"率性假个皇帝"。他觉得不妥，连说："这怎使得"，丝毫没怀疑是道睿的奸计，更没预料到由此将导致的严重后果。所以，当道睿骗他说："这不过一时权宜上得，你知我知，哄神道而已。"他居然轻信，同意在表章上写上"代天理物抚世长民中原天子大明皇帝张某谨封"，下用一个图书，牒上写道"大明皇帝张"，下边一个花押，都是张秀才亲笔，放在道睿房中，这就完全落入了道睿的圈套。夫妻两个每日斋戒，虔诚得很。到焚表时，道睿早已用了掉包计，焚了假的，留下真的，他也丝毫没有察觉。张秀才一心祈求个状元，堕入道睿所设的机彀斗中，危及身家性命的把柄已经握在恶僧之手。他陷于一筹莫展，竟还妄图委屈求全。抓住了张秀才把柄的道睿，自以为奸计得逞，便肆无忌惮起来。他先鸡奸了张秀才的小厮儿又试图奸污他的两个丫头，张秀才竟还怀疑两个丫头的告发是假的，还想央王尼把道睿再请回来，做完功德。谁知恶僧人诈他一千两银子，说张秀才写的表与牒都在他身上，不曾烧，叫他想一想利害。张秀才全没了主意，只托王尼斡旋，不知王尼和道睿是一伙的，几经讨价还价，说要给道睿五十两银子，四十亩田，让道睿交还他私存的表和牒，狡猾的道睿早已使徒弟"临了一张，留着做把柄"。在道睿交还给他表和牒时，他也发现"一张不像"，却又含糊收了。再次受骗，说明张秀才确实是个书呆子，没有什么办事能力。这么一来，道睿手中仍握有秀才把柄，又想再诈骗秀才的两个丫头，张秀才还是忍辱求全，讨价还价，想叫妻子把兰馨给道睿。后来还是舅子沈尔谟为秀才出主意，请求县令主持正义，差人缚了道睿，问他个诈骗之罪，重打四十大板，死在狱中。张秀才也因假僧买官影响太坏，被学道革去了秀才。结果是状元没做成，秀才又丢了，真是赔了夫人又折兵。

张秀才的形象塑造得是成功的，他是旧社会下层知识分子的一个典型。他既无才学，又醉心功名，科举的正道走不通，便想走邪道祈求状元，结果中了恶僧奸计，险些被诬以"谋反"，落得个身家性命不保，这足为古今贪求功名者戒。张秀才这种人是封建社会科举制度的产物，因为在科举制度下，知识分子走的是一条读死书、死读书、读书死的道路，教育脱离实际，学生只知死记硬背，而无任何实际能力，这样的教育制度只能培养出一个个书呆子，满口之乎者也，却四体不勤，五谷不分，所以遇事毫无办法，只能任人宰割，甚至家破身亡，死无葬身之地，这是科举的弊端，社会的基因，虽不能完全由张秀才个人负责，但张秀才确是一个深中封建科举制度毒害的典型，这一文学形象是极富社会意义的。

如果说作品对不谙世事，痴求功名，遭奸僧诬陷，险些身家性命不保的张秀才给予了善意的讽刺的话，那么对蓄意害人的奸僧道睿则进行了无情的揭露和鞭挞。奸僧道睿是小说塑造的另一个成功的形象。这道睿和尚是个大光棍，原是南京人，假称是著名思想家、文学家李卓吾第三个徒弟，其实是个政治骗子。"人极生得齐整，心极玲珑，口极快利"，从外表看是个道貌岸然而又极有德行的大和尚。但却内心龌龊，骗人有方，还有个秘法，就是结交尼姑。歪点子颇多。这道睿是个淫棍，他平时在寺中拿两个行童徒孙泄火，欲壑难填，便去玷污良家妇女，像空房独守的寡妇、大户人家的小妾、商贾之妇、老夫之妻，性欲得不到满足，形诸怨叹，他便乘机而入，与之通奸。这是总写道睿淫邪。他这次来湖州，投了个乡绅作护法，在村里谈经说法，早又勾上了清庵的王尼姑。但道睿的贪财好色主要是通过对张秀才的诈骗过程加以展现的。这个恶僧颇有些手段，张秀才及其朋友钟阁然去拜访他，"看他外貌极是老成镇重"，当张秀才问他休咎功名时，他说："这休咎功名只在自身"，语似有理，却预先把自己的干系脱得干干净净；又说"小僧不过略为点拨耳"，这已经开始炫耀己能，引人上当了。接着又以本地人袁黄遇星士，求子发科甲相诱，使秀才中计而不自知，断然决定请他求子，还觉得"这和尚是有光景的"，"他不骗我一毫"，说明道睿骗术相当高明，他已瞄准的张秀才，既无儿子又无功名，可以得子、发甲作为诱饵。接着就在张家起愿，祈祷。色鬼道睿看见张秀才的妻子和两个丫头，"甚是动火"，但一时不能得手，这就又埋设了一条奸计祸根。半年时间，秀才立了千善，花了百金。"不期立愿将半年，已是生下一个儿子。"十月怀胎，才能一朝分娩，这是常识。而张秀才夫妇只立愿半年就生下儿子，更说明生子与道睿祈祷没有任何关系，但愚昧的秀才夫妇却把道睿奉为神明，又要请道睿祈求功名。道睿说："就是个状元，可以求得的？"说明就连他自己也不相信功名可以求得的，但还是答应了。其中的奥妙，王尼的一番话揭了底："求不来要你赔？把几件大施舍难他，一时完不来的，便好把善行不完推。这科不停当，再求那科，越好牵长去。只是架子要搭大些。"这一自我剖白，真是不打自招。说明僧尼们骗人有两法：一是委过于人，就是用几件大施舍难住主家，只要有一件不完他就有了借口，把责任推到主家身上，猪八戒倒打一耙；二是拖延战术，所谓"这科不停当，再求那科"，使主家欲求不达，又欲罢不能，拖的日子越长，骗的钱财越多。道睿当然深明此法，但他却不用这种一般的常法，而是采取更奇谲阴毒的诈骗之术，给秀才布下了陷阱。道睿这个奸计非同儿戏，正是置人于死地的政治陷害，说明了道睿的蛇蝎心肠，阴险毒辣之至。所以当道睿掌握了张秀才把柄后，便肆无忌惮地先鸡奸了秀才的小厮，调戏并试图奸污秀才的丫头。劣迹败露从张家逃回寺院后，便公开地对秀才进行起恶毒敲诈，直诈到五十两银子，四十亩田，道睿才答应把表、牒还给张秀才。然而，阴险的诈骗者是不会轻易放弃一丝一毫获利的机会的。道睿又让徒弟抄了一份"表""牒"留底，假的交出，真的仍握在手中当作最后的王牌，以此要挟秀才把两个丫头相赠，至此道睿一副流氓无赖嘴脸已彻底暴露无遗。这个恶僧后来被主持公道的县令问了个诈骗罪，脊杖四十，死在狱中，完全是罪有应得。特别具有讽刺意味的是，道睿这样贪财好色，玩弄阴谋诡计，陷人于死地的坏家伙，竟是一个表面道貌岸然的高僧，作者揭露批判的矛头所向也就不宣自明了。

其他人物，如清庵王尼姑的形象也颇生动。她和一般尼姑一样，"口似蜜，骨如绵"，拜在道睿门下，与他私通，而且情愿为道睿"做脚勾搭"，张秀才起愿是她怂恿，在祈子、祈状元的过程中以及道睿讹诈张秀才时，她是道睿的帮凶，但她的目的不过是多让人施舍些钱米，与道睿蓄意害人，大肆诈骗比起来，只是小巫见大巫，也是一个成事不足败事有余的人，值得引起注意。其他如沈氏的虔诚、善良，兰馨、竹秀的正派、沈尔谟的义烈，县尊的清正也给人留下了深刻印象。

本篇在艺术表现上的重要特色，是通过人物的语言和行动刻画人物。道睿的淫邪，是通过他的恶行表现的，这个恶僧不分男女，不择丑俊，无时无地，都想着发泄兽欲，是个十足的淫棍，其贪财主要是通过设陷阱让张秀才跳下去大肆讹诈的行为表现的。言为心声，用人物语言刻画人物是作家的一种重要手法，本篇人物语言也很有特色，张秀才的"痴"，道睿和尚的"奸"，王师尼的"甜"，各有口风，显示出不同的性格特征。如道睿从张家溜走后，要敲诈张秀才，王尼姑居中说合，王尼和道睿有一段精妙的对话：

> 王师姑……怨畅颖如道："好一家主顾，怎去打断了？张相公说你不老实，戏弄他小厮、丫头。"颖如道："这是真的。"王尼道："阿弥陀佛，这只好在寺里做的，怎走到人家也是这样？就要也等我替你道达一道达才好，怎么生做！"颖如笑道："这两个丫头究竟也还要属我，我特特起这衅儿，你说的怎么。"王尼道："我去时，张相公大恼，要与你合嘴，亏得张大娘说罢了。"颖如笑道："他罢不我罢，一千是决要的。"王尼道："佛爷，你要这银子做甚？"颖如道："我不要银子，在这里做甚和尚？如今便让他些，八百断要的。再把那两个丫鬟送我，我就在这里还俗。"王尼道："炭钜八百九百，借银子这样狠。"颖如道："我那里问他借，是要他送我的买命钱。他若再做一做腔，我去一首，全家都死。"……

"这是真的。"对戏弄张秀才小厮、丫鬟供认不讳，活画出颖如的流氓嘴脸；"我去一首，全家都死"，揭露了他置人于死地的狠毒心肠；"再把那两个丫鬟送我，我就在这里还俗。"夫子自道，是恶僧的真心流露。几句话把道睿是假和尚，真骗子，大流氓，大无赖，心肠之狠，手段之辣，写得入木三分，而作者竟让一个入学秀才自觉自愿地钻入如此一个佛界败类的大骗局，就更加反衬出秀才之痴、之迂，之"羞之极矣"！正如雨侯的篇末总评："愚受局而贪得死，都可作今笑柄。"而这"笑柄"，则充分显示了作品的讽刺力量。

（毕桂发）

百和坊将无作有

清·酌元亭主人

造化小儿强作宰[1]，穷通切莫怨浮沉，

使心运智徒劳力，掘地偷天枉费心。

忙里寻闲真是乐，静中守拙有清音，

早知苟得原非得，须信机深祸亦深。

丈夫生在世上，伟然七尺，该在骨头上磨练出人品，心肝上呕吐出文章，胼胝上挣扎出财帛[2]，若人品不在骨头上磨练，便是庸流；文章不在心肝上呕吐，便是浮论；财帛不在胼胝上挣扎，便是虚花。且莫提起人品、文章，只说那财帛一件。今人立地就想祖基父业，成人就想子禄妻财。我道这妄想心肠，虽有如来转世，说得天花乱坠，也不能斩绝世界上这一点病根。

且说明朝叔季年间，有一个积年在场外说嘴的童生[3]，他姓欧，单名醉，自号滁山。少年时有些临机应变的聪明，道听途说的学问，每逢考较，府县一般高高的挂著；到了提学衙门，就象铁门槛再爬不进这一层。自家虽在孙山之外，脾味却喜骂人。从案首直数到案末，说某小子一字不识，某富家多金夤缘，某乡绅自荐子弟，某官府开报神童。一时便有许多同类，你唱我和，竟成了大党。时人题他一个总名，叫做"童世界"；又起欧滁山绰号，叫做"童妖"。他也居之不疑，俨然是童生队里的名公。但年近三十，在场外夸得口，在场内藏不得拙。那摘不尽的髭髯，渐渐连腮搭鬓；缩不小的身体，渐渐伟质魁形。还亏他总不服老，卷面上"未冠"两个字样，印板刻成的再不改换。众人虽则晓得他功名偃蹇，却不晓得他功名愆期。

他自父母亡后，留下一个未适人的老丫头[4]，小名秋葵，做了应急妻室。家中还有一个小厮、一个苍头，那苍头耳是聋的，只好挑水烧锅。惟有那小厮叫做鹡渌，眼尖口快，举动刁钻，与秋葵有一手儿。欧滁山时常拈酸吃醋。亲戚们劝他娶亲，只是不肯。有的道他志气高大，或者待进学后才议婚姻。不知欧滁山心事，全不为此。他要做个现成财主女婿，思量老婆面上得些油水。横了这个见解，把岁月都蹉跎过了。又见同社们也有进学的，也有出贡的，再不得轮流到自己。且后进时髦，日盛一日，未免做了前辈童生，要告致仕；又恐冤屈了那满腹文章，十年灯火。忽然想起一个出贡的朋友姜天淳，现在北直真定作县[5]，要去秋风他[6]。带了鹡渌出门，留苍头看家。

朝行暮宿，换了几番舟车陆马，才抵真定。自家瞒去童生脚色，分付鹡渌在人前说是名士秀才。会遇姜天淳，便拜本地乡宦。乡宦们知道是父母官的同乡同社，又是名士，尽来送下程请酒。欧滁山倒应接不暇。一连说过几桩分上，得了七百余金。你道欧滁山簇新做游客，何得如此获利？原来他走的是衙门线索，一应书办快手，尽是眷社盟弟的帖子，到门亲拜。还抄窃时人的诗句，写在半金半白扇子上，落款又写"拙作请教"，每人送一把做见面人情。那班衙门里朋友，最好结交，他也不知道甚么是名士，但见扇子上有一首歪诗，你也称好，我也道妙。大家捡极肥的分上送来奉承这诗伯，欧滁山也不管事之是非，理之屈直，一味拿出名士腔调来，强要姜天淳如何审断，如何注销。若有半点不依他，从清晨直累到黄昏，缠扰个不了。做官人的心性那里耐烦得这许多？说一件，准一件，只图耳根干净，面前清洁便罢了。所以游客有四种熬他不得的去处：

> 不识羞的厚脸，惯撒泼的鸟嘴，
>
> 会做作的乔样，弄虚头的辣手。

世上尊其名曰游客。我道："游者，流也；客者，民也。虽内中贤愚不等，但抽丰一途，最好纳污藏垢。假秀才、假名士、假乡绅、假公子、假书帖，光棍作为，无所不至。今日流在这里，明日流在那里，扰害地方，侵渔官府。见面时称功颂德，背地里捏禁拿讹。游道至今日大坏，半坏于此辈流民，倒把真正豪杰、韵士、山人、词客的车辙，一例都行不通了。歉的带坏好的，怪不得当事们见了游客一张拜帖，攒著头，跌著脚，如生人遇著勾死鬼的一般害怕。若是礼单上有一把诗扇，就像见了大黄巴豆，遇著头疼，吃著泻肚的。就是衙役们，晓得这一班是惹厌不讨好的怪物，连传帖相见，也要勤措纸包。我曾见越中一游客，谒某县令，经月不见回拜。游客排门大骂。县令痛恶，遣役投帖送下程。游客恬不为耻，将下程全收；缴礼之时，嫌酒少，叱令重易大坛三白。翌日，果负大坛至。游客以为得计，先用大碗尝试，仅咽一口，呕吐几死，始知坛中所贮者乃溺也。我劝自爱的游客们，家中若有一碗薄粥可吃，只可甘穷闭户，便是少柴少米，宁可受妻子的怨讁，决不可受富贵场内的怠慢。

闲话休题。且说欧滧山一日送客，只见无数脚夫，挑着四五十只皮箱，后面十多乘轿子，陆续进那大宅子里去了。欧滧山道："是那里来的官家？"忙叫鹊渌访问，好去拜他的。鹊渌去不多时，走来回复道："对门是新搬来的。说是河间府屠老爷小奶奶。屠老爷在淮扬做道[7]，这小奶奶是扬州人，姓缪。如今他家老爷死在任上，只有一个叔子，叫做三太爷，同着奶奶在这边住。"欧滁山道："既是河间人，怎么倒在这里住下？"鹊渌道："打破沙锅问到底，我那知他家的事故？"欧滁山骂了几声"蠢奴才"，又接着本地朋友来会，偶然问及河间屠乡宦。那朋友也道："这乡宦已作古人了。"欧滁山假嗟叹一回。两个又讲些闲话才别。

次日，见鹊渌传进帖子来道："屠太爷来面拜了。"欧滁山忙整衣衫出来迎接。只见那三太爷打扮：

> 头戴一项方巾，脚穿一双朱履。扯偏袖，宛似书呆出相；打深躬，恰如道士伏章。主人看坐，两眼朝天；仆子送茶，一气入口。先叙了久仰久慕，才问起尊姓尊名。混沌不知礼貌，老生怀葛之夫；村愚假学谦恭，一团酒肉之相。

欧滁山分宾主坐下，拱了两拱，说几句初见面的套话。三太爷并不答应，只把耳朵侧着；呆睁了两只铜铃的眼睛。欧滁山老大诧异。旁边早走上一个后生管家，悄悄说道："家太爷耳聋，不晓得攀谈，相公莫要见怪。"欧滁山道："说那里话。尔家老爷在日，与我极相好；他的令叔，便是我的叔执了，怎么讲个怪字？"只问那管家的姓名。后生道："小的姓徐。"欧滁山接口道："徐大叔，尔家老爷做官清廉，可有多少官囊么？"徐管家道："家老爷当时也曾买下万金田产，至于内里囊橐，都是扬州奶奶掌管，也够受用半世。"欧滁山道："这等尔家日子还好过哩。"只见三太爷坐在对面，哑嘴哑舌的叫道："小厮，拿过拜匣来递与欧相公！"又朝着滁山拱手道："借重大笔！"

欧滁山揭开拜匣，里面是一封银子，写着"笔资八两"。不知他是写围屏写轴子，画山水画行乐。卷了，急忙推辞道："学生自幼苦心文字海中，不曾有余暇工夫慕效黄庭[8]，宗法北苑[9]。若是要做祭文、寿文，还不敢逊让。倘以笔墨相委，这便难领教了。"三太爷口内唧了几十声，才说出两个字来道："求文，求文！"倒是徐管家代说道："家老爷死后，生平节概，无人表白。昨日闻得欧相公是海内名士，特求一篇墓志，些微薄礼，聊当润笔。"欧滁山笑道："这何难！明日便有。尊礼还是带回去。"徐管家道："相公不收，怎么敢动劳？"欧滁山道："若论我的文章，当代要推大匠。就是本地士绅求序求传，等上轮个月才有。但念尔老爷旧日相与情分，不便受这重礼，待草完墓志，一并送还。"徐管家见三太爷在椅子上打瞌睡，走去摇醒了，搀他出门。

欧滁山进来，暗喜道："我老欧今日的文章才值钱！当时做童生，每次出去考，经营惨淡，构成两篇，定要赔卷子，贴供给。谁知出来做游客，这般躁脾，一篇墓志，打甚么紧，也送八两银子来，毕竟名下好题诗，也不过因我是名士。这墓志倒不可草草打发。"研起墨来，捏着一管笔，只管摇头摆脑的吟哦，倒默记出自家许多小题来，要安放在上面，不知用那一句好。千踌躇，万算计，忽然大叫道，"在这里了！取出《古文必读》，用那《祭十二郎文》改头换尾[10]，写得清清楚楚。

叫鹃渌跟了，一直走到对门来。徐管家迎见，引至客堂，请出三太爷来相见。欧滁山送上墓志。三太爷接在手里，将两眼觑在字上，极口的道好。又叫徐管家拿进去与奶奶看。欧滁山听见奶奶是识字的，毛孔都痒将起来。徐管家又传说奶奶分付，请欧相公吃一杯南酒去。欧滁山好像奉了皇后娘娘的懿旨，身也不敢动，口中先递了诚欢诚忭的谢表[11]。摆上酒肴，一时间山珍海错，罗列满前。真个大人家举止，就如预备在家里的。欧滁山显出那猪八戒的手段来，件件都啖得尽兴，千欢万喜回去了。

迟不上几日，徐管家又来相请。欧滁山尝过一次甜头儿，脚跟不知不觉的走得飞快。才就客位坐下，耳听得里面环珮叮当，似玉人甫离绣阁，麝兰氤氲，如仙女初下瑶阶。先走出两个女婢来，说道："奶奶亲自来拜谢欧相公。"滁山未及答应，那一位缪奶奶袅袅娜娜的走将出来。女婢铺下红毡。慌得欧滁山手足无措，不知朝南朝北，还了礼数。缪奶奶娇声颤语道："妾夫见背，没没无闻，得先生片语表彰，不独未亡人唧感，即泉下亦颂戴不朽。"欧滁山连称不敢，偷眼去瞧他，虽不见得十分美貌，还有七种风情：

眼儿是骚的，嘴儿是甜的，身体儿是动的，脚尖儿是娇的，脸儿是侧的，颈儿是纽的，纤纤指甲儿是露出来的。

欧滁山看得仔细，那眼光早射到裙带底下。怕不好看相，只得弯着腰告辞出来。回到寓中，已是黄昏时候。一点淫心，忍耐不住，关了房门，坐在椅子上，口中正叫着心肝乖乖；不期对面桌子下躲着一个白日撞的贼，不知几时闪进来的，蹲在对面，声也不响，气也不喘，被欧滁山撞进来，那贼呀的叫喊起来，倒吓了欧滁山一跳。此时欧滁山才叫得一声："有贼!"那贼即拔开门闩，早已跳在门外。欧滁山赶去捉他，那贼摇手道："尔要赶我，我便说出你的丑态来了!"欧滁山不觉又羞又笑，那贼已穿街走巷，去得无影无踪。

欧滁山只得回来，查一查银子，尚喜不曾出脱。大骂鹍渌。原来鹍渌是缪家的大叔们请他在酒馆中一乐，吃得酕醄大醉，昏天黑地，睡在桩凳上，那里知道有贼没贼。欧滁山也没奈何，自己点了灯，四面照一照，才去安寝。随便睡在床上，一心想着缪奶奶，道："似这般一个美人，又有厚资，若肯转嫁我，倒是不求而至的安稳富翁。且待明日向他徐管家讨些口气，倘有一线可入，夤缘进去，做个补代，不怕一生不享荣华？"翻来覆去，用心过度，再也睡不着。到四更天气，才闭上眼，又梦见贼来开了皮箱，将他七百两头装在搭包里。欧滁山急得眼里冒出火来，顾不得性命，精光的扒下床来，口中乱喊："捉贼！"那鹊渌在醉乡中，霎时惊醒了，也赤身滚起来，暗地里恰恰撞着欧滁山。不由分说，伸起钉耙样的拳头，照着欧滁山头脸上乱打。滁山熬不过疼痛，将头脸靠住鹊渌怀里，把他身体上死咬。两个扭做一团，滚在地下。你骂我是强盗，我骂你是醉徒。累到天明，气力用尽。欧滁山的梦神也告消乏了，鹊渌的醉魔也打疲倦了，大家抱头抱脚的欹跨睡在门槛上。直睡到日出三竿，鸡啼傍午，主仆两人才醒。各自揉一揉睡眼，都叫咤异。欧滁山觉得自家尊容有些古怪，忙取镜子一照，惊讶道："我怎么竟换一个青面小鬼，连头角都这般峥嵘了？"鹊渌也觉得自家贵体有些狼狈，低头一看，好似掉在染缸里遍体染就个红红绿绿的。面面相觑，竟解不出缘故来。一连告了几日养病假，才敢出去会客。

那缪奶奶又遣徐管家送过四盘果品来看病。欧滁山款住徐管家，要他坐下。徐管家道："小的是下人，怎敢陪相公坐地？"欧滁山笑道："你好呆，敬其主以及其使。便是敝老师孔夫子，还命蘧伯玉之使同坐哩[12]。你不须谦让。"徐管家只得将椅子移在侧边，半个屁股坐着。欧滁山分付鹊渌，叫他在酒馆中取些热菜来，酒儿要烫得热热的。鹊渌答应一声去了。欧滁山问道："你家奶奶性儿喜欢甚么？待我好买几件礼物回答。"徐管家道："我家奶奶敬重相公文才，那指望礼物回答？"欧滁山道："你便是这等说，我却要尽一点孝敬。"徐管家道："若说起我家奶奶，纱罗绸缎，首饰头面，那件没有？若要他喜欢的，除非吃食上橄榄、松子罢了。"欧滁山道："你家奶奶原来是个清客，爱吃这样不做肉的东西。"徐管家嬉的笑起来。

鹊渌早取了热菜，摆上一桌，斟过两杯酒，二人一头吃，一头说。欧滁山乘兴问道："你家奶奶又没有一男半女，年纪又幼小，怎么好守节？"徐管家道："正是。我们不回河间去，也是奶奶要日后好寻一分人家，坐产招夫的意思。"欧滁山道："不知你家奶奶要寻那样人儿？"徐管家道："小的也不晓得，奶奶还不曾说出口来。为碍著三太爷在这里。"欧滁山道："我有一句知己话儿对你讲，切不可向外人说。"忙把鹊渌叫开了，说道："我学生今年才三十一岁，还是真正童男子。一向要娶亲，因敝地再没得好妇人。若你家奶奶不弃，情愿赘在府上。我虽是客中，要措办千金，也还供得你家奶奶妆奁。"徐管家道："相公莫说千金万金，若是奶奶心肯，便一分也不消相公破费；但三太爷在此，也须通知他做主才妙。"欧滁山道："你家三太爷聋着两只耳朵，也容易结交。"徐管家道："相公慢慢商量，让小的且回去罢。"欧滁山千叮万嘱一遍。正是：

<blockquote>耳听好消息，眼观捷旌旗。</blockquote>

话说姜天淳晓得欧滁山得过若干银两，又见不肯起身，怕在地方上招摇出事来，忙封起八两程仪[13]，促他急整归鞭。欧滁山大怒，将程仪掷在地下道："谁希罕这作孽的钱！你家主人要使官势，只好用在泛常游客身上。我们同窗同社，也还不大作准。试问他难道做一生知县再不还乡的么？我老欧有日子和他算帐哩！"那来役任凭他发挥，拾了银子，忙去回复知县。这叫做"好意翻成恶意，人心险似蛇心"。我道姜天淳这个主人，便放在天平上兑一兑，也还算十足的斤两。看官们，试看世界上那个肯破悭送人他吃辛吃苦的做官担惊担险的趁钱？宁可招人怨，惹人怪，闭塞上方便门，留积下些元宝好去打点升迁；极不济，便完赃赎罪，拚著流徙，到底还仗庇孔方[14]，保得一

生不愁冻饿。常想古今慷慨豪杰，只有两个：一个是孟尝君[15]，舍得三飧饭养士，一个是平原君[16]，舍得十日酒请客。这大老官的声名，千古不易。可见酒饭之德，也能使人品传芳。假若剜出己财，为众朋友做个大施主，这便成得古今真豪杰了。倘自负慷慨，逢人通诚，耰锄水火的小恩惠，也恶夸口，这种人便替孟尝君厨下烧锅，代平原君席上斟酒，还要嫌他龌龊相。但当今报德者少，负义者多，如欧滁山皆是另具一副歪心肠，别赋一种贱骨格；抹却姜天淳的好处，反恶声狂吠起来。这且不要提他。

话说缪奶奶屡次差人送长送短，百倍殷勤。欧滁山只得破些钞儿，买几件小礼点缀。一日，三太爷拉欧滁山街上去闲步，见一个簇新酒帘飘荡在风里。那三太爷频频咽涎，像有闻香下马的光景，只愁没有解貂换酒的主人。欧滁山见景生情，邀他进去，捡一副干净座儿，请他坐地。酒保陆续搬上看馔来，两个一递一杯，直吃到日落，还不曾动身。欧滁山要与三太爷接谈，争奈他两耳又聋，只好对坐著哑饮。谁知哑饮易醉。欧滁山满腔心事，乘著醉兴，不觉吐露道："令侄妇青年人，怎么容他守寡？你老人家该方便些才是。"那三太爷偏是这几句话听得明白，点一点头道："我正要寻一个好人物招他进来哩，急切里又遇不著。"欧滁山见说话入港[17]，老着脸皮自荐道："晚生还不曾娶亲，若肯玉成，当图厚报。"三太爷大喜道："这段姻缘绝妙的了。我今日便亲口许下你择日来纳聘何如？"欧滁山正喜得抓耳搔腮，侧边一个小厮，眼睁着三太爷道："不知家里奶奶的意思，太爷轻口便许人么？"欧滁山忙把手儿摇着道："大叔们请在外面吃酒，都算在我帐上。"把个小厮哄开了。离席朝上作了揖，又自斟一杯酒送过去。三太爷扶起道："你又行这客礼做甚？"欧滁山道："既蒙俯允，始终不二，便以杯酒为订。"

三太爷道："你原来怕我是酒后戏言，我从来直肠直口，再不会说谎的。"欧滁山极口感激。算完杯帐，各自回寓。

次日，打点行聘。这缪家受聘之后，欧滁山即想做亲。叫了一班鼓乐，自家倒坐在新人轿里，兜了一个圈子，依旧到对门下轿。因是第一次做新郎，心里老大有些惊跳。又见缪奶奶是大方家，比不得秋葵丫头，胡乱可以用些枪法的。只得在那上床之时，脱衣之后，求欢之际，斯斯文文软软款款，假学许多风雅模样。缪奶奶未免要妆些身分。欧滁山低声悄语道："吉日良辰，定要请教。"缪奶奶只是笑，再不作声。

过了数日，欧滁山见他房中箱笼摆得如密篦一般，不知内里是金银财宝，还是纱罗绸缎，想着要入一入眼。因成亲不久，不便开口说得。遂想出一个抛砖引玉之法来，手中拿着钥匙，递与缪奶奶道："拙夫这个箱内，尚存六百多金，娘子请看一看。"缪奶奶道："我这边的银钱还用度不了，那个要你的?"欧滁山道："不是这样讲，我的钥匙交付与娘子，省得拙夫放在身边。"缪奶奶取过来，交与一个丫头。

只见三太爷走到房门前说道："牛儿从河间府来说：家里的大宅子，有暴发户戚小桥要买，已还过九千银子，牛儿不敢做主，特来请你去成交易哩。"缪奶奶愁眉道："我身子不大耐烦，你老人家同着姑爷去兑了房价来罢。"欧滁山听见又有九千银子，好像做梦似的，恨不得霎时起身，搬了回来。这一夜加力奉承那财主奶奶。

次日备上四个牲口，三太爷带了牛儿，欧滁山带了鹊渌，一行人迤逦而去。才走得数里，后面一匹飞马赶来，却是徐管家，拿著一个厚实实的大封袋，付与欧滁山道："尔们起身快，忘记带了房契，奶奶特差小的送来，"欧滁山道："险不空往返一遭儿哩，还亏你奶奶记性快。"徐管家道："爷们不要担搁，快赶路罢。"两下各加一鞭，只见：

夕阳影里马蹄过，沙土尘中人面稀。

行了几日，已到河间府。三太爷先把欧滁山安顿在城外店里，自家同著牛儿进城，道是议妥当了，即来请去交割房契。欧滁山果然在饭店中等候。候了两日，竟不见半个脚影儿走来，好生盼望。及至再等数天，就有些疑惑。叫鹊渌进城去探问。鹊渌问了一转，依旧单身回来说："城内百和坊虽有一个屠乡宦，他家并不见甚么三太爷。"欧滁山还道他问得不详细，自己袖著房契，叫鹊渌领了，走到百和坊来。只见八字墙门里面走出一个花帕兜头的大汉。欧滁山大模大样问道："你家三太爷回来了，为何不出城接我？"那大汉啐道："你是那里走来的鸟蛮子，问甚么三太爷、四太爷？"欧滁山道："现有牛儿跟著的，烦你唤出牛儿来，他自然认得我。"大汉骂道："你家娘的牛马儿，怎么在我宅子门前歪缠！"欧滁山情急了，忙通出脚色来道："尔家小奶奶现做了我的贱内，特叫我来卖房子哩。"这一句还不曾说完，大汉早劈面一个耳掌，封住衣袖，揪了进去。鹊渌见势头不好，一溜烟儿躲开。

可怜欧滁山被那大汉捉住，又有许多汉子来帮打，像饿虎攒羊一般，直打得个落花流水。还亏末后一个少年喝住，众汉才各各收了拳兵。此时欧滁山魂灵也不在身上，痴了一会，渐渐醒觉，才叫疼叫痛，又叫起冤屈来。那少年近前问道："你这蛮子口声，像是外方，有甚缘故，快些说来！"欧滁山带著眼泪说道："学生原是远方人，因为探望舍亲姜天淳，所以到保定府来，就在保定府娶下一房家小。这贱内原是屠老先生之妾。屠老先生虽在任上亡过，现有三太爷做主为媒，不是我贪财强娶。"那少年道："那个耐烦听你这些闲话，只问你无端为何进我的宅子？"欧滁山道："我非无端而来。原是来兑房价的。现有契文在此，难道好白赖的么？"少年怒道："你这个蛮子，想是青天白日见鬼！"叫众汉子推他出去。

欧滁山受过一番狼狈的，那里经得第二遍，听见一声推出去，他的脚跟先出门了，只得闷闷而走，回到饭店。却见鹠渌倒在坑上坐着哩。欧滁山骂道："你这贱奴才，不顾主人死活，任他拿去毒打。设使真个打死，指望你来收尸，这也万万不能够了。"鹠渌笑道："相公倘然打死，还留得鹠渌一条性命，也好回家去报信，怎倒怨起我来？"欧滁山不言不语，连衣睡在床上，捶胸捣枕。鹠渌道："相公不消气苦，我想三太爷原姓屠，他家弟男子侄，那里肯将房产银子倒白白送与相公么？"欧滁山沉吟道："你也说得是。但房契在手里，也还不该下这毒手。"鹠渌道："他既下这毒手，焉知房契不先换去了？"欧滁山忙检出房契来，拆开封条，见一张绵纸，看看上面写的，不是房契，却是借约。写道：

> 立借票人屠三醉，今因乏用，借到老欧处白银六百两。俟起家立业后，加倍奉偿。恐后无凭，立此借票存照。

欧滁山呆了道："我被这老贼拐去了！"又想一想道："前日皮箱放在内屋里，如何盗得去？"又转念道："他便盗我六百金，缪奶奶身边千金不止，还可补偿缺陷。"急急收拾行李，要回保定[18]。争奈欠了饭钱，被房主人捉住。欧滁山没奈何，只得将被褥准算。主仆两个，孤孤凄凄，行在路上，有一顿，没一顿，把一个假名士，又要做起假乞丐来了。趱到保定，同着鹠渌入城，望旧寓走来，只见：

> 冷清清，门前草长；幽寂寂，堂上禽飞。破交椅七横八竖，碎纸窗万片千条。就像远塞无人烟的古庙，神鬼潜踪；又如满天大风雪的寒江，渔翁绝迹。入其庭不见其人，昔日罗帏挂珠网；披其户其人安在，今朝翠阁结烟萝。

欧滁山四面搜寻，要讨个人影儿也没得。鹊渌呜呜的又哭起来。欧滁山问道："你哭些甚么？"鹊渌道："奶奶房里使用的珠儿，他待我情意极好，今不见了，怎禁得人不哭？"欧滁山道"连奶奶都化为乌有，还提起甚么珠儿？我如今想起来了：那借票上写著屠三醉，分明是说三醉岳阳人不识，活活是个雄拐子。连你奶奶也是雌拐儿。算我年灾月厄，撞在他手里。罢了，罢了！只是两只空拳，将甚么作盘缠回家？"鹊渌道："还是去寻姜老爷的好。"欧滁山道："我曾受过恩惠，反又骂他，觉得不好相见。"鹊渌道："若是不好相见，可写一封书去干求他罢了。"欧滁山道："说得有理。"

仍回到对门旧寓来，借了笔砚，恳恳切切写著悔过谢罪的话，又叙说被拐致穷之故，鹊渌忙去投书。姜天淳果然不念旧恶，又送出二十两程仪来。欧滁山置办些铺盖，搭了便舡回家[19]，一路上少不得嗟叹怨恨。

谁知惊动了中舱内一位客人。那客人被他耳根聒得不耐烦，只得骂了舡家几句，说他胡乱搭人。舡家又来埋怨。欧滁山正没处叫屈，借这因头把前前后后情节，像说书的一般说与众人听。众人也有怜他的，也有笑他的。独有中舱客人，叫小厮来请他。欧滁山抖一抖衣服，钻进舱去。客人见欧滁山带一顶巾子，穿一双红鞋，道是读书的。起身来作揖，问了姓氏。欧滁山又问客人。客人道："小弟姓江，号秋雯，原籍是徽州。因今岁也曾遇著一伙骗子，正要动问老丈所娶那妇人怎的一个模样？"欧滁山道："是个不肥不瘦的身体，生来著实风骚，面上略有几个雀斑。"江秋雯笑道："与小弟所遇的不差。"欧滁山怒目张拳道："他如今在那里？"江秋雯道："这是春间的事体，如今那个晓得他踪迹。"欧滁山道："不知吾兄如何被骗的？"江秋雯道："小弟有两个典铺，开在临清，每年定带些银两去添补。

今春泊船宿迁，邻舡有一个妇人，看见小弟，目成心许，将一条汗巾掷过来。小弟一时迷惑，接在手中，闻香嗅气。那妇人不住嬉笑。小弟情不自禁，又见他是两只舡，一只舡是男人，一只舡是女人，访得详细，到二更天，见他篷窗尚未掩着，此时也顾不得性命，跳了过去。倒是那妇人叫喊起来。一伙仆从，捉住小弟，痛打一顿，骗去千金才放。小弟吃这个亏，再不怨人，只怨自己不该偷婆娘。"欧滁山道："老丈有这等度量，小弟便忍耐不住了。"江秋雯道："忍耐不住便怎么？弟与吾兄同病相怜，何不移在中舱来作伴？"

自此欧滁山朝夕饮食，尽依藉着江秋雯。到了镇江[20]，大家上岸去走走。只见码头上一个弄蛇的叫化子，鹳渌端相一遍，悄悄对欧滁山说道："这倒像那三太爷的模样哩。"欧滁山认了一认道："果然是三太爷！"上前一把扯住，喊道："捉住拐子了！"那叫化子一个拳头撞来，打得不好开交。江秋雯劝住道："欧兄你不要错认了！他既然拐你多金，便不该仍做叫化子，既做叫化子，你认他是三太爷，可不自己没体面？"欧滁山听了，才放了手。倒是那叫化子不肯放，说是走了他的挣钱儿子。江秋雯笑不晓得什么叫做"挣钱儿子"，细问起来，才知是一条蛇儿。欧滁山反拿出几钱银子赏他。

次日，别了江秋雯，搭了江船，到得家里，不意苍头死了，秋葵卷了些值钱物件，已是跟人逃走。欧滁山终日抑郁，遂得脚胀病而亡。

可见世人须要斩绝妄想心肠，切不可赔了夫人又折兵，学那欧滁山的样子。

（选自《照世杯》）

[注释]

[1] 造化小儿——迷信说法中的主宰命运的鬼神。

［2］胼胝——手掌或足底因经常劳动、行走而磨生出的厚皮。

［3］童生——科举时代未取得生员（秀才）资格的考生名称。明清科举制度规定，凡未取得生员资格的考生，不论年当少、青、中、老，一律称童生。

［4］适人——女子出嫁。

［5］北直真定——今河北省正定县。北直，北直隶的省称，作县——当知县。

［6］秋风——即打秋风，又称抽丰，指利用各种借口向人索取财物，特指向在任官员索取。

［7］淮扬——今江苏省扬州市一带。　做道——当道员。明、清两代在省与府之间所设的监察区称为道，其长官称为道员。

［8］黄庭——黄庭经，著名的小楷法帖。或是黄庭坚的省称，黄庭坚为北宋诗人，书法家。

［9］北苑——这里指南唐画家董源。因董源曾官北苑副使，而世称董北苑。

［10］《祭十二郎文》——唐代古文大家韩愈为亡侄韩老成写的一篇祭文。

［11］诚欢诚忭——确实欢喜。忭（biàn 辨），喜乐。

［12］蘧伯玉——春秋末卫国大夫。孔子很佩服他，路经卫国时曾寄住他家。

［13］程仪——为出门人提供的川资。

［14］孔方——孔方兄的省称。古时因铜钱有方孔，而戏称钱为孔方兄。

［15］孟尝君——即田文，战国四君之一。齐国宗室大臣，湣王时任相国。他轻财下士，门下食客三千人。

［16］平原君——即赵胜，战国四君之一。赵国宗室大臣，先后为相辅佐惠文王、孝成王。他礼贤下士，门下宾客至数千人。

［17］入港——投机，

［18］保定——今河北省保定市。前写的是真定，这里却写出"要回

保定"，前后行文不一致。

[19] 便舡——顺便的船。舡（xiāng 乡），船。

[20] 镇江——今江苏省镇江市。与扬州隔长江南北相望。

[鉴赏]

这篇小说以假名士作为讽刺对象，于嬉笑中亮出假名士的丑态，更多的是对骗人的假名士被骗大加嘲弄。

酌元亭主人编次的《照世杯》是一部拟话本集，由四个独立的短篇小说组成，成书于清顺治末年至康熙初年间。本篇为全书的第二篇，是针对清初的社会现象而创作的，但假托为明末的故事。

作者在这篇小说中不止一处借题发挥议论一番，有一处大段议论，其中写道："假秀才、假名士、假乡绅、假公子、假书帖，光棍作为，无所不至。今日流在这里，明日流在那里，……游道至今日大坏，半坏于此辈流民，倒把真正豪杰、韵士、山人、词客的车辙，一例都行不通了。"假名士是一堆假货中的一种，因为他们的招摇撞骗，让人连真名士都不敢相信了。这是变态的社会现象，也是明、清两代不可能不出现的社会现象。封建科举制度的推行，在明清两代已见弊端种种。热衷于科举而屡屡不获功名之辈，有的便走上了寻求功名的捷径，扮演假名士是其一。这篇小说的主人公欧滁山，便是封建科举制度孳生出来的一个假名士。

欧滁山这一人物，作者对他有两句概括，即："另具一副歪心肠，别赋一种贱骨格"。通过形象分析，可见其"歪"、其"贱"的具体内含。欧滁山的不学无术、自作聪明、惯于吹牛、善于巴结、招摇撞骗、贪财好色、俗不可耐、反复无常，这种种表现就足可成为其"歪"、其"贱"的详细注脚了。作者安排了一个又一个的典型情节，让欧滁山于其中表演，就他自身言行的矛盾和荒谬，而生发出讽刺效果。

欧滁山一上场，便暴露出了他的不学无术。从少年起，他有的只是"临机应变的聪明，道听途说的学问。"科举考试一次次参加，直到年近三十，"在场外夸得口，在场内藏不得拙"。他倒有一技之长，就是能"说嘴",这成了他冒充名士的一桩本事。他冒充名士后,为拉拢真定县的衙役,便"抄窃时人的诗句,写在半金半白扇子上,落款又写'拙作请教',每人送一把"。自己不会写诗,抄窃时人的当成自己的,这不只是不学无术了。屠三爷向他"求文"的一个情节,最能揭示出这一人物的不学无术而又惯于吹牛。他当面对屠三爷吹牛说:"若论我的文章,当代要推大匠。就是本地士绅求序求传,等上轮个月才有。"而退下来真要他写时,"只管摇头摆脑的吟哦","不知用那一句好",最后从启蒙读物《古文必读》中抄出一文"改头换尾"。一边是吹牛说自己是文章大匠,一边是不学无术写作水平低下,写出他自身言行的矛盾,就是一个讽刺。他被骗不能识破却又自作聪明,比他的不学无术更让人感到可笑。其中有一个所谓"抛砖引玉"的情节,表现并讽刺了他的自作聪明。他急不可待地入赘屠家,实是入了屠三爷、缪奶奶的圈套,先不说这一步走得蠢,更蠢的是自己拱手交出六百多金,这正是屠、缪所欲骗取的巨额金钱。小说如此写道:"过了数日,欧滁山见他房中箱笼摆得如密篦一般,不知内里是金银财宝,还是纱罗绸缎,想着要入一入眼。因成亲不久,不便开口说得。遂想出一个抛砖引玉之法来,手中拿着钥匙,递与缪奶奶道:'拙夫这个箱内,尚存六百多金,娘子请看一看。'"作者意在讽刺却不着讽刺字眼,完全是通过欧滁山自身言行实现的。

假名士的劣行,最突出的是招摇撞骗。欧滁山的招摇撞骗,表演得很充分。他投靠在真定作知县的同乡姜天淳,到真定后便"瞒去童生脚色","在人前说是名士秀才";他在真定以与县太爷同乡为资本,"一连说过几桩分上,得了七百余金"。招摇撞骗者能耍种种手段,惯于吹牛、善于巴结是其一二。惯于吹牛,如前所述。善于巴结,也有此类的表演。他听说屠老爷曾"在淮扬做道",在屠老爷叔叔屠三爷面前使出了善于巴结的本事,他与屠老爷连一面都未见过,却说:"尔家老爷在日,与我极相好;他的令叔,便是我的叔执了"。为了达到目的,不惜自贱,在骗子面前让自己小了一辈。

欧滁山本身是个骗子，可被骗子骗了，这固然同他的无识破骗局之智却又自作聪明有关，而最根本的是因他的贪财好色。贪财好色，是这一人物的本质特征之一。他早就有"要做个现成财主女婿，思量老婆面上得些油水"的念头，因为这，屠、缪以财和色为诱饵骗取巨额金钱的把戏才能得手。他贪财，靠招摇撞骗一到真定便把七百余金骗到手。听说缪奶奶在河间的大宅子卖了九千银子，于是他"好像做梦似的，恨不得霎时起身，搬了回来。"正是这一贪财邪念，让他落入被骗的陷坑而不能自拔。他好色，跟他的贪财肮脏为伍。尚未见到缪奶奶之时，他"听见奶奶是识字的，毛孔都痒将起来"；缪奶奶要宴请他之时，"好像奉了皇后娘娘的懿旨，身也不敢动，口中先递了诚欢诚怵的谢表"；见了"有七种风情"的缪奶奶之时，他"偷眼去瞧他"，"看得仔细，那眼光早射到裙带底下"；离开缪奶奶回到寓中之时，他"一点淫心，忍耐不住"，"口中正叫着心肝乖乖"。色是诱饵，他吞下了缪奶奶投下的钓钩，不知被骗，却得意忘形。

假名士既然是假的，虽妆扮风雅也掩盖不住俗不可耐的丑陋，欧滁山入赘屠家后，"假学许多风雅模样"，风雅不成，却丑态百出。作者表现这一人物的俗不可财，不惜篇幅，不仅在多处，而且用多种形式。欧滁山夜里梦见"贼来开了皮箱，将他七百两头装在搭包里"，他起来捉贼，同自己的用人大打出手，"两个扭做一团，滚在地下。你骂我是强盗，我骂你是醉徒"，他被打得成了"一个青面小鬼"。这简直是一场闹剧，他在闹剧中的表演丢尽了丑。再看欧滁山在其他场合的表演，他的俗不可耐被连连露相。他见了美酒佳肴便不顾自己的"名士"身分，"显出那猪八戒的手段来，件件都啖得尽兴"；他看屠三爷有允婚之意，便"老着脸皮自荐"，入了圈套还"喜得抓耳搔腮"；他被屠三爷骗到河间落了个人财两空，"一个假名士，又要做起假乞丐来了"。作者对这一人物的俗不可耐尽情嘲弄，用语也极为尖刻。

欧滁山又是反复无常的小人，从对姜天淳的态度变化上便可看出。

他是打着姜天淳县太爷的招牌才骗得七百余金的，当姜"怕在地方上招摇出事来"，劝他见好就收，快回江南老家，而他却不知好歹，变了脸，"抹却姜天淳的好处，反恶声狂吠起来"。到最后，骗子被骗，他落了个"只是两只空拳"的下场，于是又求到了姜天淳，"借了笔砚，恳恳切切写著悔过谢罪的话，又叙说被拐致穷之故"。前次把姜派人送来的八两程仪"掷在地下"，还狂妄地说："谁希罕这作孽的钱！"这次乖乖地接受了姜派人送来的二十两程仪，因为他连回家的盘缠也没有了。前后对比，一种讽刺效果生发出来。

作者将欧滁山的不学无术、自作聪明、惯于吹牛、善于巴结、招摇撞骗、贪财好色、俗不可耐、反复无常一一曝光，并加以尖刻讽刺和无情嘲弄。犹嫌不够，在故事的结尾给了欧滁山一个极惨的结局：他"到得家里"，老用人死了，"做了应急妻室"的丫头"卷了些值钱物件，已是跟人逃走"，他自己因"终日抑郁，遂得脚胀病而亡"。用这极惨的结局，以嘲讽欧滁山这假名士骗人不成反而"赔了夫人又折兵"。还夹带着惩罚的味道，显示出作者对假名士的憎恶。

同样是骗子，作者对待他们的态度却不一样，对屠三爷、缪奶奶、徐管家诸人就有些笔下留情。从送房契、留借约的情节中，可看见作者对屠、缪、徐等人还有些赞赏。欧滁山贪图九千银子的卖房钱而踏上去河间的路，"才走得数里，后面一匹飞马赶来，却是徐管家，拿着一个厚实实的大封袋，付与欧滁山道：'尔们起身快，忘记带了房契，奶奶特差小的送来。'"这一送房契的情节，本是骗局中的一环，表现出来的却是缪奶奶的处事不漏和徐管家的办事利落。随着情节的发展，房契变成了借约，欧滁山一副窘态，又一次受到了嘲弄，但借约上所写的"立借票人屠三醉，今因乏用，借到老欧处白银六百两"之类的话，却透出屠三爷身上有一股侠气。作者憎恶并惩罚假名士，而对江湖骗子有些开脱。镇江巧遇屠三爷的情节，实是为开脱而安排的。

欧滁山的随身小厮鹊渌，像对口相声中的捧哏一样不可缺少，否则，便少了笑声。他是欧滁山的帮衬，帮衬的结果是让欧滁山受到更大的嘲弄。屠三爷骗局初设时，欧滁山似乎有所觉察，问鹊渌："既是河间人，怎么倒在这里住下？"鹊渌的一句话使欧不再"打破沙锅问到底"，入了屠的圈套。欧滁山做梦喊贼时，醉中的鹊渌应声捉贼，主仆二人演出了一场闹剧。欧滁山在河间百和坊被打时，鹊渌不帮主人，"一溜烟儿躲开"，而对主人的责怪，说出了让人忍俊不禁的解释："相公倘然打死，还留得鹊渌一条性命，也好回家去报信"。欧滁山由河间返回而不见屠奶奶时，鹊渌"呜呜的又哭起来"，他不是为欧的被骗而哭，为什么哭，自己说了出来："奶奶房里使用的珠儿，他待我情意极好，今不见了，怎禁得人不哭？"这话如相声里的兜包袱，引出来的是笑声。

这篇小说的首尾和中间有几处议论，入话是议论，篇尾是议论，中间还有议论。其间有关假名士的议论，前已摘引。中间的另一段议论，是由欧滁山负义于姜天淳而借题发挥的，透露了作者的立场所在。入话和篇尾的议论，重点在为财帛而生的"妄想心肠"上，这议论仅仅劝戒贪财者，自然是小于这篇小说的实际蕴含了。

（刘福元）

掘新坑悭鬼成财主

我也谈禅，我也说法，不挂僧衣，飘飘儒袿[1]。

我也谈神，我也说鬼；纵涉离奇，井井头尾。

罪我者人，知我者天，掩卷狂啸，醉后灯前。

你看世上最误事的，是人身上这一腔子气。若在气头上，连天也不怕，地也不怕，王法、官法也不怕，霎时就要取人的头颅，破人的家产。及至气过了，也只看得平常。却不知多少豪杰，都在气头上做出事业来，葬送自家性命。又道活在世间一日，少不得气也随他一日，活在世间百岁，气也随他百岁，倘断了气就是死人。

这等看起来，除非做鬼才没有气性。我道做鬼也不能脱这口气。试看那白昼现形、黄昏讨命的厉鬼，若没有杀气，怎么一毫不怕生人[2]？只是气也有禀得不同，用气也有如法不如法。若禀了壮气、秀气、才气、和气、直气、道学气、义气、清气，便是天地间正气；若禀了暴气、杀气、颠狂气、淫气、悭吝气、浊气、俗气、小家气，便是天地间偏气。用得如法，正气就是善气；用得不如法，偏气就是恶气。所以老子说一个"元气"，孟夫子说一个"浩气"；元气要培，浩气要养。世人不晓得培气、养气，还去动气、使气，斫丧这气[3]，故此范文正公急急说一个"忍"字出来[4]，叫人忍气。我尝对朋友说：那阮嗣宗是古来第一位乖巧汉子[5]，他见路旁有攘臂揎袖要来殴辱他，阮嗣宗便和声悦气，说出"鸡肋不足以容尊拳"这一句话来，那恶人便敛手而退。可见阮嗣宗不是会忍，分明是讨乖。看官们晓得这讨乖的法子，便终身不吃亏了。在下要讲这一回小说，只为一个读书君子，争一口气，几乎丧却残生，亏他后边遇着救星，才得全身远害，发愤成名。

话说湖州乌程县义乡村上，有个姓穆的太公，号栖梧，年纪五十余岁。村中都称他是新坑穆家。你道为何叫做新坑？原来义乡村在山凹底下，那些种山田的，全靠人粪去栽培，又因离城窎远[6]，没有水路通得粪船，只好在远近乡村田埂路上，拾些残粪，这粪倒比金子还值钱。穆太公想出一个计较来道[7]："我在城中走，见道旁都有粪坑，我们村中就没得，可知道把这些宝贝汁都狼藉了。我却如今想个制度出来，倒强似做别样生意！"随即去叫瓦匠，把门前三间屋掘成三个大坑，每一个坑都砌起小墙隔断，墙上又粉起来。忙到城中亲戚人家，讨了无数诗画斗方画，贴在这粪屋壁上。

太公端相一番道："诸事齐备，只欠斋扁[8]。"因请镇上训蒙先生来题。那训蒙先生想了一会道："我往常出对与学生，还是抄旧人诗句。今日叫我自出己裁，真正逼杀人命的事体！"又见太公摆出酒肴来，像个求文的光景。训蒙先生也不好推却，手中拿著酒杯，心里把那城内城外堂名，周围想遍，再记不出一个字。忽然想着了，得意道："酒且略停，待学生题过扁，好吃个尽兴。"太公忙把臭墨研起来。训蒙先生将笔头在嘴里咬一咬，蘸得墨浓笔饱，兢兢业业，写完三个字。太公道："请先生读一遍，待小老儿好记着。"训蒙先生道："这是'齿爵堂'三个字。"太公又要他解说。这训蒙先生原是抄那城内徐尚书牌坊上的两个字，那里解说得出？只得随口答应道："这两个字极切题，极利市，有个故事在里面，容日来解说罢。"酒也不吃，出门去了。

太公反老大不过意，备了两盒礼到馆中来作谢。训蒙先生道："太公也多心，怎么又破费钱钞？"太公道："还有事借重哩！"袖里忙取出百十张红纸来。训蒙先生道："可是要写门联么？"太公道："不是。就为小老儿家新起的三间粪屋，恐众人不晓得，要贴些报条出去招呼。烦先生写'穆家喷香新坑，奉求远近君子下顾，本宅愿贴草纸'廿个字。"训蒙先生见他做端正了文章，只要誊录，有甚难处？一个时辰，都已写完。

太公作谢出门，将这百十张报条，四处贴起。果然老老幼幼，尽来赏鉴新坑，不要出大恭的，小恭也出一个才去。况那乡间人最爱小便宜，他从来揩不净的所在，用惯了稻草瓦片，见有现成草纸，怎么不动火？还有出了恭，揩也不揩，落那一张草纸回家去的。又且壁上花花绿绿，最惹人看，登一次新坑，就如看一次景致。莫讲别的，只那三间粪屋，粉得像雪洞一般，比乡间人卧室还不同些。还有那蓬头大脚的婆娘，来问可有女粪坑。太公又分外盖起一间屋，掘一个坑，专放妇人进去随喜。谁知妇人来下顾的，比男人更多。

太公每日五更起来，给放草纸，连吃饭也没工夫。到夜里便将粪屋门锁上，恐怕家人偷粪换钱。一时种田的庄户，都在他家来趸买[9]。每担是价银一钱。更有挑柴、运米、担油来兑换的。太公从置粪坑之后，到成个富足的人家。他又省吃俭用，有一分积一分，自然日盛一日。

穆太公独养一个儿子，学名叫做文光，一向在蒙馆读书。到他十八岁上，太公就娶了半山村崔题桥的女儿做媳妇。穆文光恋着被窝里恩爱，再不肯去读书。太公见儿子渐渐黄瘦，不似人形，晓得是儿子贪色，再不好明说出来。因叫媳妇在一边，悄悄分付道："媳妇，我娶你进门，一来为照管家务，二来要生个孙子好接后代。你却年纪后生，不知道利害，只图关上房门的快活，可晓得做公公的是独养儿子，这点骨血就是我的活宝？你看他近日恹恹缩缩，脸上血气都没得，自朝至夜，打上轮千呵欠。你也该将就放松些。倘有起长短来，不是断送我儿子的命，分明断送我的老命了！"媳妇听得这些话，连地洞也没处钻，羞得满面通红，急忙要走开，又怕违拗了公公，说他不听教诲，只得低了头，待公公分付完，才开口道："公公说的话，媳妇难道是痴的聋的，一毫不懂人事？只是媳妇也做不得主。除非公公分我们在两处睡，这才方便。"

　　穆太公见媳妇说话也还贤慧，遂不做声。到得夜间，叫穆文光进房道："我老年的人，一些用头也没了，睡到半夜，脚后冰冷，再不敢伸直两腿。你今夜可伴我睡。"穆文光托辞道："孩儿原该来相伴的，只恐睡得不斯文，反要惊动了爹爹。"太公道："不妨，我夜间睡不得一两个时辰，就要起来开那坑上的锁。若是你惊醒了我，便不得失晓了。极好的，极好的！"穆文光又推托道："孩儿两只脚上床，难得就热，怕冰了爹爹身体。"太公怒道："你这不孝的逆种，难道日记故事上黄香扇枕那一段[10]，先生不曾讲与你听么？"穆文光见老子发怒，只得脱去鞋袜衣服，先钻到床上去。太公道："你夜饭也不吃就睡了？"穆文光哏的回道："这一口薄粥，反要吊得人肚饥，不如不吃罢。"太公道："你这畜生，吃了现成饭，还说这作业的话[11]。到你做人家，连粥也没得吃哩。"太公气饱了，也省下两碗粥，就上床去睡。

　　睡到半夜，觉得有冷风吹进来。太公怕冻坏儿子，伸手去压被角，那知人影儿也不见了。太公疑心道："分明与儿子同睡，怎便被里空空的，敢是我在此做梦？"忙坐起来，床里床外，四围一摸；又揭开帐幔，怕儿子跌下床去。争奈房里又乌天黑地，看不见一些踪迹。总是太公爱惜灯油，不到黄昏，就扒上床去，不像人家浪费油火，彻夜点着灯，稍稍不亮，还叫丫头起来多添两根灯草哩。可怜太公终年在黑暗地狱里过日子，正是：

> 几年辛苦得从容，力尽筋疲白发翁。
>
> 爱惜灯油坐黑夜，家中从不置灯笼。

话说太公睡在床上失去了儿子，放心不下，披着衣服，开房门出来，磕磕撞撞，扶着板壁走去，几乎被门槛绊倒。及至到媳妇房门前，叫唤道："媳妇！儿子可曾到你房里来？"那晓得儿子同媳妇狮子也舞过一遍了，听得太公声气，穆文光着了忙，叫媳妇回说不曾来。媳妇道："丈夫是公公叫去做伴，为何反来寻取？"太公跌脚道："夜静更阑，躲在那里去，冻也要冻死了，我老人家略起来片刻，还在此打寒噤哩！叫他少年孩子，怎么禁得起！"依旧扶着墙壁走回来，还暗自埋怨道："是我这老奴才不是，由他两口儿做一处也罢，偏要强逼他拆开做甚么！"

眼也不敢闭，直坐到天明，拿了一答草纸，走出去开门。却不晓得里外的门都预先有人替他开了。太公慌做一堆，大叫起来道："这门是那个开的？敢是有贼躲在家里么！"且不跑回内房来查点箱笼，一径走到粪屋边，惟恐贼偷了粪去。睁眼一看，只见门还依旧锁着，心下才放落千斤担子。正要进去查问，接着那些大男小妇，就如点卯的一般，鱼贯而入，不住穿梭走动，争来抢夺草纸。太公着急道："你们这般人忒没来历，斯文生意，何苦动手动脚。"众人嚷道："我们辛辛苦苦吃了自家饭，天明就来生产宝贝，老头儿还不知感激我们，难道是你家子孙，白白替你挣家私的？将来大家敛起分子，挖他百十个官坑，像意儿洒落，不怕你张口尽数来吃了去。"太公听他说得有理，只得笑脸儿赔不是道："诸兄何必发恼，小老儿开这一张臭口，只当放屁。你们分明是我的施主，若断绝门徒，活活要饿杀我这有胡子的和尚了。"众人见他说得好笑，反解嘲道："太公既要扳留我们这般肯撒漫的施主，也该备些素饭粉汤款待一款待，后来便没人敢夺你的门徒。"太公道："今日先请众位出空了，另日再奉补元气何如？"众人才一齐大笑起来。太公暗喜道："我偶然说错一句话，险些送断了箬蒲根[12]，还亏篷脚收得快，才拿稳了主舵。"正是：

> 要图下次主顾，须赔当下小心。
>
> 稍有一毫怠慢，大家不肯光临。

你道穆太公为不见了儿子，夜里还那样着急，睡也不敢睡，睁着眼睛等到鸡叫，怎么起来大半日，反忘记了不去寻找，是甚么意思？这却因他开了那个方便出恭的铺子，又撞着那班鸡鸣而起抢头筹的乡人，挤进挤出，算人头帐也算不清楚，且是别样货物，还是赊帐，独有人肚子里这一桩货物，落下地来，就有十足的纹银，现来做了交易。那穆太公把爱子之念，都被爱财之念夺将去，自然是财重人轻了。况且我们最重的是养生，最经心的是饥寒，穆太公脸也不洗，口也不漱，自朝至夜，连身上冷暖，腹内饥饱，都不理会，把自家一个血肉身体，当做死木槁灰[13]，饥寒既不经心，便叫他别投个人身，他也不曾受用美酒佳肴，穿著绫罗缎疋的。既不养生，便是将性命看得轻，将性命既看得轻，要他将儿子看得十分郑重，这那里能够？所以忙了一日，再不曾记挂儿子。

偏那儿子又会作怪，因是暗地溜到自家床上来睡，恐怕瞒不过太公，他悄悄开出门去，披星戴月，在城里舅舅家来藏身。他这舅舅姓金，号有方，是乌程县数一数二有名头吃馄饨的无赖秀才。凡是县城中可欺的土财主，没势要倚靠的典当铺，他便从空捏出事故来，或是拖水人命[14]，或是大逆谋反，或是挑唆远房兄弟叔侄争家，或是帮助原业主找绝价，或是撺弄寡妇孤儿告吞占田土屋宇。他又包写包告包准，骗出银子来，也有二八分的，也有三七分的，也有平对分的。这等看起来，金有方倒成一个财主了。那里晓得没天理的钱，原不禁用的，他从没天理得来，便有那班没天理的人，手段又比他强，算计又比他毒，做成圈套，得了他的去，这叫做强盗遇着贼偷，大来小往。只是那班没天理的人，手段如何样强，算计如何样毒，也要分说出来，好待看官们日后或者遇着像金有方这等绝顶没品的秀才，也好施展出这软尖刀的法子，替那些被害之家，少出些气儿。

你道为何？原来金有方酷性好吊纸牌。那纸牌内百奇百巧的弊病，比衙门内不公不法的弊病还多。有一种惯洗牌的，叫做药牌：要八红就是八红，要四赏四二肩就是四赏四二肩，要顺风旗就是顺风旗。他却在洗牌的时候，做端正了色样。对面腰牌的，原是一气相识，或有五张一腰的，或有十张一腰的，两家都预先照会，临时又有暗诀，再不得错分到庄上去。近来那三张一腰的，叫做"薄切"，薄切就要罚了。纵有乖巧人看得破，争奈识破他一种弊病，他却又换一种做法，那里当得起几副色样。卷尽面前筹码，就霎时露出金漆桌面来。故此逢场吊牌，再没有不打连手、做伙计的。若是做了连手，在出牌之时，定然你让一张，我让一张，还要自家灭去赏肩，好待他上色样。有心要赢那一个人，一遇着他出牌，不是你打起，就是我打起，直逼得他做了孤家寡人才歇手。你想这班打连手的，还如此利害，那做药牌相识人的，可禁得起他一副色样么？

金有方起初也还赢两场，得了甜滋味，只管昼夜钻紧在里面。后来没有一场不输。拚命要去翻本，本却翻不成，反尽情倒输一贴，将那平日害人得来的银钱，倾囊竭底的白送与那些相识，还要赔精神赔气恼做饶头哩。俗语说得好：折本才会赚钱。金有方手头虽赌空了，却被他学精了吊牌的法子。只是生意会做，没有本钱。那些相识吊客，见他形状索寞，挤不出大汤水来，也就不去算计他，反叫他在旁边拈些飞来头。

一日，将拈过的筹码算一算，大约有十余两银子。财多身弱，又要作起祸来。忙向头家买了筹码，同着三个人在旁边小斗。正斗得高兴，只见家中一个小厮跑来说道："乡间穆小官人到了。"金有方皱着眉头道："他来做甚么？也罢，叫他这里来相会。"小厮便走出门去请他。我想：人家一个外甥来探望，自然千欢万喜，金有方反心中不乐，是甚么缘故？原来穆太公丧妻之时，金有方说是饿死了妹子，因告他在官，先将穆家房奁囊橐，抢得精一无二。穆太公被这一抢，又遭着官司，家计也就淡薄起来。亏得新坑致富，重恢复了产业，还比前更增益几倍。那金有方为着此事，遂断绝往来。忽然听得外甥上门，也觉有些不好相见。正是：

> 昔日曾为敌国，今朝懒见亲人。

话说穆文光到得金有方家，舅母留他吃朝饭。小厮回来请道："官人在间壁刘家吊牌，不得脱身，请过去相会哩。"穆文光就走出门。小厮指着道："就是这一家。小官人请立着，待我进去通知一声。"穆文光立在门前，见有一扇招牌，那招牌上写着"马吊学馆"[15]。穆文光道："毕竟我们住在乡间，见识不广。像平时只晓得酒馆、茶馆、算命馆、教学馆、起课馆、教戏馆、招商馆，却再不知道有马吊馆。这马吊馆是甚么故事？"

正在那里思量，小厮走出来道："小官人进来罢。"

穆文光转了几个弯，见里面是一座花园，听得书房里、厅里、小阁里、轩子里都有击格之声。听那声气，又不是投壶声，又不是棋子声，又不是蹴毬声，觉得忽高忽下，忽疾忽徐，另是一种响法。小厮指道："那小阁里便是。"穆文光跨进阁门，只见内里三张桌儿，那桌儿都是斜放的。每张桌儿四面坐着秃头褒衣的人[16]。每人手内拿着四寸长二寸廓的厚纸骨，那厚纸骨上又画着人物、铜钱、索子。每人面前都堆着金漆筹儿，筹儿也有长的短的，面前也有多的少的。旁边又坐着一个人，拿了棋篓儿，内里也盛著许多筹，倒着实好看。

穆文光见了金有方，叫声"娘舅"，深深作下揖去。金有方一面回个半礼，手中还捏着牌，口里叫道："我还不曾捉！"慌慌张张，抽出一个千僧来，对面是庄家，忙把他的千僧殿在九十子下面。众人哄然大笑。金有方看了压牌，红着脸要去抢。那千僧庄家嚷道："牌上桌项羽也难夺！你牌经也不曾读过么？"按着再不肯放。金有方争嚷道："我在牌里用过十年功夫，难道不晓得压牌是红万？反拿千僧捉九十子么？方才是我见了外甥，要回他的礼，偶然抽错了，也是无心，怎便不肯还我？"庄家道："我正在这无心上赢你，你只该埋怨外甥，不该埋怨别人。"众人道："老金，你是赢家，便赔几副罢了。"只见庄家又出了百老，百老底下拖出二十子，成了天女散花的色样。侧坐的两家道："我们造化，只出一副百老，别的尽是老金包了去。"金有方数过筹码，心中不平道："宁输斗，不输错，我受这一遭亏不打紧，只是把千僧灭的冤枉了。"正是：

推了车子过河，提了油瓶买酒。

错只错在自家，难向他人角口。

原来那纸牌是最势利的，若是一次斗出色样来，红牌次次再不离手；倘斗错了一副，他便红星儿也不上门。间或分著一两张赏肩，不是无助之赏，就是受伤之肩；撞得巧拿了三赏，让别家一赏冲了去夺锦标，倒要赔钱。可见鸽子向旺处飞，连牌也要拣择人家，总是势利世界，纸糊的强盗，还脱不得势利二字。金有方果然被这一挫，渐渐输去大半筹码。穆文光坐在旁边，又要问长问短。金有方焦燥道："你要学吊牌，厅上现有吊师在那里开馆，你去领教一番，自然明白，不必只管问我！"

穆文光是少年人，见这样好耍子事，他怎肯放空？又听得吊牌也有吊师，心痒不过，三步做了两步，到得厅上。见厅中间一个高台上面，坐着带方巾穿大红鞋的先生，供桌上将那四十张牌铺满一桌，台下无数听讲的弟子，两行摆班坐着，就像讲经的法师一般。穆文光端立而听。听那先生开讲道："我方才将那龙子犹十三篇条分缕析、句解明白，你们想已得其大概。只是制马吊的来历，运动马吊的学问，与那后世坏马吊的流弊，我却也要指点一番。"众弟子俱点头唯唯。那先生将手指着桌上的牌说道："这牌在古时原叫做叶子戏，有两人斗的，有三人斗的。其中闹江、打海、上楼、斗蛤、打老虎、看豹，名色不同。惟有马吊必用四人，所以按四方之象。四人手执八张，所以配八卦之数。以三家而攻一家，意主合从；以一家而赢三家，意主并吞，此制马吊之来历也。若夫不打过庄，不打连张，则谓之仁；逢庄必捉，有千必挂，则谓之义；发牌有序，殿牌不乱，则谓之礼；留张防贺，现趣图冲，则谓之智；不可急捉，必发还张，则谓之信。此运动马吊之学问也。逮至今日，风斯下矣。昔云闭口叶子，今人喧哗叫跳，满座讥讽。上一色样，即狂言出卖高牌。失一趣肩，即大骂尔曹无状。更有暗传声，呼人救驾；悄灭赏，连手图赢。小则掷牌撒赖，大则推桌挥掌。此后世坏马吊之流弊也。尔等须力矫今人之弊，复见古人之风，庶不负坛坫讲究一番。"说罢就下台。众人又点头唯唯。

穆文光只道马吊是个戏局，听了这吊师的议论，才晓得马吊内有如此大道理，比做文章还精微，不觉动了一个执赘从游之意[17]。回到小阁里，只见母舅背剪着手，看那头家结帐，自家还解说道："今日威风少挫，致令无名小卒，反侥幸成功，其实不敢欺我的吊法，你们边岸还不曾摸着。"众人道："吊牌的手段，只论输赢，你输了自然是手段不济。"金有方道："今日之败，非战之罪，只为错捉了九十子，我心上懊恼，半日牌风不来。若说手段不济，请问那一家的色样不是我打断？那一家的好名件不是我挤死？你们替我把现采收好，待老将明日再来翻本。"说罢，领了穆文光回家。在下曾有《挂枝儿》道那马吊输了的：

> 吊牌的人，终日把牌来吊，费精神，有甚么下梢！四十张打劫人，真强盗，头家要现来，赢家不肯饶。闷恹恹的回来，哥哥，还有个妻儿炒！

这穆文光住在舅舅身边，学好学歹，我也不暇分说。

且说那穆太公，自儿子出门之后，只道儿子躲往学堂里去；及至夜间，还不见归，便有几分著忙。叫人向学堂里问，道是好几日不曾赴馆。太公此时爱财之念稍轻，那爱子之念觉得稍重，忙向媳妇问道："我老人家又没有亲眷，儿子料没处藏身，莫不是到崔亲家那边去么？"媳妇道："他一向原说要去走走，或者在我父亲家，也不可知。"太公道："我也许久不看见亲家，明日借着去寻儿子，好探望一番，只是放心不下那新坑。媳妇，我今夜数下三百张草纸，你明日付与种菜园的穆忠，叫他在门前给散。终究我还不放心，你若是做完茶饭，就在门缝里看着外边。若是余下的草纸，不要被穆忠落下，还收了进来要紧。"媳妇道："我从来不走到外厢，只怕不便。"太公道："说也不该，你不要享福太过。试看那前乡后村，男子汉散脚散手吃现成饭，倒是大妇小女在田里做生活，上面日色蒸晒，只好扎个破包头，下面泥水汪洋，还要精赤着两脚去耘草。我活到五十多岁，不知见过多多少少，有甚么不便？"媳妇见太公琐碎，遂应承了。

太公当夜稳睡，到得次日，将草纸交明媳妇。媳妇道："家中正没得盐用，公公顺便带些来。我们那半山村的盐，极是好买。"太公道："我晓得。"遂一直走出来，开了粪屋锁，慢慢向田路上缓步将去。约略走过十余里，就是崔题桥家。到得中堂，崔亲母出来相见，问罢女儿，又问女婿。太公见他的口气，晓得儿子不曾来，反不好相问，要告别出门。崔亲母苦留，穆太公死也不肯，辞得脱身，欢喜道："我今日若吃了他家东西，少不得崔亲家到我家来，也要回礼。常言说得好：亲家公是一世相与的。若次次款待，连家私也要吃穷半边哩。还是我有主意，今日茶水总不沾著，后日便怠慢了亲家，难道好说我不还席？"

这穆太公一头走路，一头捣鬼；又记起媳妇叫他买盐，说是半山村的盐好买。他从来见有一毫便宜之事，可肯放空？遂在路旁店里买了。又见那店里将绝大的荷叶来包盐，未免有些动火，也多讨了一个荷叶，拿在手里。走不上一箭地，腹中微微痛起来，再走几步，越发痛得凶。原来穆太公因昨日忍过一日饥，直到夜间锁上粪屋门，才得放心大胆吃饱，一时多吃了几碗，饮食不调，就做下伤饥食饱的病，肚里自然要作起祸来。毕竟出脱腹中这一宗宝货，滞气疏通，才得平复。穆太公也觉得要走这一条门路，心上又舍不得遗弃路旁，道是别人的锦绣，还要用拜帖请他上门来泻在聚宝盆内，怎么自家贩本钱酿成的，反被别人受用？虽是这等算计，当不得一阵阵直痛到小肚子底下，比妇人养娃子将到产门边，醉汉吐酒撞到喉咙里，都是再忍耐不住的。穆太公偏又生出韩信想不到的计策，王安石做不出的新法，急急将那一个饶头荷叶放在近山涧的地上，自家便高耸尊臀，宏宣宝屁，像那围田倒了岸，河道决了堤，趁势一流而下。又拾起一块瓦片，塞住口子。从从容容系上裙裤，将那荷叶四面一兜，安顿在中央，取一根稻草，也扎得端正，拿着就走。可煞作怪，骑马遇不着亲家，骑牛反要遇着，远远望见崔题桥从岸上走来。穆太公还爱惜体面，恐怕崔题桥解出这一包来不好意思，慌忙往涧里一丢，上前同崔题桥施礼。崔题桥要拉他回家去，说是："亲家公到了敝村，那有豆腐酒不吃一盃之理？"那知穆太公在他家里还学陈仲子的廉洁，已是将到半途，可肯复转去赴楚霸王的鸿门宴么？推辞一会，崔题桥又问他手中所拿何物。穆太公回说是盐。崔题桥道："想是亲家果然有公务，急需盐用，反依尊命，不敢虚邀。"穆太公多谢了几句，便相别回家，心中懊恼道："我空长这许多年纪，再不思前想后，白白将一包银子丢在水里也不响。像方才亲家何等大方，问过一句，便丢开手，那个当真打开荷叶来看！真正自家失时落运，不会做人家的老狗骨头！"穆太公暗自数骂一阵，早已将到家了。正是：

狭路相逢，万难回避；

折本生涯，一场晦气。

且说穆太公前脚出门，媳妇便叫穆忠在门前开张铺面。崔氏奉公公之命，隐着身体在门内应一应故事，手中依旧做些针指。忽听得外面喧嚷之声，像是那个同穆忠角口。

原来喧嚷的是义乡村上一个无赖，姓谷，绰号树皮，自家恃着千斤的牛力，专要放刁打诈，把那村中几个好出尖的后生，尽被谷树皮征服了。他便觉得惟我独尊，据国称王，自家先上一个徽号，要村中人呼他是谷大官人。可怜那村中原是山野地方，又没得乡宦，又没得秀才，便这等一个破落户，他要横行，众人只好侧目而视。虽不带纱帽，倒赛得过诈人的乡宦；虽不挂蓝衫，反胜得多骗人的秀才。便是穆太公老年人一见他，还有六分恭敬，三分畏惧，一分奉承哩。偏那穆忠坐在坑门前给发草纸，他就拿出一副乔家主公的嘴脸[18]，像巡检带了主簿印[19]，居然做起主簿官，行起主簿事，肃起主簿堂规，装起主簿模样来。那谷树皮特地领了出恭牌，走到新坑上，见穆忠还在那边整顿官体，他那一腔无明火从尾脊庐直钻过泥丸宫[20]，捏着巴斗大的拳头，要奉承穆忠几下。又想道："打狗看主人面，我且不要轻动褒尊，先发挥他一场；若是倔强不服，那时再打得他一佛出世，二佛升天，不怕主人不来赔礼，"指着穆忠骂道："你这瞎眼奴才！见了我谷大官人，还端然坐着不动。试问你家太公，他见我贵足踏在你贱地来，远远便立起，口口声声叫官人，草纸还多送几张，鞠躬尽礼，非常的小心。你这奴才，皮毛还长不全，反来作怪么？"穆忠回嘴道："一霎时有轮百人进出，若个个要立起身，个个要叫官人，连腰也要立酸，口也要叫干了。"穆忠还不曾说完，那边迎面一拳早打了个满天星。穆忠口里把城隍土地乱喊起来，谷树皮揪过头发，就如饿鹰抓兔，穆忠身子全不敢动弹，只有一张嘴还喊得出爹娘两个字。

崔氏看见，只得推开半扇门，口中劝道："小人无状，饶恕他这一遭罢。"谷树皮正在那里打出许多故事来，听得娇滴滴声气在耳根边相劝，抬头一看，却是一位美貌小娘子。他便住手，忙同崔氏答话。崔氏见他两个眼睛如铜铃一般，便堆下满脸笑容来，也还是泥塑的判官、纸画的钟馗，怎不教人唬杀？崔氏头也不回，气喘喘走回卧室内，还把房门紧紧关住。那谷树皮记挂着这小娘子，将半天的怒气都散到爪哇国去了。及至见崔氏不理他，又要重整复那些剩气残恼，恰遇着穆太公进门，问了缘故，假意把穆忠踢上几空脚，打上几虚掌，又向谷树皮作揖赔不是。谷树皮扯着得胜旗，打着得胜鼓，也就洋洋踱出门了。

穆太公埋怨穆忠道："国不可一日无王，家不可一日无主。古语真说不差的。我才出去得半日，家中便生出事端来，还喜我归家劝住，不然，连屋也要被他拆去。你难道不知他是个活太岁、真孛星[21]，烧纸去退送还退送不及，反招惹他进门降祸么？"又跑进内里要埋怨媳妇，只见媳妇在灶下做饭。太公道："我也不要饭吃，受恶气也受饱了。"崔氏低声下气的问道："公公可曾买盐回来？"太公慌了道："我为劝闹，放在外面柜桌上，不知可有闲人拿去？"急忙走出来拿了盐包，递与媳妇道："侥幸，侥幸！还在桌上不曾动。你煎豆腐就用这新盐，好待我尝一尝滋味。"崔氏才打开荷叶，只闻得臭气扑鼻，看一看道："公公去买盐，怎倒买了稀酱来？"太公闻知，吓得脸都失色，近前一看，捶胸跌脚起来，恨恨的道："是我老奴才自不小心！"又惟恐一时眼花，看得不真，重复端详一次，越觉得心疼，拿着往地下一掷。早走过一只黄狗来，像一千年不曾见食面的，摇头摆尾、喷喷呃呃的肥嚼一会。

太公目瞪口呆，爬在自家床上去叹气，又不好明说出来，自叹自解道："只认我路上失落了银子，不曾买盐。"又懊悔道："我既有心拿回家来，便该倾在新坑内，为何造化那黄狗？七颠八倒，这等不会打算！敢则日建不利，该要破财的！"正是：

狗子方餐南亩粪，龙王收去水晶盐。

公公纳闷看床顶，媳妇闻香到鼻尖。

这穆太公因要寻取儿子回家，不料儿子寻不着，反送落一件日用之物，又送落一件生财之物。只是已去者不可复追，那尚存者还要着想。太公虽然思想儿子，因为二者不可得兼的念头横在胸中，反痛恨儿子不肖，说是带累他赔了夫人又折兵。却不晓得他令郎住在金有方家，做梦也不知道乃尊有这些把戏。

话说金有方盘问外甥，才知穆文光是避父亲打骂悄悄进城的。要打发他独自回家，惟恐少年娃子，走到半路又溜到别处。若要自家送他上门，因为前次郎舅恶交，没有颜面相见。正没做理会处，忽有一个莫逆赌友叫做苗舜格，来约他去马吊。金有方见了，便留住道："苗兄来得正好，小弟有一件事奉托。"苗舜格道："吾兄的事，就如小弟身上的事。若承见托，再无不效劳的。"金有方道："穆舍甥在家下住了两日，细问他方知是逃走出来的，小弟要送他回去，吾兄晓得，敝姊丈与小弟不睦，不便亲自上门。愚意要烦尊驾走一遭，不知可肯？"苗舜格沉吟道："今日场中有个好主客，小弟原思量约兄去做帮手，赢他一场，又承见托，怎么处？"金有方道："这个不难，你说是那个主客？"苗舜格道："就是徐尚书的公子。"金有方道："主客虽是好的，闻得他某处输去千金，某处又被人赢去房产，近来也是一个蹋皮儿哩[22]。"苗舜格道："屏风虽坏，骨格犹存，他倒底比我们穷鬼好万倍。"金有方道："我有道理。你代我送穆舍甥回家，我代你同徐公子马吊。你晓得我的马吊神通，只有赢，没有输的。"苗舜格道："这是一向佩服，但既承兄这等好意，也不敢推却，待小弟就领穆令甥到义乡村去罢。"

金有方叫出穆文光来。穆文光还做势不肯去。金有方道："你不要执性，迟得数日，我来接你，料你乡间没有好先生，不如在城里来读书，增长些学问。今日且回去。"穆文光只得同苗舜格出门，脚步儿虽然走着，心中只管想那马吊，道是世上有这一种大学问，若不学会，枉了做人一世。回家去骗了父亲赘见礼，只说到城中附馆读书，就借这名色拜在吊师门墙下，有何不可？算计已定，早不知不觉出了城，竟到义乡村上。

只见太公坐在新坑前，众人拥着他要草纸。苗舜格上前施礼。穆文光也来作揖。太公道："你这小畜生，几日躲在那里？"苗舜格道："令郎去探望母舅，不必责备他。因金有方怕宅上找寻，特命小弟送来。"穆太公听得儿子上那冤家对头的门，老大烦恼，又不好怠慢苗舜格，只得留他坐下，叫媳妇备饭出来。苗舜格想道："他家难道没有堂屋，怎便请我坐在这里？"抬头一看，只见簇新的一个斋扁，悬在旁边门上。又见门外的众人，拿着草纸进去，门里的众人，系着裤袴带出来。苗舜格便走去一望，原来是东厕。早笑了一笑道："是东厕上，也用不着堂名，就用着堂名，或者如混堂一样的名色也罢。怎么用得着'齿爵堂'三个字？"暗笑了一阵，依旧坐下，当不起那馨香之味环绕不散。取出饭来吃，觉得菜里、饭里，尽是这气味。勉强吃几口充饥，倒底满肚皮的疑惑，一时便如数出而哇之，竟像不曾领太公这一席盛情。你道太公为何在这齿爵堂前宴客？因是要照管新坑，不得分身请客到堂上，便将粪屋做了茶厅。只是穆太公与苗舜格同是一般鼻头，怎么香臭也不分？只为天下的人情，都是习惯而成自然。譬如我们行船，遇着粪舡过去，少不得炉里也添些香，篷窗也关上一会。走路过着粪担，忙把衣袖掩着鼻孔，还要吐两口唾沫。试看粪舡上的人，饮食坐卧，朝夕不离，还唱山歌儿作乐；挑粪担的，每日替人家妇女倒马桶，再不曾有半点憎嫌，只恨那马桶里少货，难道他果然香臭不分？因是自幼至老，习这务本生意，日渐月摩，始而与他相合，继而便与他相忘，鼻边反觉道一刻少他不得，就像书房内烧黄熟香，闺房里烧沈香的一般。这不是在下掉谎，曾见古诗上，载着粪渣香三字，我尝道习得惯，连臭的自然都是香的；习不惯，连香的自然都是臭的。穆太公却习得惯，苗舜格却习不惯。又道是眼不见即为净，苗舜格吃亏在亲往新坑上一看，可怜他险些儿将五脏神都打口里搬出来。穆太公再也想不到这个缘故，慌忙送他出门，居然领受那些奇香异味。正是：

> 鼻孔嗅将去，清风引出来。
>
> 自朝还至暮，胜坐七香台。

话说穆文光心心念念，要去从师学马吊，睁眼闭眼，四十张纸牌就摆在面前。可见少年人志气最专趋向，最易得摇夺：进了学堂门，是一种学好的志气；出了学堂门，就有一种学不好的趋向。穆文光不知这纸牌是个吃人的老虎，多少倾家荡产的在此道中消磨了岁月，低贱了人品，种起了祸患。我劝世上父兄，切不可向子弟面前说马吊是个雅戏，你看这穆文光为着雅戏上反做了半世的苦戏。

我且讲那穆太公要送儿子进学堂。穆文光正正经经的说道："父亲不要孩儿读书成名，便在乡间，从那训蒙的略识几个字也便罢了。若实在想后来发达，光耀祖宗，这却要在城内寻个名师良友，孩儿才习得上流。"太公欢喜道："好儿子，你有这样大志气，也不枉父亲积德一世。我家祖宗都是白衣人，连童生也不曾出一个，日后不望中举人中进士，但愿你中个秀才，便死也瞑目。"穆文光道："父亲既肯成就孩儿，就封下贽见礼，孩儿好去收拾书箱行李，以便进城。"太公听说，呆了半晌道："凡事须从常算计[23]，你方才说要进城，我问你还是来家吃饭，是在城中吃饭？"穆文光道："自然在城中吃饭。"太公道："除非我移家在城中住，你才有饭吃哩。难道为你一人读书，叫我丢落新坑不成？"穆文光道："这吃饭事小，不要父亲经心。娘舅曾说一应供给尽在他家。"太公啐道："你还不晓得娘舅做人么？我父亲好端端一分人家，葬送在他手里，你又去缠他做甚么？"穆文光道："孩儿吃他家的饭，读自家的书，有甚么不便？"太公见儿子说得有理，遂暗自踌躇。原来这老儿是极算小、没主意的，想到儿子进城，吃现成饭，家中便少了一口，这样便宜事，怎么不做？因封就一钱重的封儿，付与儿子去做贽礼，叫穆忠挑了书箱行李入城。

穆文光便重到金有方家来，再不说起读书二字。金有方又是邪路货，每日携他在马吊场中去。穆文光便悄悄将吊礼送与吊师。那吊师姓刘，绰号赛桑门，极会妆身分，定要穆文光行师生礼。赛桑门先将龙子犹十三篇教穆文光读。谁知同堂弟子，晓得他是新坑穆家，又为苗舜格传说他坑上都用"齿爵堂"的斋扁，众弟子各各不足老师，说是收这等粪门生，玷辱门墙。又不好当面斥逐，只好等吊师进去，大家齐口讥讽。穆文光一心读马吊经，再不去招揽。有两个牌友，明明嘲笑他道："小穆，你家吃的是粪，穿的是粪，你满肚子都是粪了。只该拿马吊经在粪坑上读，不要在这里熏坏了我们。"穆文光总是不理。还喜天性聪明，不上几日，把马吊经读得透熟。赛桑门又有一本《十三经注疏》，如张阁老直解一般，逐节逐段替他讲贯明白，穆文光也得其大概。赛桑门道："我看你有志上进，可以传授心法。只是洗牌之干净，分牌之敏捷不错，出牌之变化奇幻，打牌之斟酌有方，留牌之审时度势，须要袖手在场中旁观。然后亲身在场中历练，自然一鸣惊人，冠军无疑矣。切不可半途而废，蹈为山九仞之辙；更不可见异而迁，萌鸿鹄将至之心。子其勉旃勉旃[24]。"穆文光当下再拜受教。

赛桑门因叫出自家兄弟来，要他领穆文光去看局。他这兄弟，也是烈烈轰轰的名士，绰号"飞手夜叉"。众人因为他神于拈头，遂庆贺他这一个徽号。穆文光跟他在场上，那飞手夜叉移一张小凳子放在侧边，叫穆文光坐着。只见四面的吊家：一个光着头，挂一串密蜡念珠在颈上，酒糟的面孔，年纪虽有三十多岁，却没得一根胡须，绰号叫做"吊太监"，这便是徐公子。一个凹眼睛，黑脸高鼻，连腮搭鬓，一团胡子的，绰号叫做"吊判官"，这人是逢百户。一个粗眉小眼，缩头缩颈，瘦削身体，挂一串金刚念珠在手上的，绰号"吊鬼"，这人是刘小四。一个赖麻子，浑身衣服龌龌龊龊的，绰号"吊花子"，这便是苗舜格。四家对垒鏖战不已。

飞手夜叉忽然叫住道："你们且住手，待我结一结帐，算一算筹码。"原来吊太监大败，反是吊花子赢了。飞手夜叉道："徐大爷输过七十干，该三十五两，这一串密蜡念珠，只好准折。"苗舜格便要向徐公子颈上褪下来。徐公子大怒道："你这花子奴才！我大爷抬举你同桌马吊，也就折福了，怎么轻易取我念珠？我却还要翻本，焉知输家不变做赢家么？"苗舜格见他使出公子性气，只得派庄再吊。将近黄昏，飞手夜叉又来结帐。徐公子比前更输得多。苗舜格道："大爷此番却没得说了！"徐公子道："另日赌帐除还你，莫妄心想我的念珠。"

苗舜格晓得他有几分赖局，想个主意，向他说道："大爷要还帐，打甚么紧？只消举一举手，动一动口，便有元宝滚进袖里来。"徐公子见说话有些蹊跷，正要动问，苗舜格曳着他衣服从外面悄语道："有一桩事体商议，大爷发一注大财爻[25]，在下也发一注小财爻，这些须赌帐，包管大爷不要拿出己赀来[26]。"徐公子听得动火，捏着苗舜格的手问道："甚么发财事？"苗舜格道："坐在横头看马吊的，他是新坑穆家，现今在乡下算第一家财主。"徐公子道："我们打了连手赢他何如？"苗舜格道："这个小官人还不曾当家，银钱是他老子掌管。"徐公子道："这等没法儿算计他。"苗舜格道："有法，有法。他家新坑上挂一个斋扁，却用得是大爷家牌坊上'齿爵'两个字，这就有题目好生发了。"徐公子道："题目便有，请教生发之策？"苗舜格道："进一状子在县里，道是欺悖圣旨，污秽先考。他可禁得起这两个大题目么? 那时我去收场, 不怕他不分一半家私送上大爷的门。"徐公子笑道:"好计策, 好计策! 明日就发兵。"苗舜格道:"还要商量。大爷不可性急。穆家的令舅就是金有方, 这金有方也曾骗过穆家, 我们须通知了他才好。"徐公子道:"我绝早就看见金有方来了, 不知他在那里马吊?"苗舜格道:"只在此处, 待我寻来。"苗舜格去不多时, 拉着金有方聚在一处商议, 大家计较停当始散。正是:

　　豺虎食人, 其机如神。

　　无辜受穿[27], 有屈何伸?

　　话说穆太公好端端在家里, 忽见一班无赖后生, 蜂拥进来说道:"太公, 你年纪老大, 怎么人也不认得? 前日谷大官人来照顾你新坑, 也是好意, 为何就得罪他? 如今要掘官坑抢你的生意。我们道太公做人忠厚, 大家劝阻。谷大官人说道:'若要我不抢他生意, 除非叫他媳妇陪我睡一夜才罢。'"太公叫声:"气杀我也!"跌倒地下。众人都慌忙跑出门去。

　　崔氏听得外面人声嘈杂, 急走出来, 见公公跌倒, 忙扶公公进房。太公从此着了病, 一连几日, 下不得床。崔氏着穆忠请小官人来家。穆文光晓得父亲病重, 匆匆直到义乡村, 见太公话也说不出, 像中风的模样, 看着儿子, 只是掉泪。穆文光心上就如箭攒的好不难过。向崔氏问起病的根由, 崔氏也不晓得。穆文光道:"我们该斋一斋土地。"也顾不得钱钞, 开了箱子, 取出几两来买些猪头三牲果品酒肴, 整治齐备。

　　到黄昏时候, 叫穆忠送到土地堂里。穆文光正跪着祷祝, 忽见一人大喊进来道:"祭神不如祭我!"穆忠看见, 叫声:"不好! 小官人快回避!"穆文光如飞的跑出来, 喘定了, 问穆忠道:"方才这是那一个?"穆忠道:"这个人凶多哩! 他叫做谷树皮, 小人几被他一顿打死。前日他要同我家做对头, 如今现掘起一个丈余的深坑抢我家生意。"穆文光道："他不过是个恶人，难道是吃人的老虎？何必回避他？快转去！"穆忠道："小官人去罢，我曾被他打怕了，死也是不去的。"穆文光道："你这没用的奴才，待我独自去见他，可有本事打我？"说罢便从旧路上望土地堂来。听得里面声气雄壮，也便有三分胆怯，立在黑地里窥望他。只见谷树皮将一桌祭物嚼得琅琅有声，又把一壶酒揭开盖，一气尽灌下去。手里还提着那些吃不完的熟菜，大踏步走出土地堂来。

　　穆文光悄悄从后跟着，行了十数步，见谷树皮走进一个小屋里去。迟得半会，听得谷树皮叫喊。穆文光大着胆，也进这小屋来一看，还喜不敢深入，原来这屋里就是谷树皮掘的官坑，不知他怎生跌在里面，东扒西扒，再扒不起来。穆文光得意道："你这个恶人，神道也不怕，把祭物吃得燥脾，这粪味也叫你尝得饱满！"谷树皮钻起头来哀求道："神道爷爷，饶我残生罢！"穆文光道："你还求活么？待我且替地方上除一个大害！"搬起一块大石头，觑得端正，照着谷树皮头上扑通的打去，可怜谷树皮头脑迸裂，死于粪坑之内。

　　穆文光见坑里不见动静，满意快活跑回家来，在太公床面前拍掌说道："孩儿今日结果了一个恶人，闻得他叫谷树皮，将孩儿斋土地的祭品抢来吃在肚里，想是触犯神道，自家竟跌在粪坑内，被孩儿一块石头送他做鬼了。"太公听说，呵呵大笑，爬下床来，扯着穆文光道："好孝顺儿子，你小小人儿，倒会替父亲报复大仇。我的病原为谷树皮而起，今日既出了这口气，病也退了。"自此合家欢喜不尽。那知穆太公的心病虽然医好，那破财的病儿却从头害起。

　　一日，太公正步到门前来，不觉叹息道："自谷树皮掘了官坑，我家生意便这样淡薄，命运不好，一至于此！"正盼望下顾新坑的，那知反盼望着两个穿青衣的公差。这公差一进门，便去摘下齿爵堂的斋扁。太公才要争论，早被一条铁索挂在颈项里，带着就走。太公道："我犯着何罪？也待说出犯由来，小老儿好知道情节，兄们不须造次。"有一个公差道："你要看牌么？犯的罪名好大哩！"太公又不识字，叫出穆文光来。穆文光看见铁索套在父亲颈上，没做理会。读那牌上，才明白是为僭用齿爵堂，徐公子是原告。公差又要拉太公出去，穆文光道："诸兄从城中来，腹内也饿了，请在舍下便饭，好从容商议。"公差道："这小官倒会说话，我们且吃了饭。"着摆出饭来，又没大肴大酒；太公又不舍得打发差钱。公差痛骂一场，把太公鹰拿燕捉的出门去了。

穆文光哭哭啼啼，又不放心，随后跟进城来，向娘舅家去借救兵。只见金有方赔苗舜格坐着。穆文光说出父亲被告的原由，便哭个不了。金有方道："外甥你且莫哭，我想个计较，救你父亲则个。"因拱苗舜格道："吾兄与老徐相厚，烦出来分解一番，只认推看薄面。"苗舜格道："老徐性情极急懒[28]，最难讲话，如今且去通一通线索，再做主意。"苗舜格假意转一转身，就来回复道："小弟会着老徐，再三劝解一通，他的题目拿得正大。这件事我想只有两个门路，不是拚着屁股同他打官司，就是拿出银子向他挽回。"金有方道："敝姊丈未必舍得银子，只好拚着屁股去捱官司罢了。"穆文光道："娘舅说那里话？银子是挣得来的，父母遗体可好损伤得！"苗舜格道："既要如此，也须通知你令尊。"

穆文光正牵挂父亲不知作何下落，遂同了金有方、苗舜格到县前来，寻到差人家里，见穆太公锁在门柱上，两眼流着泪。穆文光抱头大哭。原来差人都是预先讲通，故意难为乡下财主的。金有方假怒道："谁不晓得我老金的亲眷，这等放肆无礼！"

走出一个差人来，连连赔礼，把铁索解下。穆太公此时就像脱离了地狱升到天堂的模样，异常感激金有方。金有方道："你不要谢我，且去央求苗兄要紧。这苗兄与徐公子相厚，方才我已曾着他去讨口气。你问他便知道了。"苗舜格道："老丈这斋扁是那个胡乱题的？徐公子道是齿爵牌坊原是圣旨赐造，如今僭用圣旨，就该问个罪名，况又污秽他先考，这情罪非同小可。"金有方道："苗兄，你莫说利害话，只是想个解救法儿出来。"苗舜格道："要解救法儿，除非送他轮千银子。"金有方道："你将银子看得这等容易！"苗舜格道："这场官司他告得有理，且是徐公子年家故旧又多，官官相护，令姊丈少不得破家吃苦。"穆太公恐怕决撒了，忙叮嘱道："老舅调停一个主意，我竭力去完局罢了。"金有方道："这事弄到后边，千金还费不出，依我预先处分，也得五百金送徐公子，一百金送县里销状，太少了也成不得。"穆太公道："把我拘锁在此也没处措置，必须自家回去，卖田卖产，才好设法。"金有方道："这个容易。"随即分付了差人。

太公同着儿子回家，只得将零星熬苦熬淡、积分积厘的银子拿出来。自家为前次锁怕了，不敢进城，便交付与儿子，叫他托金大舅把官司收拾干净，一总相谢。穆文光领着父命，一面私自筹画道："银子分付送五百两与徐家，难道是少欠他的，定要五百足数？我且私取下百金，做马吊本钱，好赢那徐公子的过来，也替父亲争口气。"遂将锁状的一封银子，藏在腰里，见了金有方道："我家爹爹致意娘舅，说是拮据，止凑得五百金，千万借重娘舅布置。"金有方道："那一百金销状的是断断少不得！"穆文光道："徐公子处，送他四百金，便可那移出一百来。"金有方道："待我央苗舜格送去，受与不受，再做区处。"金有方拿了银子出门，会同苗舜格到徐公子家，每人分一百金，徐公子得了三百，拿个帖子去销状。金有方回家说道："事体虽然妥当，费我一片心机，你父亲也未必晓得。"穆文光道："爹爹原说要来酬谢的。"金有方道："至亲骨肉，要甚酬谢？"

穆文光见官司结局，欢喜不尽，摇摆到马吊馆来，向飞手夜叉说道："我要向场中马吊一回，若是赢了，好孝顺师叔的。"飞手夜叉道："你才初入门，只好小吊罢。"穆文光道："大输大赢，还有些趣味，小吊便赢了，也没多光景。"飞手夜叉道："你有多少来历，就想大吊？"穆文光在腰间取出那百两一封来。飞手夜叉看见了道："徐公子正寻人大吊，为少脚数，你凑一脚，是极好的。只输后不要懊悔！"穆文光道："那懊悔的人也不算一个汉子。"

飞手夜叉便引他在着内里楼上。只见徐公子、苗舜格、冯百户先在上面。飞手夜叉道："我送一脚来补数了。"徐公子晓得是穆小官，也不言语。大家派定坐位，拈庄洗牌。穆文光第一次上场，红张倒不脱手，一连起了无数色样，偏是斗得聪明，把三家筹码卷得干干净净。飞手夜叉在旁边称赞道："强将手下无弱兵，我家兄教出来的门生，自然不同。"众人道："暴学三年赢，他后来有得输哩。"飞手夜叉见穆文光赢得多了，忙在桌下踢上几脚，叫他歇场。穆文光乖觉，到他做庄，便住手道："小弟初学马吊，今日要得个采头，且结了帐再吊何如？"飞手夜叉道："说得有理。"众人还不肯放牌，见头家做主，遂静听结帐。原来穆文光是大赢家，徐公子输去一百五十两；苗舜格所得的百金手也不曾热，依旧送还穆文光。穆文光谢飞手夜叉道："这两家的现物，我都收下；那冯爷欠的，送与师叔罢。"说罢，拿着银子跑下楼去。徐公子与苗舜格面面厮觑，只好肚里叫苦。正是：

闻道岂争前后，当场还较输赢。

攫金不持寸铁，但将纸骨为兵。

话说金有方听得外甥赢了二百多金到手，意思要骗来入己，假作老成说道："你少年人切不可入赌场。今日偶然得胜，只算侥幸。若贪恋在马吊上，不独赢来的要送还人，连本钱也不可保。你将财物放在我身边，为你生些利息。我晓得你令尊一文钱舍不得与你的，你难道房屋里不要动用么？闲时在我处零碎支取，后来依旧交还你本钱，何如？"穆文光正暗自打算，只见穆忠来讨信。穆文光道："你来得极好。"便将自家落下与赢来的凑成三百两，打做一包，其余还放在腰里，向穆忠说道："这银子须交明太公，官司俱已清洁，不必忧虑。"穆忠答应了一声，便往外就走。金有方黑眼睛见了白银子，恨不得从空夺去；又见穆文光不上他的钓竿，又羞又恼。

早是苗舜格撞进来，说是徐公子要复帐，一直拖着穆文光到马吊馆来。穆文光道："明日也好马吊，何苦今夜磨油磨烛费精费神么。"徐公子怒道："你这龟臭小畜生，不知高低！我作成你这许多银子，使再吊三日三夜也不要紧，便这样拿班作势，恼动我性子，教你这不识抬举的东西吃点苦头！"穆文光道："你这个性子便是你的儿子、孙子也不依看你，又不是你奴才，犯不着打巴掌。"徐公子道："你这才出世的小牛精，也挺触老夫了。你还不晓得□这□处日牵了你家老牛精来一齐敲个臭死，才知我手段哩。"穆文光见伤了父亲，不觉大怒道："谁是牛精？你这不知人事的才真是牛精！"徐公子隔着桌子，伸手打来，穆文光披头散发走了出去。苗舜格道："这一两天原不该同他认真顶撞着。"金有方进来的工夫，飞手夜叉道："你们现有四脚，何不吊牌。"众人叫声有理，各各按定坛场，果然吊得有兴。正是：

此标夺锦，彼庆散花。没名分公孙对坐，有情义夫妇团圆。旁家才贺顺风旗，谁人又斗香炉脚。说不尽平分天地，羡得杀小大比肩。莫言雅戏不参禅，试看人心争浑素。

话说徐公子正斗出一个色样来，忙把底牌捏在手里，高声喊道："且算完色样再看冲！"忽然哎哟一声，蹲倒地下，众人不知道为甚缘故，争来扶他。只见衣衫染的一片尽是鲜血。个个惊喊起来。旁边一个人叫道："杀死这奴才，我去偿命！你们不要着急！"众人看时，原来是穆文光。齐声喝道："不要走了凶身！"疾忙上前拿住，又搜出一把小解手刀来，刀口上都是血。金有方道："他与你有甚冤仇，悄地拿刀害他性命？"穆文光道："说起冤仇来，我与他不共戴天哩！"金有方道："他又不曾杀你父亲，甚么叫做不共戴天？"穆文光道："他设计骗我父亲，比杀人的心肠还狠。"金有方道："你却是为马吊角口起，讲不得这句话！"穆文光又要去夺刀，气忿忿的道："我倒干净结果了这奴才罢！"还不曾说完，早赶进一伙人来把穆文光锁了出去。金有方跟在后面，才晓得是徐衙里亲戚仆从，击了县门上鼓，差人来捉的。

那知县听得人命重情，忙坐堂审事。差人跪上去禀道："凶身捉到了。"知县问道："你黑夜持刀杀人，难道不惧王法么？"穆文光道："童生读书识字，怎么不惧王法？只为报仇念重，不得不然。"知县骂道："亏你读书识字的童生，轻易便想杀人！"忙抽签要打。穆文光道："宗师老爷不必责罚童生，若是徐公子果然身死，童生情愿偿命。"知县问徐家抱告道："你主人可曾杀死？"抱告道："主人将死，如今又救活了。"知县道："既经救活，还定不得他罪名，且收监伺候。"遂退了堂。金有方见外甥不曾受累，才放下心。那些公人赶着金有方要钱，金有方只得应承了。

次日清晨，到穆太公家报信。可怜那太公闻知儿子下监，哭天哭地，几乎哭死过去。金有方道："凡事要拿出主意来，一味蛮哭，儿子可是哭得出监的？"太公才止了哭声，里面媳妇又重新接腔换调的哭起来。金有方道："老姊丈分付媳妇莫哭。你快取百十两银子，同我进城，先要买好禁子，使你令郎在监便不吃亏。"穆太公随即取了银两，同金有方入城。到得县门前来，寻着禁子，送了一分见面礼。便引着太公到监中来，父子抱头大哭。

只见堂上来提穆文光重审．太公随后跟着。将到仪门边，内里一个差人喊道："犯人穆文光依旧收监！"禁子只得又带转来。穆太公问道："怎么今日不审？"差人道："新官到了，要交盘哩，没工夫审事。"金有方附耳对太公道："这是你儿子好机会，我们且回家去罢。"太公遂住在金有方家，每日往监中看儿子。

后来打听得新官行香之后，便坐堂放告。太公央金有方写了一张状子，当堂叫喊。知县看完状子，就抽签要徐某验伤，一面监里提出穆文光来审。知县见了穆文光，年纪尚小，人材也生得倜傥，便有一分怜悯之心，因盘问道："你为何误伤徐某？"穆文光跪上去道："童生是为父报仇，不是误伤。"知县指着穆太公道："既不是误伤，你这老儿便不该来告谎状。"穆太公唬得上下牙齿捉对儿打交，一句也回答不出。知县见这个光景，晓得他是良善人，遂不去苛求。又见穆文光挺身肯认为父报仇，分明是个有血性的汉子，遂开一条生路道："穆文光，你既称童生，毕竟会做文字，本县这边出一个题目，若是做得好，便宽宥你的罪名；做得不好，先革退你的童生，然后重处！"穆文光忻然道："请宗师老爷命题。"知县道："题目就是'虽在缧绁之中，非其罪也'。"又叫门子取纸墨笔砚与他。穆文光摊开纸，濡墨吮毫，全不构思，霎时就完篇。太公初见知县要儿子做文章，只道是难事，出了一身冷汗，暗地喊灵感观世音助他的文思。忽然见儿子做完，便道："祖宗有幸！虚空神灵保佑！"两只眼的溜溜望着那文章送到知县公案上，又望着知县不住点头。

原来这知县姓孔，原是甲科出身，初离书本，便历仕途，他那一种酸腔还不曾脱尽，生性只喜欢八股，看到穆文光文章中间有一联道："子产刑书，岂为无辜而设；汤王法网，还因减罪而开。"拍案称赞道："奇才！奇才！"正叹赏间，忽然差人来禀道："徐某被伤骨下，因贴上膏药，冒不得风，不曾拿到，带得家属在此。"知县道："既不曾死，也不便叫穆文光偿命。"遂叫去了刑具。徐家抱告禀道："穆某持刀杀家主，现有凶器，若纵放他，便要逃走，还求老爷收监。"知县骂道："谁教你这奴才开口！若是你主子果然被伤而死，我少不得拿他来抵偿。"又问穆文光道："你因何事报仇？可据实讲上来！"穆文光道："童生的父亲原不识字，误用徐某牌坊上'齿爵'二字做堂名，徐某告了父亲，吓诈银五百两，童生气不愤，所以持刀去杀他。"知县道："你在何处杀他的？"穆文光道："是在赌钱场上。"知县大怒道："本县正要捉赌贩，你可报上名字来。"穆文光恐怕累了师叔与娘舅，止报出苗舜格来。

知县忙出朱签，叫捉苗舜格。不一时，捉到了，迎风就打四十板，又取一面大枷，分付轮流枷在四门，以做示通衢。又对穆文光说道："本县怜你是读书人，从宽免责。但看你文章，自然是功名中人，今府县已录过童生，你可回家读书，俟宗师按临本县，亲自送你去应试。"穆文光父子磕头拜谢而去。

过了月余，值宗师按临湖州。知县果然送他去考。发案之时，高高第一名进学。报到义乡村，太公如在云雾中的一般，看得秀才，不知是多大前程。将那进学的报单，直挂在大门上。

自家居然是老封君[29]，脱去酱汁白布衫，买了一件月白绸直裰，替身体增光辉；除去瓜稜矮综帽，做了一顶华阳巾儿，替头皮改门面。乔模乔样，送儿子去谢考。

正到宗师衙门前，听得众人说："宗师褫革行劣生员！"都拥挤着来看，只见里面走出三个突头裸体的前任生员来，内里恰有金有方。穆太公不知甚么叫做褫革，上前一把扯住道："老舅，你衣冠也没有，成甚体统，亏你还在这大衙门出入！"金有方受这穆太公不明白道理的羞辱，掩面飞跑了去。穆文光道："娘舅革去秀才，父亲不去安慰他，反去嘲笑他，日后自然怀恨。"太公道："我实在不晓得，又不犯着他行止，怎便怀恨。"

说罢，穆文光同着一班新进，谢了宗师，又独自走去拜谢孔知县提拔之恩。孔知县也道自家有眼力，遂认做师生往来。以后穆文光养的儿子，也读书进学，倒成了一个书乡人家，至今还称做新坑穆家。可见穆太公亏着新坑致富，穆文光亏着报仇成名，父子倒算得两个白屋发迹的豪杰。

（选自《照世杯》）

［注释］

［1］儒裌——文人穿的交领的袍子。裌（jié），交领。

［2］生人——活人。

［3］斫丧——摧残，伤害。特指因沉溺于酒色以致伤害身体。斫（zhuó浊），砍削。

［4］范文正公——即北宋政治家、文学家范仲淹。

［5］阮嗣宗——即三国魏文学家、思想家阮籍。

［6］窵远——遥远。窵（diào吊），深邃貌。

［7］计较——意谓计策，主意。

［8］斋匾——挂在房屋门楣上的匾额。

［9］趸买——成批的买进。趸（dǔn盹），整，整数。

［10］黄香扇枕——典出《后汉书》。黄香为东汉江夏安陆人，九岁失

母，事父至孝。夏扇枕席，冬则以身温被。长则博学能文，为汉明帝诏拜尚书郎。

[11] 作业——作孽。

[12] 笾蒲——一种可编制盛放祭物之容器的蒲草。笾（biān 边），祭祀或宴会时用的竹器。

[13] 死木槁灰——当为"死灰槁木"或"槁木死灰"。比喻毫无生机，或冷漠无情。

[14] 拖水人命——拖人下水，制造人命官司。

[15] 马吊——古代博戏的一种，以纸牌四十张相赌。相传即今麻将的前身。

[16] 亵衣——单着内衣。

[17] 执贽——初次见面纳进礼物。

[18] 乔家主公——装做家主太公。

[19] 主簿——古代官名。明、清两朝的主簿是辅佐知县的官员。

[20] 泥丸宫——即道教所谓的上丹田，在颅腔两眉之间。

[21] 孛（bèi）星——即彗星，俗谓扫帚星。

[22] 蹋皮儿——包子、饺子等食品馅子很少，蒸煮后皮就会蹋下去。喻家产中空。

[23] 从常——"常"为"长"之误。

[24] 勉旃——自勉。旃（zhān 瞻），助词，相当于"之焉"。

[25] 财爻——发财的征兆。爻（yáo 摇），组成八卦的符号。

[26] 己赀——自己的钱财。赀（zī 姿），同"资"。

[27] 受穽——受人陷害。穽，同"阱"，陷阱。

[28] 恿懒——调皮，不顺从。

[29] 老封君——旧时子孙显贵，父、祖因而受封典的称封君，又称封翁。

[鉴赏]

《掘新坑悭鬼成财主》是清代酌玄亭主人所著拟话本小说《照世杯》中的一篇佳作。作者意在"借三寸管，为大千世界说法"，对明末清初的世态人情做了穷形极相的描摹展示。与其他拟话本小说相比，本作在题材的选取和开掘上颇具特色。它以一个乡间土财主靠着经营公厕葮卖粪肥而发家的故事作为基本框架，揭示了明末清初封建农村的落后与农民的愚昧。特别值得重视的是，作者通过故事的主人公把农村与城市连接了起来，写出了明末清初城市工商业的发展与活跃的市民文化对封建宗法制农村在经济、文化、人伦、道德、风俗等多方面的冲击与影响，展示了在城市已逐渐萌芽的资本主义经济形态开始向封建经济封锁严密的农村侵淫的过程。对于如此严肃重大的题材，作者却将其编织进一个有关贩粪的"臭"财主穆太公和他的浪荡公子穆文光"白屋发迹"的故事。故事本身所具有的强烈喜剧色彩又靠着嘲讽的手法、调侃的笔调和亦庄亦谐、诙谐幽默的语言发挥得淋漓尽致，使人在捧腹大笑的同时深感到作者于滑稽之中寄寓的强大的讽刺和揭露力量，也恰恰反映出其书名"以文照世"的题旨。

故事的主人公是穆太公和他的儿子穆文光。这是一对思想、性格绝然相反的父子畸形人物。作者主要是通过对这两个人物言行与遭际的对比刻画来展示故事情节、开掘题材深意的。

穆太公是一个典型的封建小地主与旧式小商人的混合体。首先，他具有封建地主阶级的本性，表现为极强的发家致富欲与吝啬成癖的性格特征。穆太公发家致富欲望之强烈，超过了他人生的一切需要。为了发家，他"自朝至夜，连身上冷暖，腹内饥饱，都不理会"，自己发奋创业不算，他更把发家的希望寄托在儿子身上。他自己紧衣缩食，却肯于拿出一家人从牙缝里挤出的钱来送儿子去蒙馆读书，一心指望他封官进禄，光宗耀祖。儿子刚十八岁，就早早给他娶了媳妇，巴望他早日繁衍子孙、传续家业。穆太公这种强烈的发家欲望，这种父子代代相接相续、不达目的死不瞑目的恒心，正是封建宗法制社会中实现传统的小农经济社会理想所必经的最典型的奋斗途径。

与穆太公强烈的发家欲紧紧联接在一起的是他的吝啬成癖。他天然地固守着家业要靠一根柴一把米地积攒起来的传统小农经济观念，忠实地信奉勤俭为本的生财之道，严格地恪守着勤俭持家的生活原则。然而，他的节俭观表现于持家之严上，已经到了超常甚至反常的地步。他不但把自己和家人对物质生活的欲望都苛刻地压抑到只够维持生命运动的最低状态，而且还大有"连身上冷暖、腹内饥饱，都不理会，把自家一个血肉身体，当做死木槁灰"之意。物质生活上的严苛自制、自虐乃至自戕，使他天然地固守着封建小农经济的生活方式。作者在概括描写的基础上，选取了一个高度典型情节，穆太公去崔题桥亲家处寻找儿子时的所作所为，把这位吝啬成癖的土财主性格特征刀削斧凿、维妙维肖地刻画了出来。他坚辞亲家母留饭邀请，打的是"我不吃他的，他日后也别想吃我的"这如意小算盘，他竟然还有自己的"理论根据"，道是"亲家公是一世相与的。若次次款待，连家私也要吃穷半边"；途中专程到半山村去买廉价的食盐，见那包盐的大荷叶也要多讨一个，一丝一毫的小便宜也不肯放过；尤其写到他半路忽要大解的一段，更是噱头迭出。为了不把这"自家贩本钱酿成的""一宗宝货"遗在路边，他在着实憋忍不住之时，竟能不失时机地突生奇招妙法，把那贪小便宜多要来的一张荷叶派了最重要的大用场——用它来承接了腹中那宗"宝货"，四面一兜，用稻草一扎，把"宝货"牢牢靠靠地包裹妥当，带回家去。自己排泄的一脬屎尿竟都如此视作家珍，纳入发家计划之中，不顾香臭亲捧回去，倾入自家的"聚宝盆"。至此，作者的一支谐谑之笔已是欲罢不能。紧接着写出了路遇亲家慌中出错抛盐留粪，儿媳事炊盐变"稀酱"，老翁失色，造化黄狗，"两宝"俱失，悔恨交加等一系列令人笑倒的情节。这其中，作者将夸张的漫画化描写与绝顶真实的心理描写水乳交融地融汇在一起，把穆太公的吝啬狂本性暴露无余。例如，写穆太公路遇亲家，由于"爱惜体面"而匆匆错将盐包当粪包扔下涧中，回家后发现掉错了包，立时"吓得脸都失色"，又恐自己一时眼花，再次凑近那包臭"稀酱""端详一次"，这些动作描写简直近乎闹剧，然而，由此而反映出的内心活动却是真实而深切的——"白白将一包银子丢在水里也不响"，自己真成了"不会做人家的老狗骨头"。在他的心目中人活着就是为自家积累财富，反之，则连狗不如。这就深刻地揭示了穆太公们的人生价值观。又如，当穆太公一怒之下掷掉那辛辛苦苦捧回来的粪包，恰被一只黄狗肥肥地美餐一顿后，老吝啬鬼"失盐"的痛心又立时转移到"失屎"，望着大吞大嚼的黄狗已无回天之力，只能"目瞪口呆"，眼巴巴地看着又失了一宗"宝货"。作家的笔墨是何等滑稽幽默而又不失刻薄，然而紧接着的责骂自己未能将自身生产的这件"生财之物"倾在自家粪坑中，而便宜了老黄狗的心理描写，却又完全符合着穆太公的心理逻辑，真切地道出了穆太公们的生活准则与发家观。如此，穆太公这一人物外在形态上是滑稽可笑的。作者尽兴泼墨，大肆渲染，甚至不惜以闹剧手法将其吝啬狂的本性夸张突出到最大极限。然而，穆太公又绝不是一个小丑式的人物，他吝啬性格的心理依据得到了深入的开掘，使读者透过那滑稽可笑的外表看到了他卑微可怜的内心世界。从而使他的人格本性又带上了悲剧色彩——这正是作者幽默艺术的深刻性之所在。

除了悭吝的本性与克制、泯灭物质享受欲的生活方式等作为封建小地主的典型性格特征外，穆太公的人格还表现出另一方面的显著特征，那就是作为一个商人的市场经济观念。应该说，在明末清初逐渐兴旺起来的商业文化开始向广大农村侵淫的过程中，穆太公所受启蒙较早，对世势的变化具有着相当的敏感性。这种商品意识和商业敏感性，主要表现在他对粪便商品价值的发掘上。中国传统的农耕经中有"庄稼一支花，全靠粪当家"的俗令，而积肥的主要方式是自家自户个体式背筐拾粪。穆太公的与众不同之处在于他并没有把注意力集注在拾粪肥田上，而是从城里道旁的粪坑公厕受到启发，敏锐地发现了被人随处遗洒的粪便的商品价值，并旋即设计出了既能够受到乡民欢迎，又可以微本获取重利的粪坑生意方案。穆太公此举看似平常，然而它在明清之际中国农村封建经济的汪洋大海之中，却具有突破自给自足的小农经济的一统天下，引入商品意识、自由贸易观念的不平凡意义。从这种意义上看，穆太公这个商人与中国农村中开小杂货店、小油盐店等生活日用品的旧式小商人不同，他们很少有商品观念，竞争意识，而且只是小本经营，以此为生计，而很少可能借此发家兴业的。应该说穆太公是具有新的商业眼光的农村新商人，他认识到当时在农村做粪生意"强似做别样生意"，正表现出他在货源的充分、投资的低廉、市场需求的迫切等方面的精明预算与准确把握。

穆太公的商品意识和商业竞争意识，更主要的表现在他的经营思想和手段之中。与传统的旧式农村小商人不同，他绝不满足于贩进货物坐等客来，而是大张旗鼓，大兴土木，大造声势，大肆宣传。对自身物质生活悭吝成癖的老吝啬鬼，做生意却肯下本钱：雇泥瓦匠将房屋改建成粪屋，掘坑砌墙、粉刷得洁白如雪洞，比乡下人的卧房还洁净漂亮，还专门盖起了女粪屋。穆太公深知，这笔投资是吸引顾客上门的必需。有了这方便清洁的粪屋，才能使乡人肚中的那宗"宝货"无一遗失于穆家新坑之外，即此才能做到财源不断。穆太公在经营手段上也表现出很强的商业观念。日食粥糜、家徒四壁的他，对自己的新坑粪屋竟然大加装璜——粉墙上贴满专门请城里人题写的花花绿绿的诗画斗方，粪屋门前还专门花钱请启蒙先生题写了斋扁，这就既靠附庸风雅抬高了粪屋的声价，又造成了一种巨大声势。再加上他四处广为张贴"报条"，大肆宣传"穆家喷香新坑，奉求远近君子下顾，本宅愿贴草纸"，无异于遍做广告。且不言那粪坑是否"喷香"，只白贴草纸一项就引动了多少人去登东的热心！

经营手段的彻底商业化与自由竞争意识是紧密联系着的。穆太公正是在资本主义工商业大举向我国自给自足的封建农业经济文明侵淫过程中，较早地萌动出自由竞争意识的代表人物。这种自由竞争意识一方面表现在对待顾客的态度上，一方面表现在对待同行的态度上。穆太公深知顾客是他的衣食父母的道理，所以他对顾客的态度是恭谨勤劳的。每天天将亮，就要亲自去粪屋开门下锁，发放草纸，恭候顾客登门。在这里，作者又选取了一个喜剧色彩浓烈的登东客抢夺草纸的情节，于幽默诙谐中突出了穆太公作为典型商人的讨好顾客笼络顾客的如簧巧舌与巧妙手腕。当众人围住穆坑主争抢草纸，他一时急忿抢白了他们几句而引起这些顾客不满，并威胁说要欯分子挖官坑，不再辛辛苦苦吃了自家饭，天明就来给他"生产宝贝"的时候，老头儿见一语道破了他的神机妙算，惊恐之中，顾客即衣食父母的商人意识倏而觉醒，马上换成一副笑脸赔不是："诸兄何必发恼，小老儿开这一张臭口，只当放屁。你们分明是我的施主，若断绝门徒，活活要饿杀我这有胡子的和尚了。"当众人开玩笑要他备饭款待时，他又殷勤许愿虚与周旋："今日先请众位出空了，另日再奉补元气如何？"请看，穆太公为了聚欯"落下地来，就有十足的纹银"的"人肚子里这一桩货物"，竟是这样费尽心机，甚至不顾自己的人格尊严，以讨好顾客，稳定市场，保证商品的最低进价，以维护自己的最大利润。对待同行业中的竞争者，穆太公有着极高的警惕性，也有一定的斗争手腕。他情知竞争对手谷树皮是个无人敢惹的地痞无赖，在他的势力范围——穆家新坑上也敢耀武扬威，大打出手，并扬言要挖官坑抢他的生意。然而，他懂得小不忍则乱大谋的道理，无力公开把对手打败，就要委曲求全，稳住对手，暂求苟且，在夹缝里保住自己的生存空间。

尽管穆太公的身上显示出如此鲜明浓烈的商人气息，然而，在观念形态上，在文化选择上，他毕竟还深深植根于封建正统农业文化的土壤之中。养育子孙，传宗接代，是他信守的家庭伦理法规；读书成名，光宗耀祖，是他尊奉的儒门教子信条；忠厚传家，和气生财，是他躬行的行为准则；就连修个东厕，挖个粪坑，也不能少了诗画斋扁，以标榜不离圣贤儒雅之道。这些封建正统农业文化观念在穆太公身上具有异常的稳定性、顽固性，常常表现为与世风时势的极端不谐调。它们以一种腐朽的形态与穆太公身上所显示出的另一半文化选择——亢奋的、畸型的、新兴商业文化观念相混杂交糅，形成为一种不伦不类、荒唐可笑的文化杂交形态。穆太公作为这种独特的文化载体，他的性格特征，这一形象特有的讽刺意义，正是明末清初时代历史发展过程中社会矛盾的产物与写真。

作品中的另一个主要人物穆文光，与穆太公恰成对比反衬。老子节衣缩食克勤克俭，儿子却好吃懒作，贪图享受；老子惨淡经营，悭吝成癖，儿子却不务正业，赌博成瘾；老子乡居乡业，甘为农村土财主，儿子却迷恋城市，羡艳城中浪荡子。作者通过对穆文光这一人物的塑造，揭示出明末清初城市工商业的兴起发展使市民阶层急遽增长壮大，城市文明也迅速商业化这一现实。通过营业性赌馆这一窗口，作者向我们展示了一个被金钱主宰着的颠狂社会。为了捞获更多的金钱，那些赌徒们把一切都当作了赌注——家庭、亲情、名誉、人格……在这里，赌馆、赌局、"马吊学馆"等的描写都具有了强烈的喻意，整个社会就像一座商业味十足的大赌场，而三家村诗伯门下乡气十足的书呆子穆文光正是在这大赌场中被改造成一个油滑豪横的市井无赖的。作者通过穆文光的全部性格发展史还向我们揭示了明末清初的社会变迁所带来的世风的日下，人情的淡薄，道德的沦丧。为了金钱，封建宗法社会在家族关系中所蒙上的那层温情脉脉的纱幕已被彻底撕碎——金有方官告姐姐被饿死，将姐夫穆太公家产一抢而光；穆太公同意儿子进城入学，为的是儿子可以吃金有方家的饭，读自家的书。为了金钱，尔虞我诈之风遍起——穆文光骗取父亲的银子去城里入盟了"马吊学馆"；徐公子因赌博输了钱，就要借"齿爵"匾扁一事讹诈穆家一大笔银子，其中谋计者，行事者，帮闲者也都要从中渔利。整个社会就像一个苍蝇逐臭的大粪坑，穆文光、金有方们就是那粪坑里滋生出的几只大苍蝇。特别值得一提的是，那只懂得掉弄八股酸文的糊涂县官竟然将穆文光视为奇才而大加奖掖，使其不但自己出人头地，老子穆太公也赖以保全了家业，光耀了门庭，当上了"老封君"。穆文光的能"白屋发迹"其实是瞎猫碰上了死耗子，而这死耗子之所以能碰上瞎猫，正是那被金钱搅得颠狂了的社会在颠狂中的产物。

《掘新坑悭鬼成财主》通过对穆太公与穆文光父子两代的对比描

写，赤裸裸地展现出在资本主义工商业迅速萌芽发展的明末清初社会机体内的躁动不宁。作者敏锐地发现，不但封建的生产关系受到了挑战和冲击，有如千里溃堤正在一节节地坍塌下去，而且那强固如堡垒的一整套观念，特别是价值观念也受到了猛烈的冲击和挑战。在这动乱无序的社会现实面前，作者的价值观也陷入迷茫，只剩下了嘲笑——向后看他嘲笑穆太公们的悭吝保守，向前看他嘲笑穆文光们的拜金主义。社会到底应该怎样发展，他并不清楚。只图"绘一时之人情，妍媸不爽其极，善恶直剖其隐"，做些道德评价，和大多数拟话本小说一样，寓以警世劝谕罢了。

以写实与诙谐幽默相结合的手法，以揶揄调侃的语言格调，使全作在强烈的喜剧色彩中显示出比愤怒的谴责还要撼人的反讽力量，这正是《掘新坑悭鬼成财主》的鲜明的艺术特征。作品中还有部分描写显得庸俗浅露，对穆文光骁勇机智地为父报仇、文惊县宰等描写也不符合人物性格发展的逻辑，多属败笔。

（吕智敏）

首阳山叔齐变节

　　昨日，自这后生朋友把那近日大和尚的陋相说得尽情透快，主人煮豆请他，约次日再来说些故事，另备点心奉请。那后生果然次日早早坐在棚下。内中一人道："大和尚近来委实太多[1]，惹人厌恶。但仁兄嘴尖舌快，太说得刻毒。我们终日吃素看经，邀人做会[2]，劝人布施[3]，如今觉得再去开口也难，即使说得乱坠天花，人也不肯信了。今日不要你说这世情的话[4]，我却考你一考。昨日主人翁煮豆请你，何不今日把煮豆的故事说一个我们听听，也见你胸中本领，不是剿袭来的世情闲话也[5]。"那后生仰天想了一想，道："不难不难。古诗有云：'煮豆燃豆萁，豆在釜中泣；本是同根生，相煎何太急。'此曹子建之诗。子建乃三国时魏王曹操之子。弟兄三人，伯曰曹丕，字子桓，仲曰曹彰，字子文，季曰曹植，字子建，乃是嫡亲同胞所生。曹彰早已被曹丕毒药鸩害了。子建高才，曹丕心又忌刻，说他的诗词俱是宿构现成记诵来的。彼时偶然席上吃那豆子，就以豆子为题教他吟诗一首。子建刚刚走得七步，就把煮豆之诗朗朗吟出。五言四句，二十个字，其中滋味关着那兄弟相残相妒之意，一一写出。曹丕见他如此捷才，心益妒忌。其如子建才学虽高，福气甚薄，不多时也就死了。天下大统都是曹丕承接。可见才与福都是前生定的，不必用那残忍忌刻，徒伤了兄弟同气之情[6]。这是三国时事，偶因豆棚之下正及煮豆之时，就把豆的故事说到弟兄身上。其实天下的弟兄和睦的少、参商的多[7]。

"三国前边有个周朝[8]。周文王之子[9]、武王之弟周公旦[10]，乃是个大圣人。武王去世，他辅着成王幼主坐了天下[11]。周公摄行相事，真心实意为着成王，人人都是信的。独有弟兄行中有个管叔[12]，他虽是与周公同胞生将下来，那肚肠却是天渊相隔。周公道是自家弟兄，心腹相托，叫他去监守着殷家子孙[13]。那知管叔乘着监殷之举，反纠合蔡叔[14]、霍叔[15]，捏造许多流言，说周公事权在握，不日之间将有谋叛之心，却于孺子成王有大不利之事。周公在位，听了这些不利之言，寝食不安。梦寐之间，心神魊魅[16]，也就不敢居于相位。当在商末之世，四方未服，朝廷京东适值起了一股人马，在商说是义兵，在周道是顽民，周公也就借个东征题目，领了人马坐镇东京[17]，正好避那流言之意[18]。彼时流言四布，不知起于何人之口，周公也不忍疑心在管叔身上。后来成王看见管叔与蔡叔、霍叔都帮着商家武庚干事[19]，才晓得乃是奸党流言。况且打开金縢柜中[20]，看见父亲武王大病之时，周公曾纳一册，愿以身代，方晓得周公心曲。青天白日，无一毫瞒昧难明之事。先日周公居东之时，大风大雨，走石飞砂，把郊外大树尽行吹倒，或是连根拔了起来。是日成王迎请周公归国，那处处吹倒之树，仍旧不扶自起。此见天地鬼神亦为感动。若是当谤言未息之日，周公一朝身死，万载千秋也不肯信。可见一个圣人，遇着几个不好的弟兄也就受累不小。此又是周时一个弟兄的故事。

"还有一个故事，经史上也不曾见有记载，偶见秦始皇焚烧未尽稗官野史中[21]，却有一段奇事。即在周朝未定之时，商朝既烬之日，有昆仲两个[22]，虽是同胞，却有两念，始虽相全，终乃相离。乃兄叫做伯夷[23]，令弟叫做叔齐[24]。他是商朝分封一国之君[25]，祖为墨胎氏，父为孤竹君。夷、齐二人一母所生，原是情投意合，兄友弟敬的。只因伯夷生性孤僻，不肯通方[26]，父亲道他不近人情，没有容人之量，立不得君位，承不得宗祧[27]。将死之时，写有遗命，道叔齐通些世故，谙练民情，要立叔齐为君。也是父命如此，那叔齐道：'立国立长，天下大义。父亲虽有遗命，乃是临终之乱命。'依旧逊那伯夷。那伯夷又道：'父亲遗命如何改得？'你推我逊不已，相率而逃。把个国君之位看得弃如敝屣[28]，却以万古纲常为重了[29]。忽因商纣无道，武王兴兵来伐。太公吕望领了军马前来[30]，一路人民无不倒戈归顺，还拿着箪食壶浆，沿路恭迎。不消枪刀相杀，早已把天下定了。伯夷、叔齐看见天命、人心已去，思量欲号召旧日人民起个义师，以图恢复，却也并无一人响应，这叫做孤掌难鸣，只索付之无可奈何。彼时武王兴师，文王去世，尚未安葬。夷、齐二人暗自商量道：'他是商家臣子，既要仗义执言，夺我商家天下，把君都弑了。父死安葬为大，他为天下，葬父之事不题，最不孝了。把这段大义去责他，如何逃闪得去！'正商议间，那周家军马早已疾如风雨，大队拥塞而来，夷、齐看得不可迟缓，当着路头，弟兄扣马而谏道：'父死不葬，爰及干戈，可谓孝乎？以臣弑君，可谓仁乎？'这两句话说将过去，说得武王开口不得。左右看见君王颜色不善，就要将刀砍去。刚得太公与武王并马而驰。武王所行之师，乃是吊民伐罪之师[31]。太公急把左右止住，心里也知是夷、齐二人，不便明言，只说：'此义士也，不可动手。'急使人扶而去之。夷、齐只两句话，虽然无济于事，那天地纲常伦理却一手揭出，表于中天。那天下人心，晓得大义的，敢就激得动了。其如纣王罪大恶极，人心尽去，把这两句依旧如冰炭不同炉的。夷、齐见得如此，晓得都城村镇，处处有周家兵守住，无可藏身。倘或将这有用之驱无端葬送，不若埋踪匿迹，留着此身，或者待时而动也不可知。左思右算，只得鼓着一口义气，悄悄出了都门，望着郊外一座大山投奔而去。

"此山唤名首阳，即今蒲州地面[32]。山上有七八十里之遥，其中盘曲险峻，却有千层。周围旷野，何止一二百里？山上树木稀疏，也无人家屋宇，只有玲珑孤空岩穴可以藏身；山头石罅，有些许薇蕨之苗[33]，清芬叶嫩，可以充饥；涧底岩阿，有几道飞瀑流泉，澄泓寒冽，可以解渴。夷、齐二人只得输心贴意，住在山中。始初只得他弟兄二人，到也清闲自在。那城中市上的人也听见夷、齐扣马而谏，数语说得词严义正，也便激动许多的人，或是商朝在籍的缙绅[34]、告老的朋友，或是半尴不尬的假斯文、伪道学，言清行浊。这一班始初躲在静僻所在，苟延性命，只怕人知；后来闻得某人投诚、某人出山，不说心中有些惧怕，又不说心中有些艳羡，却表出自己许多清高意见，许多黩刻论头[35]。日子久了，又恐怕新朝的功令追逼将来，身家不当稳便。一边打听得夷、齐兄弟避往西山，也不觉你传我，我传你，号召那同心共志的走做一堆，淘淘阵阵，鱼贯而入。犹如三春二月烧香的相似，都也走到西山里面来了。

"且说山中树木虽稀，那豺狼虎豹平日却是多得紧的。始初见些人影，都在那草深树密之处张牙露爪，做势扬威，思量寻着几个时衰命苦的开个大荤。后来却见路上行人稠稠密密，那些孽畜也就疑心起来，只道来捉他们的，却也不见网罗枪棒。正在踌躇未定之间，只见走出一个二三尺高、庞眉皓齿、白发银须老汉，立在山嘴边叫道：'那些孽畜过来听我分付：近日山中来了伯夷、叔齐二人，乃是贤人君子，不是下贱庸流。只为朝廷换了新主，不肯甘心臣服，却为着千古义气相率而来。汝辈须戢毛敛齿，匿迹藏形，不可胡行妄动'，那众兽心里恍然大悟，才晓得如今天下不姓商了。因想道：'我辈虽系畜类，具有性灵，人既旧日属之商家，我等物类也是践商之土，茹商之毛，难道这段义气只该夷、齐二人性天禀成，我辈这个心境就该顽冥不灵的么?'只见虎豹把尾一摆，那些獾狗狐狸之属，也俱鼓着一口义气，齐往山上衔尾而进，望着夷、齐住处躬身曲体，垂头敛足，俱像守户之犬；睡在山凹石洞之中，全不想扑兔寻羊、追獐超鹿的勾当。后来山下之人，异言异服、奇形怪状，一日两日越觉多了。伯夷的念头介然如石，终日徜徉啸傲，拄杖而行，采些薇蕨而食，口里也并不道个饥字。看见许多人来挨肩擦背，弄得一个首阳本来空洞之山，渐渐挤成市井。伯夷也还道：'天下尚义之人居多，犹是商朝一个好大机括[36]。不料叔齐眼界前看得不耐烦，肚腹中也枵得不耐烦，一日幡然动念道：'此来我好差矣！家兄伯夷乃是应袭君爵的国主，于千古伦理上大义看来，守着商家的祖功宗训是应该的。那微子奔逃[37]，比干谏死[38]，箕子佯狂[39]，把那好题目的文章都做去了。我们虽是河山带砺[40]，休戚世封，不好嘿嘿蚩蚩，随行逐队，但我却是孤竹君次子，又比长兄不同，原可躲闪得些。前日撞着大兵到来，不自揣量，帮着家兄，触突了几句狂言，几乎性命不免，亏得军中姜太公在内，原与家兄东海北海大老一脉通家[41]，称为义士，扶弃道傍，才得保全，不然这条性命也当孤注一掷去了。如今大兵已过，眼见得商家局面不能瓦全。前日粗心浮气，走上山来，只道山中惟我二人，也还算个千古数一数二的人品。谁料近来借名养傲者既多，而托隐求征者益复不少，满山留得些不消耕种、不要纳税的薇蕨赏粮，又被那会起早占头筹的采取净尽[42]。弄得一付面皮薄薄浇浇，好似晒干瘪的菜叶，几条肋骨弯弯曲曲，又如破落户的窗棂。数日前也好挺着胸脯，装着膀子，直撞横行。怎奈何腰胯里、肚皮中软当当、空洞洞，委实支撑不过。猛然想起人生世间，所图不过"名""利"二字。我大兄有人称他是圣的、贤的、清的、仁的、隘的，这也不枉了丈夫豪杰。或有人兼着我说，也不过是顺口带契的。若是我趁着他的面皮，随着他的跟脚，即使成得名来，也要做个趁闹帮闲的饿鬼。设或今朝起义，明日兴师，万一偶然脚踢手滑，未免做了招灾惹祸的都头[43]。如此算来，就像地上拾着甘蔗楂的，渐渐嚼来，越觉无味。今日回想，犹喜未迟。古人云'与其身后享那空名，不若生前一杯热酒。'此时大兄主意坚如金石，不可动摇，若是我说明别去，他也断然不肯。不若今日乘着大兄后山采薇去了，扶着这条竹杖，携着荆筐，慢慢的挨到山前，观望观望，若有一些空隙，就好走下山去。

"彼时伯夷早已饿得七八分沉重，原不提防着叔齐。叔齐却是怀了二心多日，那下山的打扮先已装备停当，就把竹杖、荆筐随地搬下，身上穿着一件紫花布道袍，头上带着一顶麻布孝巾，脚下踹一双八耳麻鞋，才与山中面貌各别，又与世俗不同。即使路上有人盘问，到底也不失移孝作忠的论头。不说叔齐下山的话，且说那豺狼虎豹，自那日随了夷、齐上山，畜生的心肠到是真真实实守在那里，毫无异念。其中只有狐狸一种，善媚多疑，想也肚里饿得慌了，忽然省悟道：'难道商家天下换了周朝，这山中济济跄跄的人都是尚着义气、毫无改变念头？只怕其中也有身骑两头马、脚踏两来船的，从中行奸弄巧。'一面就唤着几个獐儿、鹿儿、猿儿、兔儿分头四下哨探些风声，打听些响动，报与山君知道[44]。或者捉个破绽，将些语言挑动，得他一个回心转意，我辈也就有肚饱之日了。商量停当，即便分头仔细端探。只见前山树阴堆里遮遮掩掩而来，那些打哨的早已窥见，闪在一边。待他上前觌面看时，打扮虽新，形容不改，原来不是别人，就是前日为首上山的令弟叔齐大人。众兽看见却也吓了一跳，上前一齐抓住，遂作人言道：'叔齐大人，今日打扮有些古怪，你莫不有甚么改易的念头？'叔齐道：'其实不敢相瞒！守到今日也执不得当时的论头了。'众兽道：'令兄何在？'叔齐道：'家兄是九死不渝的，我在下另有一番主意。昨日在山上正要寻见你们主人，说明这段道理，约齐了下山。不料在此地相会，就请到这山坡碎石间上大家坐了，与你们说个爽快。就烦将此段情节转达山君，一齐都有好处。'众兽听见叔齐说得圆活，心里也便松一松，就把衣服放了，道：'请教，请教。'叔齐道：'我们乃是商朝世胄子弟[45]，家兄该袭君爵，原是与国同休的。如今尚义入山，不食周粟，是守着千古君臣大义，却应该的。我为次子，名分不同，当以宗祠为重[46]。前日虽则随了入山，也不过帮衬家兄进山的意思。不日原要下山，他自行他的志，我自行我的事。不消说，我懊悔在山住这几时。如众位及山君之辈，既不同于人类，又不关系纲常，上天降生汝辈，只该残忍惨毒，饮血茹毛，原以食人为事。当此鼎革之际[47]，世人的前冤宿孽消弭不来，正当借重你们爪牙吞噬之威，肆此吼地惊天之势，所谓应运而兴，待时而动者也。为何也学了时人虚骄气质，口似圣贤，心同盗跖[48]，半醒半醉，如梦如痴，都也聚在这里，忍着腹枵，甘此淡薄，却是错到底了。你们速速将我这段议论与山君商酌，他自然恍然大悟。想了我这段好话，万一日后世路上相逢，还要拜谢我哩！'众兽听了这一番说话，个个昂头露齿，抖擞毛皮，搀天扑地，快活个不了。叔齐也就立起身拱手道：'你们却去报与山君知也。'众兽一齐跳起，火速星飞，都不见了。叔齐伸头将左右前后周围一看，道：'我叔齐真侥幸也！若不是这张利嘴满口花言，几根枯骨几乎断送在这一班口里，还要憎慊瘟虱气哩。'

"叔齐从此放心乐意，踹着山坡，从容往山下走了二三十里，到一市镇人烟凑集之处，只见人家门首俱供着香花灯烛，门上都写贴'顺民'二字。又见路上行人有骑骡马的，有乘小轿的，有挑行李的，意气扬扬，却是为何？仔细从旁打听，方知都是要往西方朝见新天子的。或是写了几款条陈去献策的[49]，或是叙着先朝旧职求起用的，或是将着几篇歪文求征聘的，或是营求保举贤良方正的，纷纷奔走，络绎不绝。叔齐见了这般热闹，不觉心里又动了一个念头道：'这些纷纷纭纭走动的，都是意气昂昂，望着新朝扬眉吐气，思量做那致君泽民的事业，只怕没些凭据，没些根脚，也便做不出来。我乃商朝世臣，眼见投诚的官儿都是我们十亲九戚，虽然前日同家兄冲突了几句闲话，料那做皇帝的人决不把我们锱铢计较[50]。况且家兄居于北海之滨，曾受文王养老之典，我若在朝，也是一个民之重望，比那些没名目小家子骗官骗禄的，大不相同矣！'一边行路，一边思想。正在虚空横拟之际，心下十分暄热，抬头一望，却见五云深处缥缈皇都。叔齐知道京城不远，也就近城所在寻个小寓，暂且安身，料理出山之事。诸般停当，方敢行动。整整在那歇客店里想了一夜。

"次日正要到那都城内外觅着乡亲故旧，生发些盘费，走不上一二里路，只见西北角上一阵黑云推起，顷刻暗了半天，远远的轰轰烈烈，喧喧阗阗[51]，如雷似电，随着狂风卷地而来。叔齐也道是阵暴风疾雨陡然来的，正待要往树林深处暂为躲避，那知到了面前，却是一队兵马。黑旗黑帜、黑盔黑甲，许多兵将也都是黑袍、黑面的。叔齐见了，先已闪得神魂颠倒。不料当着面前大喊一声道：'拿着一个大奸细也！'不由分说，却把叔齐苍鹰扑兔相似一索捆了，攒着许多刀斧手，解到营内。叔齐还道是周家兵马，大声喊道：'我是初出山来投诚报效的！'上边传令道：'既是投诚报效的，且把绳索松了！'叔齐神魂方定，抬头一看，只见上面坐的都是焦头烂额、有手没脚、有颈无头的一班阵上伤亡。中间一人道：'你出身投诚报效，有何本事？'叔齐也就相机随口说道：'我久住山中，能知百草药性，凡人疾病，立能起死回生。'众伤亡听见这话，正在负痛不过的时节，俱道：'你有药，速速送上来，替我辈疗治一治，随你要做甚么官都是便的。'言之未已，忽见左班刀斧手队里走出一人，上前将叔齐头上戴的孝巾一把扯落，说道：'你既要做官，如何戴此不祥之物？就是做了官儿，人也要把你做匿丧不孝理论！'那右班又走出一个人来，把叔齐面孔仔细一认，大叫道：'这是孤竹君之子，伯夷之弟，叫做叔齐。近来脸嘴瘦削，却就不认得了。'众人上前齐声道："是，是。若论商家气脉[52]，到是与我们同心合志的。但是这样衣冠打扮，又不见与他令兄同行，其中必有缘故。'中间坐的道：'近来人心奸巧，中藏难测，不可被他逞着这张利口嘴漏了去！'分付众人带去，正待仔细盘诘个明白。叔齐心里才省得这班人就是洛邑顽民了[53]，不觉手忙脚乱，口里尚打点几句支吾的说话，袖中不觉脱落一张自己写的投诚呈子稿儿。众人拾起，从头一念，大家拳头巴掌雨点相似，打得头破脑开。中间的骂道：'你世受商家的高爵厚禄，待你可谓不薄，何反蒙着面皮，败坏心术，就去出山做官！即使做了官儿，朝南坐在那边，面皮上也觉有些惭愧！况且新朝规矩，你扯着两个空拳怎便有官儿到手？如此无行之辈，速速推出市曹[54]，斩首示众！'众人把叔齐依旧捆缚，正要推出动手。且未说毕。

"只说前日众兽得了叔齐这番说话，报与山君，山君省道：

'有理，有理！我辈若忍饿困守山中，到做了逆天之事！'一个个磨牙砺齿，一个奋髯张威，都在山头撼天振地，望着坡下一队一队踯躅而来。行到山下，适值撞着那些顽民营里绑着叔齐押解前来，将次行刑之际。那前队哨探的狐兔早已报与山君道：'前日劝我们出山的叔齐，前途有难。'那山君即传令众兽上前救应，却被那顽民队里将弓箭刀枪紧紧布定。众兽道：'拜上你家头领！叔齐乃是我辈恩主，若要动手，须与我们山君讲个明白。不然我们并力而来，你们亦未稳便！'不一时，那顽民的头目与那兽类的山君，两边齐出阵前，俱各拱手通问一番。然后山君道：'叔齐大人乃我辈指迷恩主，今日正要奉上天功令，度世安民[55]，刈除恶孽，肃清海宇，敷奏太平[56]，你如何把他行害？'那顽民道：'天无二日，民无二王。叔齐乃商朝世勋[57]，他既上欺君父，下背兄长，是怀二心之人。我辈仗义兴师，不幸彼苍不佑，致使我辈沦落无依。然而一片忠诚天日可表，一腔热血万载难枯。今日幸得狭路相逢，若不剿除奸党，任他衣紫腰金[58]，天理何存？王纲何在？'两边俱各说得有理，不肯相让。

"正在舌锋未解之时，只见东南角上祥云冉冉，几阵香风，一派仙乐齐鸣；前有许多珍禽异兽跳跃翱翔，后有许多宝盖幢幡飘摇飞舞；中间天神天将簇拥着龙车凤辇而来，传呼道：'前边畜生饿鬼俱各退避！'那顽民兽类也先打听得来的神道乃是玉皇驾前第一位尊神，号为齐物主，澄世金仙。专司下界国祚兴衰[59]，人生福禄修短[60]，并清算人世一切未完冤债等事。当今国运新旧交接之时，那勾索的与填还的正在归结之际。两边顽民兽类与叔齐见了，一齐跪下，俱各诉说一番。齐物主遂将两边的说话仔细详审，开口断道：'众生们见得天下有商周新旧之分，在我视之，一兴一亡，就是人家生的儿子一样，有何分别？譬如春夏之花谢了，便该秋冬之花开了，只要应着时令，便是不逆天条。若据顽民意见，开天辟地就是个商家到底不成，商之后不该有周，商之前不该有夏了[61]。你们不识天时，妄生意念，东也起义，西也兴师，却与国君无补，徒害生灵！况且尔辈所作所为，俱是肮脏龌龊之事，又不是那替天行道的真心，终甚么用！若偏说尔辈不是把那千古君臣之义便顿然灭绝，也不成个世界。若尔辈这口怨气不肯消除，我与尔辈培养，待清时做个开国元勋罢了。'众顽民道：'我们事虽不成，也替商家略略吐气。可恨叔齐背恩事仇，这等不忠不孝的人，如何容得！'齐物主道：'道隆则隆，道污则污，从来新朝的臣子，那一个不是先代的苗裔[62]？该他出山同着物类生生杀杀，风雨雷霆，俱是应天顺人，也不失个投明弃暗。'众顽民道：'今天下涂炭极矣[63]，难道上天亦好杀耶？'齐物主道：'生杀本是一理，生处备有杀机，杀处全有生机。尔辈当着场子，自不省得！'众顽民听了这番说话，个个点首。忽然虎豹散去，那顽民营伍响亮一声，恍如天崩地裂。那一团黑云、黑雾俱变作黄云，逍遥四散，满地却见青莲万朵，涌现空中。立起身来，却是叔齐南柯一梦。省得齐物主这派论头，自信此番出山却是不差，待有功名到手，再往西山收拾家兄枯骨，未为晚也。"

众人道："怪道四书上起初把伯夷叔齐并称[64]，后来读到'逸民'这一章书后，就单说着一个伯夷了。其实是有来历的，不是此兄凿空之谈[65]。敬服敬服！"

（选自《豆棚闲话》）

［注释］

［1］委实——确实，实在。

［2］做会——佛教徒举行诵经，供佛等仪式。

［3］布施——以财物给人。

［4］世情——民间一般的好尚。

［5］剿袭——抄袭。

　［6］同气——同父母所生的兄弟。

　［7］参商——参（shēn申）、商二星此出则彼没，两不相见，比喻人分离不得相见。后也比喻不和睦。

　［8］周朝——公元前十一世纪周武王消灭商朝后建立。建都于镐（今西安西南沣水东岸）。

　［9］周文王——商朝末年周族的领袖。姬姓，名昌，商纣王时为西伯。他统治时期，平定了一些小国，并建立丰邑为国都，在位五十年。

　［10］周武王——西周王朝的建立者。姬姓，名发，继承其父周文王之志，灭商建立周朝。　周公旦——周武王之弟，名旦。西周初年政治家。武王死后，成王年幼，由他摄政。

　［11］周成王——西周国王。周武王之子，名诵。

　［12］管叔——周武王之弟，名鲜。

　［13］殷家——指商朝的遗民。

　［14］蔡叔——周武王之弟，名度。

　［15］霍叔——周武王之弟，名处。

　［16］臲卼（niè wù 聂悟）——动摇不安，困顿。《易经·困》："困于葛藟，于臲卼。"

　［17］东京——即东都。周武王建都于镐，周成王时周公营建雒邑，作为镇抚东方的政治中心，因称镐为西都，雒邑为东都。

　［18］流言——谣言。

　［19］武庚——商纣王之子，字禄父。周武王灭商后，继续封他为殷君。周公旦摄政时，他勾结管叔等人，联合东方贵族反抗，终为周公平定，他也被杀。

　［20］金縢（téng疼）柜——以金属制成的藏书柜。

　［21］稗官——小官。《汉书·艺文志》："小说家者流，盖出于稗官，街谈巷议，道听途说者之所造也。"因此后来用为小说或小说家的代称。野史——古代私家编著的史书。

　［22］昆仲——称他人兄弟的敬词。

[23] 伯夷——商朝末年孤竹君长子。周武王灭商后他同叔齐逃到首阳山，不吃周粟而饿死。

[24] 叔齐——伯夷的弟弟。

[25] 分封——古代帝王分地以封赏诸侯。

[26] 通方——相互沟通。

[27] 宗祧（tiāo 挑）——指宗庙。

[28] 敝屣——破鞋。比喻不足珍贵的东西。

[29] 纲常——"三纲五常"的简称。朱熹说："纲常万年，磨灭不得。"

[30] 吕望——姜姓，吕氏，名尚。辅佐周武王灭商有功，封于齐，为齐国的始祖。有太公望、姜太公之称。

[31] 吊民伐罪——慰问被压迫的老百姓，讨罚有罪的统治者。

[32] 蒲州——州名。在今山西永济县西。

[33] 薇蕨——两种植物名。即大巢菜，蕨菜。

[34] 缙绅——旧时官宦的代称。

[35] 谿刻——苛刻。

[36] 机括——机，弩的发箭器；括，矢末扣弦之处。此处意指复兴商朝的武装。

[37] 微子——周代宋国的始祖，名启，是商纣王的庶兄。周武王灭商时，向周乞降，后受封于宋。

[38] 比干——商朝贵族。纣王的叔父，官少师。传说因劝谏纣王而被剖心而死。

[39] 箕子——商朝贵族。纣王的诸父，官太师。

[40] 河山带砺——《史记·高祖功臣侯者年表》："封爵之誓曰：'使河如带，泰山若砺，国以永宁，爰及苗裔'。"后用此比喻久远。

[41] 通家——世交。

[42] 头筹——指抢先的人。

[43] 都头——军职名。宋代以后降为下级军官，州县的捕头也称都头。

［44］山君——老虎。旧以虎为山兽之王，故名。

［45］世胄——贵族后裔。

［46］宗祠——家庙。此处指传递香火。

［47］鼎革——旧时多指改朝换代。

［48］跖（zhí 直）——人名。春秋战国时人民起义领袖。旧被诬称为"盗跖"。

［49］条陈——《汉书·李寻传》："臣谨条陈所闻"。后把向上级分条陈述意见的文件称作条陈。

［50］锱铢（zī zhū 资朱）计较——斤斤计较。

［51］喧阗（tián 田）——声音大而杂，喧闹。

［52］气脉——气运，命运。

［53］洛邑——古都邑名。周成王时为了巩固对东方殷故土的统治，在周公主持下所筑。在今洛阳市洛水北岸。

［54］市曹——商肆集中的地方。

［55］度世——意为脱离现世。

［56］敷奏——陈述，铺张。

［57］世勋——贵族后裔。

［58］衣紫腰金——指在朝廷做官。唐制三品以上服紫，赐金鱼袋。

［59］国祚（zuò 作）——犹言国运。祚，福气。

［60）修短——长短。

［61］夏——我国历史上第一个朝代。相传为夏后氏部落首领禹的儿子启所建立的奴隶制国家，建都阳城（今河南登封东），安邑（今山西夏县西北）等地。

［62］苗裔——后代。

［63］涂炭——《书·仲虺之诰》："有夏昏德，民坠涂炭。"孔传："民之危险，若陷泥坠火。"旧常用"生灵涂炭"，来形容人民处于极端痛苦的境地。

［64］四书——《大学》《中庸》《论语》《孟子》的合称。

［65］凿空——根据不足，凭空。

[鉴赏]

《首阳山叔齐变节》选自清朝作家艾衲居士的短篇小说集《豆棚闲话》。关于该书的作者，赵景深《中国小说丛考》认为是清初浙江人，胡士莹《话本小说概论》则认为是清初钱塘人，说法不一，至今尚无定论。但无论是浙江人还是钱塘人，作者为清初人是无疑的，但真实姓名已无可考。由于小说作者经历了明清鼎革之变，作为明朝遗民，他痛恨明末官场腐败，世风日下，人情浇薄的社会现象，同时对那些投靠清朝政府的明末士大夫、文人更是嗤之以鼻。书中不少篇目直接鞭笞了这一群封建文人，一些篇目还揭露了明末政治的腐败以及人情世风的堕落。《首阳山叔齐变节》就是借古喻今，"新编"历史故事，以叔齐降周为喻，对那些归附清朝的明末士大夫及文人，竭尽讽刺和抨击，比清人诗句中"一队夷齐下首阳"之讥更有甚者。

小说以武王伐纣灭商兴周为背景，通过伯夷、叔齐对新兴的周王朝的不同态度的描写，深刻揭示了在社会大变革时期，各种人物的不同心态，刻画出了两个性格和思想行为相反的人物形象。

小说中的伯夷是个"生性孤僻，不肯通方"的人，甚至他的父亲都认为他不近人情，临死时遗嘱中也不愿立这个长子做王位继承人。而弟弟叔齐则刚好相反，他"通些事故，谙练民情"，因而其父在遗命中立他为君。在对待父亲的遗嘱上，也反映了二位兄弟的不同态度和不同的性格特征。叔齐认为："立国立长，天下大义。父亲虽有遗命，乃是临终之乱命。"坚辞不就，力让其兄。父命敢违，并以"乱命不从"为借口不肯就位，表现了他的圆滑变通。同时，通过他推辞君位之举，可以看出他还不是那种争权夺利、有机便乘的奸佞小人。伯夷在这个问题上又表现了其固守成命"不肯通方"的性格特征。在弟弟的推让下，他却认为："父亲遗命如何改得。"兄弟俩你推我让，最后干脆谁也不做，相继出走。按理说，伯夷以长子之尊继承王位理所当然，而叔齐有父亲临终遗嘱为令牌，继为国君于理亦通。但他们都重"纲常"而把国君之位"看得弃如敝屣"，表现了古代仁者的大仁大义。然而当武王起兵灭商兴周时，作为商朝遗民，二兄弟又感到自己有复兴国家的责任，也"思量欲号召旧日人民起个义师，以图恢复"商家王朝。这是刚刚亡国时伯夷、叔齐兄弟二人共同的想法，但是由于商王无道，人心尽失，没有一个人响应。尽管是孤家寡人，他们仍然敢于挺身拦住周武王的马指责道："父死不葬，爰及干戈，可谓孝乎？以臣弑君，可谓仁乎？"真称得上大义凛然。但毕竟大势已去，他们也只好承认现实。最后选择了"留着此身，或者待时而动"的守攻策略，隐匿首阳山。

在首阳山藏身期间，作者对伯夷、叔齐二人的表现和思想变化，作了十分精彩的描写，尤其对叔齐欲下山的心态，进行了深入刻画，突出了兄弟二人在思想、性格方面的极大差异。

首阳山盘曲险峻，山上树木稀疏，没有人家。伯夷、叔齐兄弟二人在山上以孤空的岩穴藏身，饿了挖野菜，渴了喝清泉，虽然艰苦了点，也还消闲自在。不久，有些商朝遗民听了伯、叔二人义正辞严斥责武王的消息，个个振奋不已，一下子又激发起了部分人的自尊心，纷纷追随，"犹如三春二月烧香的相似，都也走到西山里面来了。"把个荒野清寂的首阳山，渐渐挤成市井一般。于是山中的野菜也不足以果腹。作者正是巧妙地利用这样一个典型环境，来刻画伯夷、叔齐二人的思想变化，十分具有典型性，取得了很大的讽喻效果。

首先，伯夷在这种情况下，仍然心志坚定，不动不摇。他整天在树林中徜徉啸傲，饿了采些野菜吃，从不考虑饥渴之事。由于他心中怀有匡复商朝，重整旧山河的大志，因而看到来山上的人越来越多，心里把他们作为复国大业的基本力量。有了这个思想动力，他才坐困深山，身受饥寒而不悔。对他矢志不移的义气节操，作者的态度是肯定与赞扬的。

可是，面对野菜也将吃不上的危机，叔齐便有些按捺不住了，于是他的思想开始动摇起来。首先他在心理上尽可能减轻自己对国家的责任，以减少内心的自责。他心想："家兄伯夷乃是应袭君爵的国主，于千古伦理上大义看来，守着商家的祖功宗训是应该的。"那么作为叔齐，推卸了这副重担，似乎就有理由不管旧朝事，到新朝弄个一官半职，至少可以免去饥腹之苦，于理也无大伤。正是因为对前朝责任心的消退，他开始对自己前边的"义举"后怕起来。他的内心活动也相当复杂："前日撞着大兵到来，不自揣量，帮着家兄，触突了几句狂言，几乎性命不免，亏得军中姜太公在内，原与家兄东海北海大老一脉通家，称为义士，扶弃道傍，才得保全，不然这条性命也当孤注一掷去了。"这是一段内心独白，小说中用了一个"撞"字，表示并非自己主动去找武王谏言；接着用了一个"帮"字，表示自己也不是斥责武王的主角；接下来又用"狂言"二字，以深悔自己吐言之失，多有冒犯，仿佛是在对着周武王进行忏悔。这短短数语，淋漓尽致地把叔齐卑鄙的内心世界暴露出来，为写其下山进行了铺垫。其二，虚荣心的失落，也是叔齐下山的一个重要因素。最初他与伯夷上山，一方面是害怕周朝加害于他，二则可以通过此举博个"义士"之名，并没有伯夷那种"待时而动"的志向，完全是从个人利害及名利着眼。现在周朝加害这一点可以排除了，因为好些商朝士大夫已经归降周朝，人身安全可以保证了。加上上山的人越来越多，义士又做不成了，更让他在山上待不下。如他心想："前日粗心浮气，走上山来，只道山中惟我二人，也还算个千古数一数二的人品。谁道近来借名养傲者既多，而托隐求征者益复不少"。就是说，上山的时候，他就缺乏思想准备，如今又做不成"千古人品"，虚荣心被打碎，这也是他下山的一个因素。其三，贵族子弟的养尊处优，使他在艰苦生活面前经受不住考验。这一点与伯夷的对照尤为鲜明。伯夷因为胸怀大志，因而能够坚持，"口里也并不道个饥字"。而他缺乏起码的心理准备，此时就感到"肚皮中软当当、空洞洞，委实支撑不过"了。因此"与其身后享那空名，不若生前一杯热酒"的及时行乐的人生哲学，终于战胜了他，这是他下山的直接原因。

小说中主要描写了伯夷、叔齐两个人物，由于作者心怀郁愤，借古喻今，因而对伯夷着笔不多，把大多的笔墨都集中在了变节的叔齐身上。作者正是通过对叔齐的讥讽，辛辣地嘲弄了那些在清朝统治者面前摇尾乞怜的明末士大夫们。在叔齐身上，体现了这批士大夫的诸多特征，具有很高的典型性。但作者并未把笔停止在鞭打叔齐一人之上，而是在描写叔齐的同时，还不时地对其他投诚新朝骗官骗禄的"遗民"们进行了挖苦。可以说展示了一幅群像，与叔齐互相映衬。如伯、叔二人斥责武王后逃往首阳山，大大激动了一批人。小说中写这些人"或是商朝在籍的缙绅、告老的朋友，或是半尴不尬的假斯文、伪道学，言清行浊。这一班始初躲在静僻所在，苟延性命，只怕人知；后来闻得某人投诚、某人出山，不说心中有些惧怕，又不说心中有些艳羡，却表出自己许多清高意见，许多谿刻论头"。这批人的心态十分复杂，听说某人在新朝作官，既喜又怕；既艳羡又想表现一番清高，此番嘲讽刻画，真是入木三分。正是因为他们的进山，进一步促使叔齐下山。他们的进山动机正如叔齐揭露的那样："借名养傲者既多，而托隐求征者益复不少"。作者运用了尖刻的笔触，对各怀心思的明末遗老遗少们进行了讽喻和鞭挞。

《首阳山叔齐变节》除了成功地运用了讽刺手法之外，还有一个特点，就是借用奇幻荒诞的形式，把天上人间、梦与现实、人与畜类交糅一处，把作品主题表达得更加突出。

叔齐下山首先碰到的就是山中的虎豹畜类。作者运用拟人的手法写道：最初，这些畜类受仙人点拨，"灵性"大发，有感于"义"，觉得自己虽系畜类，但也是"践商之土，茹商之毛"，决心学着夷齐二人，做个商朝义畜。这些虎豹豺狼"自那日随了夷、齐上山，畜生的心肠倒是真真实实守在那里，毫无异念。"相反，作为商朝贵胄的叔齐，却表现得连这些畜生也不如了。这是怎样尖刻的嘲弄与辛辣的讥讽！

然而"狡猾"的狐狸早有先见之明，他根本就不相信这山上的人"都是尚着义气、毫无改变念头"。另一方面，他也是肚里饿得慌，出于动物的本能，也希望有人回心转意下山，让他们抓着，也好吃饱肚子。于是布下哨卡，结果就抓住了叔齐。更具讽刺意味的是，叔齐竟不顾廉耻，给群兽上了生动的一课，他一反仙人的忠义之论，为了讨好群兽、保全自己的性命，也为了给自己的变节进行辩护，竟向兽王进谏：兽类不同于人类，无须顾及纲常，当放纵兽性，大肆食人，才算得上"应运而兴，待时而动"。这就让叔齐揭下了自己"尚义"的假面，露出了他禽兽不如的投机变节者的可耻嘴脸。这就把小说推向了高潮，主人公的思想性格又向前推进了一步，从而使整个人物性格发展的脉络清晰，层次分明。小说最后由天神出面，调节畜牲与顽民之间关于杀不杀叔齐的矛盾，反映了作者对现实的一种无可奈何。

《首阳山叔齐变节》在话本小说中独具特色。小说的入话是由一组两个独立完整的故事组成，而这些故事的内容都是关于两兄弟的。第一个故事是写曹操的儿子曹丕和曹植之间的矛盾，第二个故事是写周文王的儿子周公与其弟兄们之间的矛盾。从故事的内容看，曹操诸子与周公诸弟兄毫不相干，但二者由一个中心话题联结起来："天下的弟兄和睦的少、参商的多。"第三个故事开始便说道："还有一个故事，经史上也不曾见有记载……"初看起来，似乎觉得入话还在继续，但这个故事却是小说的正话。其内容也是关于两兄弟的。这些故事谈古论今，互相映衬，纵横发挥，因此可以说它是入话的进一步扩大。小说前以人们在豆棚中闲话豆子引出话题，结尾时人们又回到豆棚中作为结束，这种结构在话本小说中是极为罕见的。对话本小说的研究，具有很大的参考价值。

（王　若）

罗刹海市

清·蒲松龄

马骥，字龙媒，贾人子[1]。美丰姿。少倜傥[2]，喜歌舞。辄从梨园子弟[3]，以锦帕缠头，美如好女，因复有"俊人"之号。十四岁，入郡庠[4]，即知名。父衰老，罢贾而居。谓生曰："数卷书，饥不可煮，寒不可衣。吾儿可仍继父贾。"马由是稍稍权子母[5]。

从人浮海，为飓风引去[6]。数昼夜，至一都会，其人皆奇丑；见马至，以为妖，群哗而走。马初见其状，大惧；迨知国人之骇己也，遂反以此欺国人。遇饮食者，则奔而往；人惊遁[7]，则啜其余[8]。久之，入山村。其间形貌亦有似人者，然褴褛如丐。马息树下，村人不敢前，但遥望之。久之，觉马非噬人者[9]，始稍稍近就之。马笑与语。其言虽异，亦半可解。马遂自陈所自[10]。村人喜，遍告邻里："客非能搏噬者。"然奇丑者望望即去，终不敢前；其来者，口鼻位置，尚皆与中国同，共罗浆酒奉焉。马问其相骇之故。答曰："尝闻祖父言：'西去二万六千里，有中国，其人民形象率诡异[11]。'但耳食之[12]，今始信。"问其何贫，曰，"我国所重，不在文章，而在形貌。其美之极者，为上卿[13]；次任民社[14]；下焉者，亦邀贵人宠^[15]，故得鼎烹以养妻子^[16]。若我辈初生时，父母皆以为不祥，往往置弃之；其不忍遽弃者，皆为宗嗣耳。"问："此名何国？"曰："大罗刹国。都城在北去三十里。"马请导往一观。于是鸡鸣而兴，引与俱去。

天明，始达都。都以黑石为墙，色如墨。楼阁近百尺。然少瓦，覆以红石；拾其残块磨甲上，无异丹砂。时值朝退，朝中有冠盖出，村人指曰："此相国也^[17]。"视之，双耳皆背生，鼻三孔，睫毛覆目如帘。又数骑出，曰："此大夫也。"以次各指其官职，率狰狞怪异；然位渐卑，丑亦渐杀。无何，马归，街衢人望见之，噪奔跌蹶^[18]，如逢怪物。村人百口解说，市人始敢遥立。既归，国中无大小，咸知村有异人，于是缙绅大夫^[19]，争欲一广见闻，遂令村人邀马。然每至一家，阍人辄阖户^[20]，丈夫女子窃窃自门隙中窥语；终一日，无敢延见者。村人曰："此间一执戟郎^[21]，曾为先王出使异国，所阅人多，或不以子为惧。"造郎门。郎果喜，揖为上宾。视其貌，如八九十岁人。目睛突出，须卷如猬。曰："仆少奉王命，出使最多；独未尝至中华。今一百二十余岁，又得睹上国人物，此不可不上闻于天子。然伏卧林下，十余年不践朝阶^[22]，早旦为君一行。"乃具饮馔，修主客礼^[23]。酒数行，出女乐十余人，更番歌舞^[24]。貌类夜叉，皆以白锦缠头，拖朱衣及地；扮唱不知何词，腔拍恢诡^[25]。主人顾而乐之。问："中国亦有此乐乎？"曰："有。"主人请拟其声，遂击桌为度一曲。主人喜曰："异哉！声如凤鸣龙啸，得未曾闻。"翌日^[26]，趋朝，荐诸国王。王欣然下诏。有二三大臣，言其怪状，恐惊圣体。王乃止。郎出告马，深为扼腕^[27]。居久之，与主人饮而醉，把剑起舞，以煤涂面作张飞。主人以为美，曰："请君以张飞见宰相，宰相必乐用之，厚禄不难致。"马曰："嘻！游戏犹可，何能易面目图荣显？"主人固强之，马乃诺。主人设筵，邀当路者饮[28]，令马绘面以待。未几，客至，呼马出见客。客讶曰："异哉！何前媸而今妍也！"遂与共饮，甚欢。马婆娑歌"弋阳曲"[29]，一座无不倾倒。

明日，交章荐马。王喜，召以旌节[30]。既见，问中国治安之道，马委曲上陈，大蒙嘉叹，赐宴离宫[31]。酒醰，王曰："闻卿善雅乐，可使寡人得而闻之乎？"马即起舞，亦效白锦缠头，作靡靡之音。王大悦，即日拜下大夫。时与私宴，恩宠殊异。久而官僚百执事[32]，颇觉其面目之假；所至，辄见人耳语，不甚与款洽[33]。马至是孤立，恫然不自安[34]。遂上疏乞休致[35]，不许；又告休沐，乃给三月假。于是乘传载金宝[36]，复归山村。村人膝行以迎。马以金资分给旧所与交好者，欢声雷动。村人曰："吾侪小人受大夫赐，明日赴海市，当求珍玩，以报大德。"问："海市何地？"曰："海中市，四海鲛人集货珠宝[37]；四方十二国均来贸易。中多神人游戏。云霞障天，波涛间作。贵人自重，不敢犯险阻，皆以金帛付我辈，代购异珍。今其期不远矣。"问所自知，曰："每见海上朱鸟往来，七日即市。"马问行期，欲同游瞩。村人劝使自重。马曰："我顾沧海客[38]，何畏风涛？"

未几，果有踵门寄资者，遂与装资入船。船容数十人，平底高栏。十人摇橹，激水如箭。凡三日，遥见水云幌漾之中[39]，楼阁层叠；贸迁之舟[40]，纷集如蚁。少时，抵城下。视墙上砖皆长与人等，敌楼高接云汉[41]。维舟而入[42]，见市上所陈，奇珍异宝，光明射眼，多人世所无。一少年乘骏马来，市人尽奔避，云是"东洋三世子[43]"。世子过，目生曰："此非异域人。"即有前马者来诘乡籍[44]。生揖道左，具展邦族。世子喜曰："既蒙辱临，缘分不浅！"于是授生骑，请与连辔[45]。乃出西城。方至岛岸，所骑嘶跃入水。生大骇失声，则见海水中分，屹如壁立。俄睹宫殿，玳瑁为梁[46]，鲂鳞作瓦[47]；四壁晶明，鉴影炫目。下马揖入。仰见龙君在上。世子启奏："臣游市廛[48]，得中华贤士，引见大王。"生前拜舞。龙君乃言："先生文学士，必能衙官屈宋[49]。欲烦椽笔赋'海市'[50]，幸无吝珠玉[51]。"生稽首受命。授以水精之砚，龙鬣之毫[52]，纸光似雪，墨气如兰。生立成千余言，献殿上。龙君击节曰："先生雄才，有光水国多矣！"遂集诸龙族，宴集采霞宫。酒炙数行，龙君执爵向客曰[53]："寡人所怜女[54]，未有良匹，愿累先生。先生倘有意乎？"生离席愧荷[55]，唯唯而已。龙君顾左右语。无何，宫人数辈，扶女郎出。珮环声动，鼓吹暴作，拜竟睨之[56]，实仙人也。女拜已而去。少时酒罢，双鬟挑画烛，导生入副宫。女浓妆坐伺。珊瑚之床，饰以八宝[57]；帐外流苏[58]，缀明珠如斗大；衾褥皆香软。天方曙，则雏女妖鬟[59]，奔入满侧。生起，趋出朝谢。拜为驸马都尉[60]。以其赋驰传诸海[61]。诸海龙君，皆专员来贺，争折简招驸马饮。生衣绣裳，驾青虬[62]，呵殿而出[63]。武士数十骑，背雕弧[64]，荷白棒，晃耀填拥[65]。马上弹筝，车中奏玉[66]。三日间，遍历诸海。由是"龙媒"之名，噪于四海。

宫中有玉树一株，围可合抱；本莹澈，如白琉璃；中有心，淡黄色；梢细于臂；叶类碧玉，厚一钱许，细碎有浓阴。常与女啸咏其下。花开满树，状类蘑菇[67]。每一瓣落，锵然作响。拾视之，如赤瑙雕镂[68]，光明可爱。时有异鸟来鸣，毛金碧色，尾长于身，声等哀玉，恻人肺腑。生每闻之，辄念故土。因谓女曰："亡出三年，恩慈间阻，每一念及，涕膺汗背[69]。卿能从我归乎？"女曰："仙尘路隔，不能相依。妾亦不忍以鱼水之爱，夺膝下之欢。容徐谋之。"生闻之，泣不自禁。女亦叹曰："此势之不能两全者也！"明日，生自外归。龙君曰："闻都尉有故土之思，诘旦促装，可乎？"生谢曰："逆旅孤臣，过蒙优宠，衔报之诚[70]，结于肺肝。容暂归省，当图复聚耳。"入暮，女置酒话别。

生订后会。女曰："情缘尽矣。"生大悲，女曰："归养双亲，见君之孝。人生聚散，百年犹旦暮耳，何用作儿女哀泣？此后妾为君贞，君为妾义，两地同心，即伉俪也；何必旦夕相守，乃谓之偕老乎？若渝此盟，婚姻不吉。倘虑中馈乏人[71]，纳婢可耳。更有一事相嘱：自奉裳衣[72]，似有佳朕[73]，烦君命名。"生曰："其女耶，可名龙宫；男耶，可名福海；"女乞一物为信。生在罗刹国所得赤玉莲花一对，出以授女。女曰："三年后四月八日，君当泛舟南岛，还君体胤[74]。"女以鱼革为囊，实以珠宝，授生曰："珍藏之，数世吃著不尽也。"天微明，王设祖帐[75]，馈遗甚丰。生拜别出宫。女乘白羊车，送诸海涘[76]。生上岸下马，女致声珍重，回车便去。少顷便远。海水复合，不可复见。

生乃归。自浮海去，家人无不谓其已死；及至家，人皆诧异。幸翁媪无恙，独妻已他适[77]。乃悟龙女"守义"之言，盖已先知也。父欲为生再婚；生不可，纳婢焉。谨志三年之期[78]，泛舟岛中。见两儿坐浮水面，拍流嬉笑，不动亦不沉。近引之，儿哑然捉生臂[79]，跃入怀中。其一大啼，似嗔生之不援己者，亦引上之。细审之，一男一女，貌皆俊秀。额上花冠缀玉，则赤莲在焉。背有锦囊，拆视得书，云："翁姑计各无恙[80]。忽忽三年，红尘永隔；盈盈一水[81]，青鸟难通[82]。结想为梦，引领成劳[83]，茫茫蓝蔚[84]，有恨如何也！顾念奔月姮娥[85]，且虚桂府；投梭织女[86]，犹怅银河。我何人斯[87]，而能永好？兴思及此，辄复破涕为笑[88]。别后两月，竟得孪生[89]。今已咿啾怀抱[90]，颇解笑言；觅枣抓梨，不母可活。敬以还君。所贻赤玉莲花，饰冠作信[91]。膝头抱儿时，犹妾在左右也。闻君克践旧盟[92]，意愿斯慰。妾此生不二，之死靡他[93]。奁中珍物，不蓄兰膏；镜里新妆，久辞粉黛。君似征人，妾作荡妇[94]，即置而不御[95]，亦何得谓非琴瑟哉！独计翁姑亦既抱孙，曾未一觌新妇[96]，揆之情理[97]，亦属缺然。岁后阿姑奄逝[98]，当往临穴，一尽妇职。过此以往，则'龙宫'无恙，不少把握之期[99]；'福海'长生，或有往还之路。伏惟珍重[100]，不尽欲言。"生反复省书揽涕[101]。两儿抱颈曰："归休乎！"生益恸，抚之曰："儿知家在何许？"儿泣啼，呕哑言归。生望海水茫茫，极天无际，雾鬟人渺[102]，烟波路穷。抱儿返棹[103]，怅然遂归。

生知母寿不永，周身物悉为预具，墓中植松楸百余[104]。逾岁，媪果亡。灵舆至殡宫[105]，有女子缞绖临穴[106]。众方惊顾，忽而风激雷轰，继以急雨，转瞬间已失所在。松柏新植多枯，至是皆活。福海稍长，辄思其母，忽自投入海，数日始还。龙宫以女子不得往，时掩户泣。一日，昼暝，龙女忽入，止之曰："儿自成家，哭泣何为？"乃赐八尺珊瑚一树、龙脑香一帖[107]、明珠百颗、八宝嵌金合一双，为作嫁资。生闻之，突入，执手啜泣。俄顷，疾雷破屋，女已无矣。

异史氏曰："花面逢迎，世情如鬼。嗜痂之癖[108]，举世一辙。'小惭小好，大惭大好[109]。'若公然带须眉以游都市，其不骇而走者，盖几希矣。彼陵阳痴子[110]，将抱连城玉向何处哭也？呜呼！显荣富贵，当于蜃楼海市中求之耳[111]！"

（选自《聊斋志异》）

[注释]

[1] 贾（gǔ古）人——古指设肆售货的商人。

[2] 倜傥（tì tǎng 惕傥）——洒脱，不受拘束。

[3] 梨园子弟——指戏曲艺人。梨园，唐玄宗李隆基训练歌舞伎的地方。

[4] 郡庠——郡府学校。庠（xiáng 详），古代学校名。

[5] 权子母——权衡子母，意即将本求利，做买卖。母，本钱，子，利钱。

[6] 飓（jù具）风——台风。

［7］遁（dùn 盾）——逃走。

［8］啜（chuò 辍）——吃喝。

［9］噬人者——吃人的人。噬（shì 逝），咬。

［10］自陈所自——自己陈述来历。

［11］诡（guǐ 轨）异——奇怪。

［12］耳食——听说。

［13］上卿——卿是古代的官位，分为上、中、下三等。上卿是最高贵的官。

［14］民社——原是人民、社稷的合称，这里指地方官。

［15］邀贵人宠——得到贵人宠幸。

［16］故得鼎烹以养妻子——因而分得一点贵人家的食物来养妻儿。鼎烹，这里指贵人家的残羹剩饭。

［17］相国——即宰相。

［18］跌踬——跌倒。

［19］缙绅——古代官员朝见皇帝时，将用象牙或竹做的笏插在大节上，故名缙绅。缙，插；绅，大带。后来亦指绅士。

［20］阍人辄阖户——看门人常常关闭门户。阍（hūn 婚）人，看门人。阖（hé 合）户，关闭门户。

［21］执戟郎——古代负责守卫宫门的官员。

［22］不践朝阶——指没有上朝。

［23］修——行。

［24］更（gēng 耕）番——轮流。

［25］腔拍恢诡——腔调、节拍很奇怪。

［26］翌（yì 益）日——明日。

［27］扼腕——抓住手腕，表示愤慨、惋惜。

［28］当路者——当权的官僚。

［29］婆娑歌"弋阳曲"——婆娑，形容舞蹈时进退盘旋的样子。弋阳曲，是明清两代民间流行的弋阳腔，它是从江西弋阳一带流行起来的。当时封建文人以昆腔为雅乐，弋阳腔为俗乐，蒲松龄也是这样看的。下文

与罗刹国王听了马骏的弋阳曲，说他善雅乐，也含有美丑颠倒的意思。

[30] 旄节——古代皇帝给使者执行某种使命的信物。

[31] 离宫——帝王出巡时休息的行宫。

[32] 百执事——指负责各种职务的官员。

[33] 款洽——亲密、接近。

[34] 恫（xiàn宪）然——不安的样子。

[35] 休致——罢职退休。

[36] 乘传——乘坐着驿站上所备的车马。传（chuán船），古代为传送消息所设的驿站中备用的车马。

[37] 鲛人——传说南海有鲛人，善纺织，织成的东西叫鲛绡，流出的泪水成珍珠。

[38] 顾——乃是。

[39] 幌漾——动荡。

[40] 贸迁——贸易。

[41] 敌楼——城墙上瞭望敌情的楼，又叫谯楼、戍楼。

[42] 维舟——系住船。

[43] 世子——王侯的嫡子。

[44] 前马者——指在贵官马前开路的人。

[45] 连辔——并马而行，表示亲密。

[46] 玳瑁——一种龟类的动物，甲壳光滑有黑斑，可作装饰品。

[47] 鲂（fáng防）——鱼名，与鳊鱼相似。

[48] 市廛（chán缠）——集市。

[49] 衙官屈宋——衙官，唐代刺史的属官。屈宋，即屈原、宋玉，都是战国时楚国的文学家。唐代杜审言自以为有文才，曾夸口说：在文章方面，屈原、宋玉只配做他的衙官。后人因用"衙官屈宋"赞美别人的文才。

[50] 椽笔——如屋椽一样大的笔，是夸张形容会写文章的人。

[51] 珠玉——指高妙的文词。

[52] 龙鬣之毫——用龙颈毛制成的笔。

[53] 爵——酒杯。

［54］所怜女——所疼爱的女儿。

［55］愧荷——意思是非分受惠，内心感到惭愧。荷（hè 贺），受人恩惠。

［56］睨（nì 腻）——斜视。

［57］八宝——指各式珠宝。

［58］流苏——用彩丝织成珠状，下缀彩色丝条的装饰物。

［59］雏女妖鬟——年幼美丽的婢女。

［60］驸马都尉——汉武帝刘彻置驸马都尉，掌管副车马匹。魏晋以后，皇帝的女婿照例封这个官，简称驸马。

［61］赋——一种兼有诗歌和散文性质的文体。

［62］虬（qiú 求）——传说中一种有角的龙。

［63］呵殿——前呼后拥的意思。呵，指前面呼喝开道；殿，指后面跟随的。

［64］雕弧——雕饰花纹的弓。

［65］填拥——堵塞、拥挤。

［66］奏玉——指吹奏贵重的管乐器，如玉箫、玉笛之类。

［67］蓍葍——郁金花。

［68］赤瑙——红色玛瑙。

［69］涕膺汗背——泪沾胸，汗湿背，意说伤心而又惭愧。

［70］衔报——即衔环报恩。据说汉朝杨宝九岁时，曾救过一只黄雀，夜里梦见一个黄衣童子衔着四只白环来报恩，后来他的四代子孙都做了大官。

［71］中馈——指料理饮食。封建社会认为这是主妇的职务。

［72］自奉裳衣——自从结婚以后的意思。奉裳衣，指妻子为丈夫料理衣著。

［73］佳朕——好的兆头，此指怀孕。朕（zhèn 镇），预兆。

［74］体胤（yìn 印）——亲生子女。

［75］祖帐——古代送人远行，在野外路旁为饯别而设的帷帐。亦指送行的酒筵。

［76］海涘——海边。涘（sì 饲），水边。

［77］适——旧称女子婚嫁。

［78］谨志——牢牢记着。

［79］哑然——婴儿咿哑学语的样子。

［80］计——料想。

［81］盈盈一水——盈盈，河水涨满的样子。《古诗十九首》：“盈盈一水间，脉脉不得语。”

［82］青鸟——神话传说：汉武帝在承华殿前看见一只青鸟从西方飞来，东方朔便说：那是西王母派来的信使。不久，西王母果然来了。后人因此称传信的使者为青鸟。

［83］引领成劳——意思是盼望得很辛苦。引领，伸着脖子盼望。

［84］蓝蔚——一般比喻天空，这里指深蓝色天空和海水。

［85］“奔月姮娥”二句——意说奔月的嫦娥尚且在月宫独居。姮娥即嫦娥。神话传说：嫦娥是后羿的妻子，她偷吃了后羿从西王母那里得来的不死之药，奔到月宫去。桂府，即月宫。相传月宫前有桂花树，高五百丈，故称桂府。

［86］“投梭织女”二句——神话传说：银河东岸有个织女，勤于纺织。她是天帝的女儿，天帝把她许嫁给河西的牛郎。结婚后，织女却荒废了纺织。天帝叫她再回河东去，只许他们每年七月七日晚上相会。投梭，即织布；怅，恨。

［87］斯——语尾助词，无义。

［88］破涕为笑——转悲为喜之意。

［89］孪（luán 峦）生——双生子。

［90］啁啾（zhōu jiū 州纠）——本指鸟鸣声，现指小儿咿哑之声。

［91］作信——当作“凭信”。

［92］克践——能够践约。克，能够；践，践约，履行。

［93］之死靡他——“之死矢靡他”的省略。语出《诗经·鄘风·柏舟》，意思是直到死也不会变心。之，到；矢，发誓；靡他，没有别的心。

［94］嫠（lí 离）妇——寡妇。

［95］置而不御——放着不用。置，搁置，御，使用。

[96] 覿（dí 笛）——相见。

[97] 揆（kuí 葵）——衡量。

[98] 窀穸（zhūn xī 谆西）——墓穴，这里指下葬。

[99] 把握之期——意思是相见的机会。把握，携手。

[100] 伏惟珍重——愿你好好保重的意思。伏惟，旧时表示对对方尊敬的一种语词。

[101] 揽涕——抹眼泪。

[102] 雾鬟人——杜甫《鄜州》诗："香雾云鬟湿，清辉玉臂寒。"写他妻子在远方对他盼望。这里因用雾鬟人指远离的妻子。

[103] 棹（zhào 赵）——桨，这里指船。

[104] 檟（jiǎ 贾）——楸树，是一种落叶乔木，古人多种植在墓旁。

[105] 灵舆至殡宫——灵舆，载灵柩的车子。殡宫，即墓穴。

[106] 缞绖——古时丧服。缞（cuī 崔）丧服，用粗麻布制成，披于胸前。绖（dié 迭），古代丧服中的麻带。

[107] 龙脑香——从龙脑香科植物提炼出来的香料，即冰片。

[108] 嗜痂之癖——相传南朝刘邕喜欢吃疮痂，后人以嗜痂指怪癖的嗜好。

[109] "小惭小好"二句——韩愈《与冯宿论文书》，说自己为人作庸俗的应酬文字，心里感到惭愧，别人却说文章做得好。自己觉得小惭的，别人说是小好；自己感到大惭的，别人却说是大好。韩愈以此表示人们只喜欢奉承，却不能赏识文章。作者借这二句话讥讽那些"花面逢迎"的人。

[110] 陵阳痴子——指春秋楚国人卞和，他曾被封为陵阳侯。据说卞和曾在山上发现一块中间藏着美玉的璞，献给楚厉王和楚武王，都被认为是欺骗，先后被砍去两只脚。到楚文王即位时，卞和抱着那块璞在山下痛哭，楚文王叫玉工把璞剖开，果然得到一块美玉。这里以陵阳痴子比喻有真才实学而不被赏识的人。

[111] 蜃楼海市——是一种自然界的幻象。在海上有时可以看到因光线的屈折反射作用而出现的城市、车马、楼台、人物等现象。这种自然现象在沿海地区常见。古人不懂光学原理，认为这是蜃（一种大蛤）吐气所

致，因此叫它海市蜃楼。蜃（shèn 慎），蛤蜊。

[译文]

马骏，字龙媒，是商人之子。貌俊美，青春年少，风流倜傥，喜歌舞。常常跟随戏曲艺人，用锦帕缠头，美如妙龄女子，因此又有"俊人"的雅号。十四岁时，入郡内学校，就已经是乡里的知名人士。后来父亲衰老了，就停止经商在家闲居。一日他对马骏说："数卷书，饥，不可煮食，寒，不可以穿。我儿还是继父业为商的好。"马骏从这开始学做买卖。

一次，跟人一起渡海，船被飓风引领吹走。过了几昼夜，到达一都会，那里的人都奇丑无比；但是看见马骏来了，却认为是妖，人群哗然逃跑。马骏初见此状，很害怕；后来才知道是这里的人害怕自己，于是反以此来欺负这国人。遇见吃饭饮酒的人，就奔过去；吃饭的人惊骇逃走，他就吃喝他们剩下的食物。过了很久，马骏进入山村，这里的人相貌与普通人差不多，然而穷困如乞丐。马骏休息在树下，村里人不敢近前，只遥遥地张望他。时间久了，觉得马骏不是吃人的怪物，才开始稍稍靠近他。马骏笑着与他们说话，村人的语言虽不同，但有一半可以懂得。马骏于是就陈说自己来历。村人很高兴，到处告知邻里说："这客不是抓人吃人的人。"然而，那些长得最奇丑的人仍然望望即离去，终不敢近前；那些到马骏跟前的人，口鼻长相，还都与中国人相同，他们携带酒饭送给马骏。马骏问他们为什么害怕自己，回答说："曾听祖父说：'西去二万六千里，有中国，那里人长得都很怪异。'这只是听说的，今天才开始相信。"问他们为何贫穷？答道："我国所看重的，不在乎文章，而在于形貌。那最美的，可以当最大的官；次一些的，可以当地方官；再下一等的，还可得到贵人的宠幸，因而分得一点贵人家的残羹剩饭来养活妻儿。像我们这些人初生时，父母都认为不祥，往往将我们抛弃；那不忍丢弃的，只为同宗有继承人罢了。"问："这里叫什么国？"答："大罗刹国。都城在北边，离这儿有三十里。"马骏请村人引导他去都城看看。于是第二天鸡鸣而起，引导他一起去都城。

　　天亮了，到了都城。那里都用黑石为墙，色如墨。楼阁有百尺高，然很少用瓦，顶上盖着红石；拾起碎块往指甲上磨一磨，与丹砂差不多。当时正赶上退朝，朝中有穿官服乘车而出的，村人指着说："这是宰相。"看看他的像貌，双耳都相背而生，鼻子三个孔，睫毛盖在眼睛上像帘子。又有数人骑马而去，村人说："这是大夫。"后又依次指出他们的官职，都长得怪异狰狞；然而职位越低的，面目就不太丑了。不多时，马骏要回村了，街巷里的人望见他，一边嚷一边跑，有的还跌倒了，就像遇见怪物一样。村人都一齐解说，市里人才敢遥遥地站立。等到马骏回村后，罗刹国内无论大小。都知道村里有个异人。于是官绅们，争着想长长见识，遂令村里人邀请马骏。然而马骏每到一家，守门人常常闭户关门，丈夫妇女们都偷偷地从门隙中观看私语；一天完了，没有敢于把他请进去见面的。村人说："这里有一位守卫官门的官员，曾替先王出使别的国家，所见的人很多，或者不怕你。"马骏拜访这官员的宅邸，这官员果然高兴，对他敬礼并拜为上宾。看其容貌，如八九十岁的人。眼睛突出，胡须卷曲如刺猬。他说："我年轻时奉大王命，出使了许多国家，独未曾到中华。现在我一百二十余岁，又得以看见上国人物，这不可不上奏天子。然而我卧居林野，十余年不上朝廷，明早替君一行。"于是准备宴饮，行主客之礼。酒数巡，走出歌舞女十余人，轮流歌舞。她们相貌都像夜叉，都以白锦缠头，红衣拖地；扮唱的不知什么词，腔调、节拍都很奇怪。主人看着很高兴。问："中国也有这种音乐吗？"答："有"。主人请求模拟那音乐的声音，马骏于是击桌度了一曲。主人大喜说："奇怪呵！声音像凤鸣龙啸，过去从未听过。"第二天，主人上朝，将马骏推荐给国王。国王欣然地下了诏书（召见他）。可是有二三位大臣，说马骏长得奇形怪状，恐怕惊骇了圣体，国王于是停止下诏。主人出朝告之马骏情况，深深为之惋惜。马骏在主人家住了很久，一次与主人共饮酒而醉，握剑起舞，用煤涂面作张飞模样，主人认为很美，说："请君以张飞模样见宰相，宰相必然高兴而且重用，你丰厚的俸禄不难得到。"马骏说："嘻！游戏还可以，怎能改变面目来图谋荣华显赫？"主人坚决要求他这样做，他于是答应了。主人设筵席，邀请当权的官僚饮酒，让马骏绘好脸谱等待。不一会儿，客来了，主人招呼马骏出来见客。客人惊讶地说："以前为什么那么丑，而现在美极了！"于是与马骏一起饮酒，感情很融洽。马骏起来婆娑起舞，并唱民间流行曲"弋阳腔"，满座的人无不倾倒。

第二天，主人上呈奏章推荐马骏。国王大喜，派使者执旌节召见。接见时，国王问到中国的治国安民之道，马骏娓娓道来，大蒙嘉叹，赐宴于皇帝行宫。饮酒正酣时，王说："听说你善于雅乐，可以让我听听吗？"马骏立即起舞，并仿效着用白锦缠头，作靡靡之音。国王大悦，即日拜为下大夫。此后，经常与马私宴，对他恩宠非常。久而久之，宫中的官僚们，认为马骏面目有假，马骏所到的地方，常见人们窃窃私语，不很与他亲近。马骏此时也感到很孤立，内心不安。于是上疏乞求罢职退休，国王不许；又告休假，这才给了三个月的假。马骏于是乘车载了金银财宝，复回山村。村人跪行出迎。马把金钱分给村内交好的人，赢得一片欢声雷动。村人说："我辈小人受大夫赏赐，明日我们赴海市，一定寻求珍宝，以报大德。"马骏问："海市在哪？"答："海中市场，四海鲛人，出售珠宝；四方十二国，均来贸易。中间还有许多神人游戏。云霞遮蔽蓝天，时时波涛大作。贵人们都自重自爱，不敢去冒险，都把金帛交我们，代购异珍。现在离海市日期不远了。"马骏问怎么知道的。说："每见海上有朱鸟飞来，过七天就到海市的日子了。"马骏问了行期，想与村人一起前往观光。村人劝他自己保重。马骏说："我乃是沧海客，何惧风涛？"

不久，果然有到村人门口交钱代购珠宝的人，于是装好钱资上了船。船可容纳数十人，平底高栏。十人摇橹，激水而行如箭。过了三天，遥见水云动荡之中，楼阁层层叠叠，做买卖的船只，纷纷汇集如蚂蚁一般。一会，到了城下。看墙上的砖都与人的身高差不多，城上戍楼高接云空。船上的人系船而入，看见市上所陈设的，尽是奇珍异宝，光明耀眼，多是人世间所没有的。只见一少年乘骏马前来，市里的人都奔跑躲避，说是"东洋三世子"。世子经过马骏前面，看着他说："这不是异域他邦的人吗！"当即有开路的侍卫来盘问马骏乡里籍贯。马骏在道旁作揖，详细地陈述自己的国家乡里。世子听后大喜道："既蒙您屈尊来临，缘分不浅！"于是给马骏坐骑，并请他与自己并马而行，很是亲密。出了西城，才到岛岸，两人所骑的马边嘶叫边跳跃着进入水中。马骏大骇失色叫嚷，但一见海水从中分开，两边的水屹立不动如同墙壁。一会儿，看见了官殿。都是用玟瑙做房梁，用鲂鳞作房瓦，四壁晶莹透剔，能照见影子，炫人眼目。马骏至官殿前下马行礼进入，仰见龙王爷在上。世子上前奏道："臣游集市，得遇一中华贤士，特引见大王。"马骏上前叩拜。王龙爷说："先生文学之士，必有屈原宋玉之才。想烦您以如椽大笔作一篇"海市"，希您不吝珠玉之词。"马骏叩首受命。左右授以水精之砚，龙颈毛制成的笔，纸光似雪，墨香如兰。马骏挥笔成千余言，献给龙王。龙王击节赞曰："先生雄才，大为水国增光！"于是召集各个龙族，设宴在采霞宫。饮酒数巡，龙王举起酒杯向马骏说："我有一个十分疼爱的女儿，尚未婚配，愿意许给先生，不知先生意下如何？"马骏离席拜谢，连说"好好"。龙王对左右作了吩咐。一会，很多官人拥扶着龙女出来。那衣上环珮声，室内鼓乐声一齐鸣响。两人拜完天地后，马骏偷偷看龙女，真如仙人一般美丽。龙女拜罢就进宫去了。一会，酒宴结束，有侍女捧着雕饰精美的彩烛，引导马生进入侧宫。龙女浓妆而坐，等候马生。新房之内，有珊瑚做的床，用各种珠宝作装饰，纱帐外有彩色流苏，上缀的明珠如斗大，被褥都又香又软。天刚亮，就有年轻美丽的侍女进房照顾。马生起床后，恭敬地小步到龙廷上致谢。龙王封他为驸马都尉。马生以他的诗赋名扬四海。四海龙王，都派使者来祝贺，并争先邀请马生赴宴。马生穿着花团锦簇的绣衣，驾着有角青龙，前呼后拥地到各龙府赴宴，并有武士数十人骑着高头大马，背着雕花的弓弩，扛着雪白的杖棒，前拥后簇显得十分显耀。侍从们在车上弹着筝乐，车中奏着玉笛。三日之内，遍游诸海，由此这"龙媒"之名，扬于四海。

官中有玉树一株，围可合抱；树干莹澈，如白琉璃；树干中间有心，淡黄色，树梢比手臂稍细，树叶类似碧玉，厚一钱左右，细碎有浓荫。马骏常与龙女在树下吟诗唱歌。此时花开满树，花形状如郁金花。每一花瓣落下时，都铿锵作响。拾起看时，像红色玛瑙雕成，晶莹可爱。常有异鸟来树上鸣叫，毛是金碧色，尾比身子还长，声音像玉箫哀鸣，令人肺腑凄恻。马生每次听到鸟鸣，常常怀念故土。于是对龙女说："离家三年，与父母断了音讯，每一想到这些，就令我伤心而惭愧。你能跟随我归入故国吗？"龙女说："仙界与尘世人间歧路相隔，我不能依你而归。我也不忍因鱼水之爱，夺去父母之欢。容我慢慢考虑一下。"马生听后，不禁落泪。龙女也叹息说："看样子不能两全了！"第二天，马生从外面回来。龙王说："听说都尉驸马有怀念故土之思，明日即整治行装，可以吗？"马生谢道："在外飘荡的孤臣，蒙受您的优待宠幸，衔环报恩之诚意，存于肺腑之中，请容我暂归去省亲，今后再来相聚。"傍晚，龙女置酒话别，马生与其订后会之期。龙女说："情缘已尽。"马生大悲，龙女说："回去奉养双亲，可见是君之孝心。人生聚散，百年犹如早晚罢了，何必作儿女哀泣之态？此后妾替君守贞，君为妾守义，两地同心，即是伉俪；何必早晚相守，才算是偕老呢？如果变此盟约，婚姻也不会吉祥。倘忧虑室内无人，可以纳婢。再有一事相嘱：我自结婚以来，好像有了好兆头，所怀之子，烦你取名。"马生说："生了女孩，可叫龙官；生了男孩，可叫福海。"龙女要一件信物，马生将在罗刹国得的一对赤玉莲花交给龙女。龙女说："三年后四月八日，你可乘船到南岛，我便把亲生子女给你。"龙女又用鱼皮袋，满满地装了一袋珠宝，交给马生说："你好好珍藏它，几辈子吃穿都用不完。"天刚亮，龙王设帐饯行，并馈赠了很多东西。马生拜别出官。龙女乘白羊车送他到海边，马生上岸下马，龙女道声珍重，回车便走了。一会功夫龙女的车便走了很远，海水复合，再也见不到她的踪影了。

马生于是回到家乡。自从他当年乘船远去，家里人没有人不说他已经死了；等他到了家，家中人都十分惊讶。幸好父母健在，只有妻子已改嫁他人，此时才明白龙女的"守义"之言，大概她已先知了罢。父亲想让马生再婚，马生不同意，只纳了婢女。他牢牢记住三年之期，到时，他乘船至岛上。看见两个小儿坐在水面上拍水嬉笑，不乱动也不沉下。马生近前招引他们，小儿咿哑哑地捉住了马生胳膊，跳入他怀里。另一个小孩大哭起来，似乎嗔怪马生不援抱自己，马生赶快抱上另一个。细看他们，是一男一女，相貌都长得很俊美。额头上有花冠缀玉，那是赤莲花。背上有一锦囊，打开锦囊，得到书信一封，信中说："公公婆婆料想都还健康。一晃已经三年，红尘永隔；盈盈一水，难通音讯，千思万想都变成梦，伸颈盼望颇是辛苦，茫茫无际的蓝天大海，有离愁别恨又将奈何！想那奔月嫦娥，尚且独居月宫，投梭织女，依然在银河怅望。我是何人，而能永远相好？每想到此处，常常又破涕为笑。别后两月，竟生下孪生子，现已咿哑学语要人抚抱，很能懂得大人的言谈笑语，可以自己抓吃的了，离开母亲也可生活。故此我敬以两小儿还君。所赠的赤玉莲花，作为信物装饰在头上。当你膝头抱坐儿女时，也就犹如妾在左右。听说你实践诺言，我心中很是安慰。我此生不二，直到死也没有别的心。现在我粉奁中的珍物，不再蓄存化妆用的兰膏；我镜中的新妆，早已不用粉黛。君像远征之夫，我宁做寡妇，既已经搁置而不用，又何必说不是琴瑟之好呢，独念及公公婆婆已经抱到孙儿，然而未曾见过新媳妇，以情理来衡量，也实在有缺憾。以后婆婆去世下葬时，我一定前往墓穴拜谒，以尽媳妇之职。这以后，"龙宫"很健康，不会少了相见的机会，"福海"长命，还有往还之路。愿你好好保重，想说的话真是说不尽啊！"马生反复看信，不停地流眼泪。两个小儿抱着马生的脖颈说："回去吧！"马生更加悲恸，抚着小儿说："儿知家在何处？"小儿啼哭着，闹着要回家。马生望着海水茫茫，极天无际，爱妻渺渺，烟波路穷，于是抱着小儿掉转船只，怅然而归。

马生知道母亲寿命不长了，就准备好寿衣寿物，并在坟地植松楸树百余棵。过了一年，母亲果然去世了，棺材运至墓穴时，见一女子穿着孝服正守候在墓穴旁。众人正惊奇地看时，忽然风激雷轰，继之急雨，转瞬间那女子就不见了。松柏刚种时有不少显得枯黄，到这时就都活了。福海稍微长大时，常思念母亲，忽然自己投入了大海，数日之后才回来。龙宫因是女孩不得入海寻母，就常常关门哭泣。一天，傍晚时，龙女忽入门内，就劝阻龙宫说："儿自成家，有什么可哭泣的？"于是给了她八尺珊瑚一棵、龙脑香一帖、明珠百颗、八宝嵌金合一双，作为嫁妆。马生听见龙女来了，突然进屋，拉着龙女的手啜泣。一会，疾雷破屋，龙女已不见了。

异史氏说："戴着花脸四处逢迎，世情真是如鬼一般啊！嗜痂的怪癖，简直举世如出一辙。自己认为小有惭愧的，人们却认为还很不错，自己认为大有惭愧的，人们却说是大好特好。可见戴着花脸四处逢迎的人是很多的。像马骏这样公然带着美好真面目的堂堂男子游于都市之中，那些不恐惧也不急匆匆逃走的，大概很少吧。世人以丑为美真是令人慨叹。那楚国的卞和曾怀抱璞玉哭于山下真犹如那些有真才实学的人不被赏识。哎呀！荣华富贵原来只能在海市蜃楼中求取呀！"

[鉴赏]

本篇构思巧妙，设想奇特。它以马骏这一中心人物的经历，展现了大罗刹国与海市龙宫的不同境界，并以之两相对照，从而有力地讽刺鞭挞了清初的黑暗现实，画出了作者心目中的理想之国，有力地批判了封建社会善恶不辨的种种世情。

作者蒲松龄生活于清代初年。清朝在"扬州十日""嘉定三屠"的血腥屠杀下建立了中央集权统治。嗣后，对知识分子一方面采取羁縻政策，实行科举制度；一方面大兴文字狱，进行残酷镇压。广大知识分子除少数幸运儿以科举摆脱了屈辱地位外，其中绝大多数人仍处在社会底层，辗转呻吟，难以为生。蒲松龄就是一个终生应考不遂，只好设帐教书至七十岁的穷秀才，这"仕途黑暗，公道不彰"令他"愤气填胸"。在这篇小说中既有作者对黑暗现实的讽刺，又有对理想之国的向往。全篇以浪漫主义手法，上半部构思了一个"大罗刹国"，下半部构思了一个"海市龙宫"。"大罗刹国"是一个美丑不分，善恶不辨，黑白颠倒的世界，它是对清初社会现实的真实写照；"海市龙宫"是作者的理想之国，这里有美的事物，真挚的感情，善良的人。作者通过它，表达了"显荣富贵，当于蜃楼海市中求之"这一主题。它是从一个独特的角度对黑暗现实的一种否定，一种批判。故而，这前后两部分虽然描写了不同世界，但两者之间却是一个有机的整体，所以题目呼之为"罗刹海市"。

罗刹国这个美丑颠倒的世界，是通过马骏这个中心人物的个人遭遇而逐渐展示给读者的。关于罗刹国的传说，早在隋唐的典籍中就有记载："其人极陋，朱毛黑面，兽牙鹰爪"，而小说不仅将罗刹国人物的"丑"给予具体化，更重要的更突出的，则是强调了罗刹国以丑为美，以美为丑，颠倒黑白的特点。马骏本中华人士，经商遇难，漂至罗刹国。他年少英俊，罗刹国民见之却以其为妖，惊骇逃走。小说又通过村人之口道出了罗刹国的怪异："我国所重，不在文章，而在形貌。其美之极者，为上卿；次任民社；下焉者，亦邀贵人宠"。一国之尊，以貌取人，不以才取士，可见贤愚不辨，良莠不分；美者，为上卿，为相国；丑者，弃之野，为村民。而相国之所谓"美极"，乃是双耳背生，鼻生三孔，睫毛盖目如帘；长得越是狰狞怪异，越是位上卿，居高官；而弃之村野之人，相貌却与常人一般，可见罗刹国美丑颠倒，黑白混淆。马骏以本来的英俊之容出入街巷，市中人人以为怪异；后以煤涂面，黑如张飞，去见国王，反以为美，拜为大夫。作者就是以上卿与村民以及马骏涂面前后受到的不同待遇，两相对比，来讽刺罗刹国美丑颠倒这一黑暗现实的。这种对比法，鲜明突出，强烈醒目，给读者以深刻印象，引发人们去联想，去思考。许多有才有志之士，无报国展志之地。而无才无能之辈却居高位，享厚禄；作者蒲松龄出身世儒，博学多识，名振一时，然而却屡试不第，迫为幕宾，代书无聊文字，设帐教学，教授小小蒙童，这怎不令他感慨道："颠倒天下几多杰士！"

作者对罗刹国的美丑颠倒，良莠不分，不仅以对比法突出之，而且还运用了衬托、铺垫等方法。市人见马骏之美以为妖，惊骇躲避；缙绅大夫想见马骏，却躲在门后，从门缝偷看；国王要见马骏的怪异，大臣们怕惊骇了国王，再三阻止。直到马骏用黑煤涂面之后，才得以见国王，并被封官；上至缙绅，下至市人均以为美。小说中这一层层细致描绘，为表现美丑颠倒的现实起了铺垫作用。文中的衬托法亦突出了美丑颠倒。主人用以招待上国贵宾的歌舞伎，竟是夜叉一样的女子；马骏击桌为曲，主人赞为"凤鸣龙啸"，马骏唱个民间小曲，一座人无不倾倒，以为是极妙的"雅乐"。罗刹国的歌曲、舞蹈之怪诡，进一步衬托了这个国家价值标准的黑白颠倒，良莠不分。

小说不仅以对比、衬托、铺垫等方法揭示了罗刹国的美丑不分，黑白颠倒，从而针砭了现实，而且行文上虚实结合，曲折有致。如对相国容貌之丑采用实写，细写；对大夫的容貌则用"狰狞怪异"加以概写，略写，而对国王之容貌则未着笔墨，其丑之极，可以想见。这种虚实结合的方法，比逐一细致描绘其国人之丑，不仅行文简洁，而且更能引发读者的艺术想象力。至于小说行文的曲折有致，不仅表现在前后两部分之内，而且表现在前后两部分之间的巧妙结合变化上。前半部分，写马骏在罗刹国因貌美而遭冷遇，脸涂黑而变丑后则发迹拜官，黑色脱落后又遭冷遇，这一波三折，前后对比，有力地揭示了在罗刹国美丑颠倒黑白混淆的价值判断标准已成为铁的法则。后部分写马骏到海市观光遇"东洋三世子"，被引入龙宫，因才华出众受到龙王青睐，被招为驸马，得到高官厚禄，并娶了美貌贤惠的龙女为妻，此时真是志得意满。正在兴高采烈之时，忽闻鸟儿哀鸣而思念故土，只好别妻返家，后虽有龙女送子归宗，但终不得相聚。这喜而忧，乐而悲的变化，情节曲折离奇，最终完成了"显荣富贵，当于蜃楼海市中求之"这个主题。

作者为了表现这一主题，特意塑造了一个现实中没有的"理想之国"。无论是对环境的描写上，对人物的塑造上都采用了浪漫主义手法。首先，对环境作了铺陈的描写，龙宫殿堂以玳瑁为梁，鲂鳞作瓦，到处晶莹透剔，耀人眼目，与罗刹国王宫的厚重黑墙、诡怪之状绝然不同。龙宫的笔砚也是世间无有的——水精之砚，龙鬣之笔，墨气如兰，纸光似雪。龙宫的副宫亦是豪华温馨——珊瑚之床，八宝之饰，帐外流苏，缀有斗大的明珠；宫中之树木，则是莹澈如白琉璃，碧玉之叶，赤瑙之花，花瓣落地，锵然作声。这奇异美妙的世界，这和谐温馨的环境，是世间绝无的。这个"理想国"没有丑陋、血腥、贫困、饥饿。作者所塑造的"理想国"不仅环境优美，更重要的是重视人才，知识有价。当马骏献上"海市赋"时，龙君击节赞赏，并邀集龙族，大宴马生，并将其招为驸马都尉。诸海龙君闻说，均派人祝贺，并邀驸马宴饮。三日间，马骏穿绣衣，驾青虬，武士拥戴，车鸾奏乐，遍历四海。马骏在龙宫，以才学大展宏图，君臣和谐融洽如鱼水，这正是现实社会中所没有的，它寄托了作者的政治理想。正如作者所说："集腋成裘，妄续幽冥之录；浮白载笔，仅成孤愤之书：寄托如此，亦足悲矣！"（《聊斋自志》）虽然这理想是君明臣贤，国泰民安，然而终离不开"君君、臣臣"的封建社会秩序，这显然是时代历史的局限性，是作者思想的局限性。

　　作者在"理想国"中还描写了体现着他婚姻观的美满的姻缘：马生俊而有才，龙女美而有德。相偕相亲，是为伉俪，两地同心，亦为伉俪。夫义妻贞，誓死不渝，这正是作者理想的爱情。作者善于在小说中表现理想的爱情，像《婴宁》《莲香》《香玉》等所写的青年男女自由相爱，反抗封建礼教的约束，像《鸦头》《连城》等则写青年男女为了爱情自由，与封建社会势力的反抗斗争，而本篇的理想爱情，则侧重表现"两情若是久长时，又岂在朝朝暮暮"的坚贞不渝。它比之封建爱情观中最美好的姻缘"郎才女貌"，有着更深刻的社会意义。

（赵慧文）

司文郎

清·蒲松龄

平阳王平子，赴试北闱[1]，赁居报国寺[2]。寺中有余杭生先在[3]，王以比屋居[4]，投刺焉。生不之答。朝夕遇之，多无状[5]。王怒其狂悖[6]，交往遂绝。

一日，有少年游寺中，白服裙帽，望之傀然[7]。近与接谈，言语谐妙。心爱敬之。展问邦族[8]，云："登州宋姓[9]。"因命苍头设座[10]，相对嚵谈[11]。余杭生适过，共起逊坐[12]。生居然上座，更不捴抑[13]。卒然问宋："尔亦入闱者耶？"答曰："非也。驽骀之才[14]，无志腾骧久矣[15]。"又问："何省？"宋告之。生曰："竟不进取，足知高明。山左、右并无一字通者[16]。"宋曰："北人固少通者，然不通者未必是小生；南人固多通者，然通者亦未必是足下。"言已[17]，鼓掌；王和之[18]，因而哄堂。生惭忿[19]，轩眉攘腕而大言曰[20]："敢当前命题，一较文艺乎[21]？"宋他顾而哂曰[22]："有何不敢！"便趋寓所，出经授王[23]。王随手一翻，指曰："阙党童子将命[24]。"生起，求笔札。宋曳之曰："口占可也。我破已成[25]：'于宾客往来之地，而见一无所知之人焉。'"王捧腹大笑。生怒曰："全不能文，徒事谩骂，何以为人！"王力为排难[26]，请另命佳题。又翻曰：

"殷有三仁焉[27]。"宋立应曰:"三子者不同道,其趋一也[28]。夫一者何也?曰:仁也。君子亦仁而已矣,何必同?"生遂不作,起曰:"其为人也小有才。"遂去。王以此益重宋,邀入寓室,款言移晷[29],尽出所作质宋[30]。宋流览绝疾[31],逾刻已尽百首[32]。曰:"君亦沉深于此道者[33];然命笔时无求必得之念,而尚有冀幸得之心,即此已落下乘[34]。"遂取阅过者一一诠说[35]。王大悦,师事之[36]。使庖人以蔗糖作水角[37]。宋啖而甘之[38],曰:"生平未解此味,烦异日更一作也。"由此相得甚欢。宋三五日辄一至,王必为之设水角焉。余杭生时一遇之,虽不甚倾谈[39],而傲睨之气顿减[40]。一日,以窗艺示宋[41]。宋见诸友圈赞已浓,目一过,推置案头,不作一语。生疑其未阅,复请之。答已览竟[42]。生又疑其不解。宋曰:"有何难解?但不佳耳!"生曰:"一览丹黄[43],何知不佳?"宋便诵其文,如夙读者[44],且诵且訾[45]。生踧踖汗流[46],不言而去。移时宋去[47],生入,坚请王作。王拒之。生强搜得,见文多圈点,笑曰:"此大似水角子!"王故朴讷[48],腼然而已[49]。次日,宋至,王具以告。宋怒曰:"我谓'南人不复反矣[50],伧楚何敢乃尔[51]!必当有以报之!"王力陈轻薄之戒以规之,宋深感佩。

既而场后[52],以文示宋,宋颇相许。偶与涉历殿阁[53],见一瞽僧坐廊下[54],设药卖医[55]。宋讶曰;"此奇人也!最能知文,不可不一请教。"因命归寓取文。遇余杭生,遂与俱来。王呼师而参之[56]。僧疑其问医者,便诘症候。王具白请教之意[57]。僧笑曰:"是谁多口?无目何以论文?"王请以耳代目。僧曰:"三作两千余言,谁耐久听!不如焚之,我视以鼻可也。"王从之。每焚一作,僧嗅而颔之曰:"君初法大家[58],虽未逼真,亦近似矣。我适受之以脾。"问:"可中否?"曰:"亦中得。"余杭生未深信,先以古大家文烧试之。僧再嗅曰:"妙哉!

此文我心受之矣，非归、胡何解办此[59]。"生大骇，始焚己作。
僧曰："适领一艺，未窥全豹[60]，何忽另易一人来也？"生托
言："朋友之作，止彼一首；此乃小生作也。"僧嗅其余灰，咳
逆数声，曰："勿再投矣！格格而不能下，强受之以膈；再焚，
则作恶矣。"生惭而退。

数日榜放[61]，生竟领荐[62]，王下第[63]。宋与王走告僧。
僧叹曰："仆虽盲于目，而不盲于鼻；帘中人并鼻盲矣[64]。"俄
余杭生至，意气发舒，曰："盲和尚，汝亦唼人水角耶？今竟何
如？"僧笑曰："我所论者文耳，不谋与君论命。君试寻诸试官
之文，各取一首焚之，我便知孰为尔师。"生与王并搜之，止得
八九人。生曰；"如有舛错[65]，以何为罚？"僧愤曰："剜我盲
瞳去！"生焚之，每一首，都言非是；至第六篇，忽向壁大呕，
下气如雷。众皆粲然[66]。僧拭目向生曰："此真汝师也！初不知
而骤嗅之，刺于鼻，棘于腹，膀胱所不能容，直自下部出矣！"
生大怒去，曰："明日自见，勿悔！勿悔！"越二三日，竟不至；
视之，已移去矣。——乃知即某门生也[67]。

宋慰王曰："凡吾辈读书人，不当尤人[68]，但当克己[69]：
不尤人则德益弘[70]，能克己则学益进。当前踬落[71]，固是数之
不偶[72]；平心而论，文亦未便登峰。其由此砥砺[73]，天下自有
不盲之人[74]。"王肃然起敬。又闻次年再行乡试，遂不归，止而
受教。宋曰："都中薪桂米珠[75]，勿忧资斧[76]。舍后有窖
镪[77]，可以发用[78]。"即示之处。王谢曰："昔窦、范贫而能
廉[79]，今某幸能自给，敢自污乎？"王一日醉眠，仆及疱人窃发
之。王忽觉，闻舍后有声；窃出，则金堆地上。情见事露，并
相慑伏[80]。方诃责间[81]，见有金爵[82]，类多镌款[83]，审视，
皆大父字讳[84]。——盖王祖曾为南部郎[85]，入都寓此，暴病而
卒，金其所遗也。王乃喜，秤得金八百余两。明日告宋，且示

之爵，欲与瓜分，固辞乃已。以百金往赠瞽僧，僧已去。

积数月，敦习益苦[86]。及试，宋曰："此战不捷，始真是命矣！"俄以犯规被黜[87]。王尚无言，宋大哭，不能自止。王反慰解之。宋曰："仆为造物所忌[88]，困顿至于终身，今又累及良友。其命也夫[89]！其命也夫！"王曰："万事固有数在。如先生乃无志进取，非命也。"宋拭泪曰："久欲有言，恐相惊怪；某非生人[90]，乃飘泊之游魂也[91]。少负才名，不得志于场屋[92]，佯狂至都[93]，冀得知我者，传诸著作。甲申之年[94]，竟罹于难[95]，岁岁飘蓬[96]。幸相知爱，故极力为他山之攻[97]。生平未酬之愿，实欲借良朋一快之耳[98]。今文字之厄若此，谁复能漠然哉[99]！"王亦感泣，问："何淹滞[100]？"曰："去年上帝有命[101]，委宣圣及阎罗王核查劫鬼[102]，上者备诸曹任用[103]，余者即俾转轮[104]。贱名已录，所未投到者[105]，欲一见飞黄之快耳[106]。今请别矣。"王问："所考何职？"曰："梓潼府中缺一司文郎[107]，暂令聋僮署篆[108]，文运所以颠倒[109]。万一幸得此秩[110]，当使圣教昌明[111]。"明日，欣欣而至，曰："愿遂矣！宣圣命作《性道论》，视之色喜，谓可司文。阎罗稽簿[112]，欲以口孽见弃[113]。宣圣争之，乃得就。某伏谢已。又呼近案下，嘱云：'今以怜才，拔充清要[114]，宜洗心供职[115]，勿蹈前愆[116]。'此可知冥中重德行更甚于文学也[117]。君必修行未至，但积善勿懈可耳。"王曰："果尔，余杭其德行何在？"曰："此即不知，要冥司赏罚[118]，皆无少爽[119]。即前日瞽僧，亦一鬼也，是前朝名家[120]。以生前抛弃字纸过多，罚作瞽。彼自欲医人疾苦，以赎前愆，故托游廛肆耳[121]。"王命置酒。宋曰："无须，终岁之扰，尽此一刻，再为我设水角足矣。"王悲怆不食，坐令自啖，顷刻，已过三盛[122]。捧腹曰："此餐可饱三日，吾以志君德耳。向所食，都在舍后，已生菌矣。藏作药饵，可益儿慧。"王问后会，曰："既有官责，当引嫌也[123]。"又问："梓潼祠中，一相醻祝，可能达否？"曰；"此都无益。九天甚远，但洁身力行，自有地司牒报[124]，则某必与知之。"言已，作别而没。王视舍后，果生紫菌，采而藏之。旁有新土坟起，则水角宛然在焉。

王归，弥自刻厉[125]。一夜，梦宋舆盖而至[126]，曰："君向以小忿，误杀一婢，削去禄籍；今笃行已折除矣。然命薄不足任仕进也。"是年，捷于乡；明年，春闱又捷[127]，遂不复仕。生二子，其一绝钝，啖以菌，遂大慧。后以故诣金陵[128]，遇余杭生于旅次[129]，极道契阔[130]，深自降抑[131]，然鬓毛斑矣[132]。

异史氏曰："余杭生公然自诩[133]，意其为文，未必尽无可观；而骄诈之意态颜色，遂使人顷刻不可复忍。天人之厌弃已久，故鬼神皆玩弄之。脱能增修厥德[134]，则帘内之'刺鼻棘心'者，遇之正易，何所遭之仅也。"

（选自《聊斋志异》）

[注释]

[1] 平阳——府名，辖境相当于今山西临汾一带。　北闱——指在北京举行的科举考试，考中了即是举人。闱（wéi 为），旧称试院为闱。

[2] 赁（lìn 吝）——租赁。

[3] 余杭——县名，在今浙江省杭州市北。

[4] 比屋居——即邻居。比，并列，紧靠。刺，名帖。

[5] 无状——没有礼貌。

[6] 狂悖——狂妄背理。悖（bèi 背），违背道理。

[7] 傀然——怪异的样子。傀（guī 归），怪异，奇特。

[8] 展问——直问。　邦族——意指家族、府上何处。邦，本指古代封国，后泛指国家。

[9] 登州——府名，位于山东半岛东端，为对辽东及朝鲜半岛海道交通起点。

［10］苍头——古代私家所属的奴隶。后泛指奴仆。

［11］噱谈——笑谈。噱（jué 决），大笑。

［12］逊坐——让坐。

［13］㧑抑——谦逊。㧑（huī 灰），谦虚。

［14］驽骀之才——驽、骀都是能力低下的马，此四字比喻才能低劣平庸。

［15］腾骧（téng xiāng 疼相）——形容马的飞跃，奔腾。骧，本指马首昂举。这里宋生用"腾骧"二字自谦，形容胸无大志。

［16］山左、右——指以太行山为界，山东、山西分处左右。无一字通者——讥讽王、宋二人，不是有渊博学识的人。通，指通人，即学识广博贯通古今的人。亦称通士，通才。

［17］言巳——言毕，说完。

［18］和（hè 贺）之——附和他。

［19］惭忿——羞愧而忿恨。

［20］轩眉攘腕——竖眉毛，捋袖子。形容气势汹汹的样子。攘（rǎng 壤），捋。

［21］文艺——这里指八股文。

［22］哂（shěn 审）——微笑。

［23］经——指儒家的经典《论语》。

［24］阙党童子将命——这是《论语·宪问》章中的一句话。阙党，亦称"阙里"。孔丘的住地。在今山东曲阜城内。相传有两石阙，所以得名。将命，奉命奔走传达命令。全句意思是阙党的小童在宾客间往来传命。孔子"见其与先生并行"，是不懂礼。

［25］我破巳成——意即我已破题儿。破，即破题，八股文规定，开头两句要点明题旨，谓之破题。

［26］排难——排解纠纷。

［27］殷有三仁焉——这是《论语·微子》篇中的话，大意说：殷朝有三个贵族，在殷商灭亡前夕，微子逃跑，箕子被囚为奴，比干因谏纣王被杀。三仁，指上述的三位仁士。

［28］其趣一也——指三仁的趋向是一致的。

［29］款言移晷——亲切交谈许久。款言，亲切诚恳交谈。移晷，日影移动。意思是过了一段时间。晷（guǐ轨），日影，比喻时光。

［30］质宋——意思是向宋生请教。质，询问。

［31］绝疾——极快。

［32］逾刻——过了一会儿，形容时间短暂。刻，时间单位，古代用漏壶计时，一昼夜共一百刻。引申为短暂的时间。

［33］沉深于此道者——对八股文深有研究的人。

［34］下乘——下等。

［35］诠说——解释，晓喻。诠，详细解释，阐明事理。

［36］师事之——以师礼相待他（指宋生）。

［37］庖（páo袍）人——即庖丁，厨师。　水角——这里指水饺一类食物。

［38］啖而甘之——吃下觉得很甜美。啖（dàn旦），吃。甘，甜，味道好。

［39］倾谈——畅谈，无所不谈。

［40］傲睨——傲然斜视。睨（nì溺），斜着眼睛看。

［41］窗艺——指八股文的习作。窗，窗下，学习处所。艺，指八股文题目出自《四书》的书艺和《五经》的经艺。艺，即文章之意。旧时称应试之文为"时艺"。

［42］览竟——看完。

［43］丹黄——旧时点校书籍，用朱笔书写，遇误字用雌黄涂抹，合称"丹黄"或"朱黄"。后世先生批改作业沿用朱笔。这里形容一览而过，未认真阅读。

［44］夙读——早就读过，往日读过。

［45］訾（zǐ子）——诋毁，挑剔毛病。

［46］踢蹐——即"局蹐（jí及）"，形容畏缩不安的样子。

［47］移时——过了一会儿。

［48］朴讷——朴拙不善言辞。

[49] 腼然——羞惭的样子，不好意思。

[50] 南人不复反矣——《三国演义》小说中写诸葛亮南征孟获（西南少数民族酋长），把孟获七擒七纵，孟获感动，说了"南人不复反矣"这句话，表示心悦诚服。这里以此话挖苦讽刺余杭生，因为他也是南方人。

[51] 伧楚——骂人的话，亦作"伧父""伧夫"，如骂鄙夫，粗野的人，蠢货。晋南北朝时的文人士大夫常讥骂人为"伧"或"伧父""伧夫"。楚，泛指南方人。　何敢乃尔——岂能如此，这样。

[52] 既而——不久之后。　场——指科场，考试地点。这里代替科举考试。

[53] 涉历——经过。

[54] 瞽（gǔ 古）僧——瞎和尚。

[55] 卖医——以医药换取酬金。

[56] 参之——参拜和尚。

L57] 具白——陈述。说明。

[58] 大家——著名的专家。有名望的大作家。

[59] 归、胡——指明代八股文大家归有光与胡友信。

[60] 未窥全豹——没有看见全部的意思。典出《晋书·王献之传》："管中窥豹，时见一斑"。是说从竹管中看豹，时而只见到一个斑纹，不能看见全身。

[61] 榜放——发榜。

[62] 领荐——即高中之意，中举。

[63] 下第——落第，科举时代进士考试不中叫"下第"。

[64] 帘中人——指考官。因考官在考试及阅卷期间，不得与外界来往，只能在堂帘内活动，所以叫帘中人。

[65] 舛（chuǎn 喘）错——差错，错乱。

[66] 粲然——露齿而笑的样子。

[67] 即某门生——就是那位考官的门生。某，指乡试时推荐余杭生试卷的考官。科举时代，生员乡试中举，便拜推荐他试卷的考官为老师，考官也认这生员为门生。

［68］尤人——怨恨，归咎别人。

［69］克己——克制自己、约束自己。语本《论语·宪问》篇："不怨天，不尤人"与《论语·颜渊》篇："克己复礼为仁"。

［70］弘（hóng）——大。光大，宏伟。

［71］踧落——不得意，寂落的意思。踧（cù促），同"蹙"，穷蹙。

［72］数之不偶——即"数奇"，旧指命运不好。 数，中国哲学名词，唯心主义先验论者所谓气数，命运。

［73］砥砺（dǐ lì 底力）——磨刀石。引伸为磨砺，磨练，研究。

［74］不盲之人——指有眼力的考官。

［75］薪桂米珠——柴火贵得如桂枝，大米贵得如珍珠。

［76］资斧——本义为利斧，后因称旅费、盘缠为"资斧"。

［77］窖镪——埋藏在地窖中的金银。镪（qiáng），钱串，后多指银子或银锭。

［78］发用——挖开使用。

［79］窦、范——指宋朝的窦仪、范仲淹。相传窦仪贫困时，有金精戏弄他，但他不为所动。又据说范仲淹，少年时在醴泉寺读书，发现地窖里有白银后盖上不取分文，宁可每天喝一碗粥充饥，也决不动不义之财。廉——廉洁。

［80］慑伏——因害怕，恐惧而屈服，不敢动弹。亦作"慑服"。

［81］方诃——刚要呵斥。诃（hē喝），同"呵"，大声喝叱。

［82］金爵——金制酒器。爵（jué决），古代酒器。

［83］镌款——雕刻的题款。镌（juān娟），雕刻。款，古代钟鼎彝器上铸刻的文字。

［84］大父——祖父。 讳（huì会）——封建时代称死去的皇帝或尊长的名字。因忌讳直呼其名，故在其名前加一"讳"字。

［85］南部郎——南京的郎中、员外。明成祖朱棣迁都北京后，南京仍保留六部等官制。

［86］敦习——敦促勤奋学习。

［87］俄——不久，旋即。 黜（chù处）——废除。

［88］造物——创造万物的主宰，指上天。

［89］也夫——语气词，表感叹。如"啊！"。

［90］某非生人——我不是活人。

［91］游魂——旧时指飘荡无定的鬼魂。

［92］场屋——指考场。

［93］佯狂——假装疯癫或游荡无定。此处当"彷徉"解，即不受习俗约束，狂放游荡。　至都——到了北京。

［94］甲申之年——明末崇祯十七年（公元1644），这年李自成领导农民起义军攻陷北京。

［95］罹于难——遭遇灾难。

［96］飘蓬——蓬是蓬蒿，遇风常吹折离根，飞转不止。后以飘蓬，形容飘泊不定的生活。

［97］他山之攻——"他"本作"它"。《诗经·小雅·鹤鸣》："它山之石，可以攻玉"。"它山"比喻异国，本指别国的贤才可以做本国的辅佐，好像别的山上的石头可以用来做琢磨玉器的砺石一样。后来用以比喻能帮助自己改正缺点的外力，一般多指朋友。攻，琢磨。

［98］一快——称心快活一下。快，称心，舒畅。之耳——语尾助词，如"罢了"。

［99］漠然——冷淡，无动于衷。

［100］淹滞——沉滞。滞留很久。旧指有才德者久不得官职或不得迁升。

［101］上帝——天帝，我国古代指主宰万物的神。

［102］宣圣——指孔丘，明朝封孔丘为"至圣文宣王"，简称"宣圣"。　阎罗王——迷信者认为是主管地狱的神，又称"阎王""阎王爷"。劫鬼——遭难之鬼。劫，意思是灾难，厄运。

［103］诸曹——各部门。曹，古代分科办事的官署。

［104］转轮——即"轮回"转世。佛教指有生命的东西永远像车轮运转一样在天堂、地狱、人间等六个范围内循环转化（即所谓"六道轮回"）。此处意即投胎人世。

［105］投到——报到。

［106］飞黄——又名腾黄，乘黄，传说中能腾空飞奔的骏马、神马。过去常用以比喻官运亨通，飞黄腾达的人。

［107］梓潼府——在今四川梓潼县。道教迷信传说，是主持人间功名禄位的文昌帝君张亚子所居住的地方，当地有梓潼祠。 司文郎——掌管文教的官。

［108］聋僮——传说文昌帝君手下有天聋神，地哑神。聋僮疑即天聋神。 署——旧时指代理、暂任或试充官职。 篆（zhuàn 赚）——古代印章多用篆文，因即以为官印的代称。署篆，代理掌管官印。

［109］文运——指文人科考运气。

［110］秩（zhì 治）——官吏的俸禄。此代官职。

［111］圣教昌明——指儒教昌盛光明。

［112］稽簿——留住公文。

［113］口孽——言辞罪孽。

［114］拔充清要——选拔充当显要官职。清要，旧时称地位尊显、职司重要的官吏。

［115］洗心——意即涤除坏思想，比喻彻底悔过。

［116］愆——（qiān 千），错过。

［117］冥中——迷信者称人死后所居之处。如"阴间""阴间地府"。

［118］要——总之。

［119］爽——失，差。

［120］名家——以学有专长而名为一家。明清人评论诗文，把一个时代的最有成就的作者叫"大家"，次于"大家"的作者叫"名家"。

［121］廛肆——此指市井百姓聚居之处。廛（chán 蝉），古代城市平民的房地，居处。肆，旧指铺子、商店。

［122］三盛——意即三碗。盛（chéng 成），如杯、盆等受物之器皿。

［123］引嫌——避嫌疑。

［124］地司——指阴司、梓潼府吏。 牒报——用公文呈报。

［125］弥（mí 迷）——更加。刻厉——刻苦严格磨练、努力苦读。

[126] 與盖——车辆。此指乘坐车子。

[127] 春闱——在春天举行的进士考试。科举时代，一般在乡试后次年二月在京城举行的会试叫"春闱"。

[128] 诣——到。 金陵——今南京。又，金帝王的陵墓，在今北京市房山县。

[129] 旅次——旅途中暂住的地方，即旅店。

[131] 契阔——久别的情怀。

[131] 降抑——屈己谦退。

[132] 斑——花白。

[133] 自诩——自夸。说大话。

[134] 脱能增修厥德——指余杭生如果能进修其德行。

[译文]

平阳府王平子，到北京参加乡试，租赁报国寺的房屋居住。有位余杭考生已先在寺中，王生因与他是近邻，所以投递名帖。但余杭生不答理他。朝夕相见，多无礼貌。王生气愤他狂妄背理，交往于是断绝。

一天，有位少年漫游寺中，穿戴素服白帽，看上去非常奇特。王生走近与他交谈，说话十分诙谐有趣。心中非常敬爱他。便直问其祖籍与尊姓，回答是："登州府宋氏"。遂令老仆请客人坐下，促膝谈笑，十分开心。余杭生正巧过来，王、宋同时起身让坐。余杭生居然入上席，一点不谦虚。突然问宋生："你也是来参加应试吗？"宋生回答："不是。我只是平庸无能之辈，久已没有飞腾大志。"又问："阁下是哪一省人氏？"宋告诉了他。余杭生说："居然不去应试进取，这充分说明你有自知之明。山东、山西根本没有一个学识渊博的通士。"宋生反讥说："北方人固然缺少通才，然而不通之人未必是小生；南方人虽然多通才，然通才未必就是阁下。"说完，得意地鼓起掌来；王生也一旁附和他，因而哄堂大笑。余杭生又羞又恨，当即竖起眉毛，捋起袖子，大言不惭地说："敢不敢当面命题，较量一下文章水平的高低?"宋生不屑一顾地微笑说:"有什么不敢的!"便跑回住所,拿出经书《论语》给王生,王随手一翻,指着书说:"就以'阙党童子将命'为题。"余杭生起身,索要笔纸。宋生拉他说:"不用起草稿,随口吟诵即成。我已有了破题之句:'于宾客往来之地,而见一无所知之人焉。'"王生捧腹大笑。余杭生大怒地说:"完全不会作文章,只会辱骂,你如何做人!"王生极力劝阻调解,请求另指定题目。又翻书说:"以'殷有三仁焉',为题。"宋生立即应答说:"三子者不同道,其趋一也。夫一者何也?曰:仁也。君子亦仁而已矣,何必同?"余杭生于是不再发作,起身说:"这个人啊,还有点小才气。"于是离去。王生因此越发敬重宋生,邀请到住所,长久地亲切交谈,拿出自己全部文章向宋生请教。宋生阅读神速,不一会儿已经看完百篇。对王说:"君对八股文章已深有研究,你下笔时,虽然没有必得中之杂念,然而心中也存侥幸中举之期望,就这样,你便已落入下等。"于是把看过的文章逐一向王生讲解、阐明作文之道。王生十分高兴,以师礼相待。让厨师用蔗糖做水饺。宋生吃得特别香甜。并说:"平生从未尝过这种食物的滋味,烦你改日再做一次。"从此二人相处很投合很快乐。宋生每三五天就来一次,王生必给他做水饺吃。余杭生偶尔与王、宋相遇,虽不能真诚而尽情地交谈,但傲慢无礼的神气已经大减。有一天,他拿习作给宋看。宋见许多朋友在上面已加上了浓密的红圈加以赞扬,看一眼,便推放案桌上,不说一句话。余杭生怀疑他没有看,再一次请求他。宋生回答他已经看完。余杭生又怀疑他不懂。宋生说:"有什么难解的?只是不好!"余生说:"你只大概浏览一下,怎知不好?"宋生便背诵其文,好像往日早就读过似的,一边朗读,一边挑剔毛病。余杭生畏缩不安,汗流浃背地默默离去。过了一会儿宋生也出去了,余杭生走进来,坚决要看王生文章,王拒绝了。余杭生强行搜到,见文章中有许多圈点,讥笑说:"这可真大像特像水饺子!"王生假装拙笨不善言词,像是很害羞的样子。第二天,宋生来,王把经过都告诉他了。宋生愤怒地说:"我以为南蛮子不会再来了,这个蠢货,怎么敢这样！定要报复他！"王极力陈述对余杭生这类轻薄之徒要防备规避，不要同他一般见识，宋生深深感激佩服王生。

不久科场考试之后，王生把文章给宋生看，宋生颇为赞许。偶尔与宋生一起经过一处高大的楼阁，看见一位瞎和尚坐在廊檐之下，卖药行医。宋生惊讶地说："这是一位奇异的人！最会识别文章好坏，不可不向他请教一下。"于是令王回住处去取文章。恰好遇见余杭生，便与他一同来了。王生口称老师并上前参拜和尚。和尚怀疑他是来治病的，便询问他的病症。王把请教之意全说了出来。和尚笑着说："是谁多嘴，没有眼睛怎么评论文章？"王生请求用耳朵代替眼睛。和尚说："三篇作品两千多字，谁有耐心长时间听！不如烧了它，我看用鼻子闻就可以了。"王顺从了他。每烧一篇，和尚闻闻纸灰点头说："君是开始学习大家的手笔，虽未学到完全和真的一样的程度，但已经很相像了。我容纳在脾中正合适。"王问："可以考中吗？"回答说："也可得中。"余杭生不太信，先拿古代大家文章烧了试探和尚。和尚又闻闻说："妙极了！这篇文章我容纳在心了，不是归有光、胡友信等大家，怎么会明白该这样处理！"余杭生大惊，这才烧自己作品。和尚说："刚领教一篇文章，没有看见全部，为何忽然另换了一人的作品？"余杭生托辞说："朋友文章，只那一篇；这篇才是小生的文章。"和尚闻闻剩下的灰，咳嗽几声，说："不要再把你的文章投放到火中烧了！简直是格格不入，你的文章我是一点也嗅不下去，再烧，就要恶心呕吐了。"余杭生惭愧地退去了。

几天之后发榜了，余杭生竟然高中，王生却名落孙山。宋生与王生跑去告诉瞎和尚。和尚叹息说："我虽然眼睛瞎了，可鼻子不瞎；考官大人是连鼻子全瞎了。"一会儿余杭生到了，神气十足，舒眉展眼，不可一世地说："瞎和尚，你大概也吃了人家水饺了吧？今天到底怎么解释？"和尚微笑说："我论述的是文章，不打算与你论述命运。你们试试寻找各位考官的文章，各取一篇烧了，我便知道谁是你的老师。"余杭生与王生一同去找，只找到八九人的文章。余杭生说："如果有误差，罚你什么?"和尚愤恨地说:"用刀挖去我的瞎眼球!"余杭生便烧文章，每一篇烧完都说不是;烧到第六篇，忽然对着墙大吐，向下排气如雷声。众人都咧着嘴笑。和尚擦着眼睛向余杭生说:"这真是你的老师啊!开始不晓得而突然一闻，刺激鼻子，肚子像针扎，膀胱都不能容纳，一直从下部排除!"余杭生大怒离去，并说:"明天自会看见后果，不要后悔!不要后悔!"过两三天，竟没有来;到他寓所一看，已经搬走了。才知他真就是那位的门生。

宋生安慰王生说:"大凡我们这些读书人，不应当埋怨别人，只应严格克制自己:不怨人就可修养自身德行使之越发宏大。能克制自己就可以让学业更加有长进。当前落榜不得志，固然是命运不好;但平心静气地说，你的文章也未能达到登峰造极的地步。从此继续磨练，钻研，天底下自然会有贤明识人的考官。"王生听了肃然起敬。又听说第二年又要举行乡试，于是不回故里，在此受教于宋生。宋生说:"京都柴米昂贵，不用为费用发愁。我家房舍后地窖里有银子，可以去挖出来使用。"并立即告诉他埋藏的地点。王生辞谢说:"从前宋朝的窦仪、范仲淹贫困时尚能自守廉洁，如今我幸好还能自足，岂敢损坏自己名声?"王生有一天醉后入睡，仆人及厨师偷着挖开地窖。王生忽然醒来，听房后有声音:悄悄地走出去，看见白银堆在地上。事情败露，那二人都吓得趴地求饶。王生正要斥责他们，发现有金酒器，好像还有很多雕刻的题款。细一看，都是祖父的大名。原来王生祖父曾经官任南部郎，进京住在此地。突然得急病死亡，钱财就是他留下来的。王生特别高兴，秤了得八百多两白银。第二天将此事告诉宋生，还将金酒器给他看，要与他平分，宋生坚决不接受才罢了。又秤了百两去馈赠瞎和尚，但和尚已离去了。

过了几个月，王生勤勉学习更加刻苦。到考试时，宋生说:"这一战如不告捷，才真是命中注定了!"不久，王生在考场中竟以科考犯规被除名。王生还没说什么，宋生却大哭，不能克制。王生反而劝慰他。宋生说:"我被上天忌恨，以至于终身艰难困苦，如今又牵连到好朋友。这真是命啊！这真是命啊！"王生说："万事都有定数存在。像先生乃是无心求取功名，这不是命运的安排。"宋生擦着眼泪说："早就想说，恐怕惊吓了你：我不是活人，而是个飘荡不定的鬼魂。少年时就具有才名，考场中不得志，放荡不羁来到京都，希望遇到赏识我的知音，让我的遭遇能够传之于他的著作。崇祯十七年，竟遇难丧身，从此年年岁岁飘泊不定。幸蒙你垂爱，所以极力想在你这位朋友身上弥补我的遗憾。平生未实现的愿望，真心想借好朋友的成功来快活、开心一次。如今你文章的厄运这般不幸，谁能无动于衷啊！"王生也很感伤哀泣。问宋生："为什么滞留人间这样久？"宋生说："去年上帝下命令，委托孔圣人和阎罗王审核查对遭难之鬼，上等的留在各部备用，其他的都让他们投胎人世。本人的名字已被录取，之所以未去报到的原因是想看看飞黄腾达的痛快。现在我就向你告别了。"王生问："您考的是那一职位？"回答："梓潼府中缺一司文郎，暂时令一个聋僮代理掌管官印，所以文人的命运才如此黑白颠倒。万一有幸充当此官，定当使文教昌盛光明。"第二日，宋生很高兴地来了，说："我的心愿得到实现了！孔圣人命我作《性道论》一文，圣人看后喜形于色，说我可以管理文教之事。可阎罗王扣留着公文，想以言辞之罪将我弃职。孔圣人力争，才得以就职。我拜谢完，孔圣人又把我叫到桌案前，嘱咐说：'今因爱才，才选拔你充当显要官职，应该悔过自新尽心供职，不要重复以前的错误。'由此可知阴间重视德行修养更胜过重视文学。君必是修行未到家，只要作好事不松懈就行。"王生说："如果这样说，余杭生的德行表现在何处？"宋说："这就不了解了，总之，阴间的赏罚，都无丝毫差错。就是前几日见到的瞎和尚，也是一个鬼，他是前朝名家。因为生前扔掉字纸过多，罚作瞎子。他想医治别人病苦，来赎前错，所以托身游荡在市井之中。"王生命仆人摆酒。宋生说："不必了，终年讨扰，在此刻就结束吧，再为我作一顿水饺就足够了。"王生悲痛得吃不下，只看着宋生吃，自己坐着不动，不一会儿，宋生已吃了三碗。捧着肚子说："这顿饭可饱三天，我将记住君的恩德了。我吃过的全部食物，都在你房后，已经长成香菌了。收藏起作成药饼，可增强儿童的智慧。"王生问后会之期，宋说："既有官职在身，应当避避嫌疑。"王生又问："梓潼祠中，我这边祭奠你，能通达到你吗？"宋生说："这些都没用，上天极远，你只要保持自身的纯洁，尽力去作，自有阴司公文呈报上来，我就一定全部知道你的表现。"说完，告别之后就隐没无迹了。王生到房后看，果然生有许多紫菌，于是摘取并收藏起来。旁边有座新坟隆起，而水饺仿佛还在其旁。

王生回到家中，更加刻苦努力。有一夜，梦见宋生乘车而到，说："君从前曾因一点小事不满意，误杀一婢女，被削去官禄；如今忠厚诚实已折除错误。但命薄不能担负官职。"这年，王生乡试考中，第二年，春闱又考中，于是不再求仕进。生下二子，其中一子非常笨，给他吃了紫菌，就变得特别聪明了。后因事到金陵，在旅店遇见余杭生。（在会试高中的王生面前）余竟极力地向他述说久别的情怀，态度谦卑极了，然而他的两鬓已斑白了。

异史氏说："余杭生明目张胆地说大话，想他所作之文，未必完全不可看；而他那骄诈不诚实的神情姿色，叫人一刻也不能容忍。上天和世间之人早就厌弃他了，所以鬼神都耍弄他。如果能够进修自己的德行，那么考场中狗屁不通的考官多的是，应该很容易被取中，怎么只被取中乡试那么一次呢？"

[鉴赏]

揭露科举考试的黑暗、弊端，是《聊斋志异》小说的重要内容之一。而《司文郎》这篇小说更具典型性、代表性。蒲松龄一生牢落科场，因而对场屋的黑暗、考官的昏聩，选拔的不公等现象以及士子的心理状态，都极为熟悉，所以写起来便能切中要害，力透纸背。小说虚构出一个瞎和尚嗅文的情节。他认为王生的文章近似大家，可以考中；而浅薄无知又狂妄自大的余杭生，其文章令瞎和尚"咳逆""作恶"，格格不入。不料想发榜之后，王生却名落孙山，而余杭生却大名高中。于是瞎和尚叹息道："仆虽盲于目，而不盲于鼻；帘中人并鼻盲矣。"这对考官的不学无术，颟顸无能，科举制度扼杀人材的罪恶，揭露得多么尖锐、深刻。作品不仅揭露了人世间读书人的"文运颠倒，仕进无路，而且嘲讽了阴府的司文郎，竟然"令聋僮署篆"。不论人间，还是阴间，掌握读书人命运的官吏，不是瞎子就是聋子，读书人何日能翻身！这里作者的感情是多么激烈，爱憎多么分明！小说中那位游魂幻化的宋生，也是"少负才名，不得志于场屋"，屡遭"文字之厄"的冤鬼。而瞎和尚，还是"前朝名家"。只因"生前抛弃字纸过多"就被罚作瞎子，读书写文章多了还有罪，天理何在？总之，这篇小说对封建科举制度的揭露和抨击相当深刻，真是"嬉笑怒骂，皆成文章"。这是科举制度发展到封建时代后期越来越腐朽的必然结果。

人物形象描写维妙维肖是本篇小说的主要艺术特色。这篇小说人物不多，主要描写两位人间考生——王生与余杭生；两位阴间鬼魂——宋生与瞽僧。首先值得谈谈的是那位狂悖无礼的余杭生，他一出场，就像异史氏总结的："公然自诩，……骄诈之意态颜色"。王生礼貌地递上名帖，他竟"不之答"，朝夕相见"多无状"，"共起逊坐。生居然上座，更不执抑。"起码的人际交往，礼尚往来都不懂，这种狂妄、醋酸相，确实令人厌弃。余杭生不仅行为可憎，出言更不逊。当宋生恭让地说自己无意进取时，他却目中无人地说："竟不进取，足知高明。山左、右并无一字通者"。作者对此人描绘，真是狂悖之行，如见其人；狂悖之语，如闻其声。此外像他讥笑王生文章："此大似水角子！"高中之后对瞽僧嘲笑说："盲和尚，汝亦啖人水角耶？今竟何如？"小人得志的骄诈相溢于言表。作者不仅写他行为、语言，还写他的种种变化。例如当第一次与宋生较量文章失败后："傲睨之气顿减。"当盲和尚嗅到他的文章"格格而不能下"时，"生惭而退"。高中之后又一度"意气发舒"。当盲和尚嗅出他老师的文章狗屁不通，"刺于鼻，棘于腹……"时，他狼狈逃窜。最后见到高中进士的王生时又"深自降抑"。这一系列勾勒，令人物形象淋漓尽致，入木三分。

另一主要人物宋生，作者也泼墨较多。这是一个游魂幻化的虚构形象。作者先描绘他的言行，末尾才交待他的身分，以及他从阴间飘泊到人间的缘由，这样倒叙的笔法，更增添了小说的奇异性与吸引力。他幻化为一少年游报国寺，一出场先介绍他的服饰"白服裙帽"，埋伏下鬼魂的暗线。其次写他形象"傀然"，十分怪异奇特。最后介绍他"言语谐妙"，讨人喜欢，与余杭生截然相反。接着用对比手法突出他性格耿介，爱憎分明的特点。他对余杭生是针锋相对，反唇相讥，语极锐利。当余杭生目中无人地评论北方人无一通士时，他反应极敏捷："北人固少通者，然不通者未必是小生；南人固多通者，然通者亦未必是足下。"语极从容又极尖刻。第二回合是比赛作文。当余杭生"轩眉攘腕"、大肆向他挑战时，宋他顾而哂曰："有何不敢！"神态、语气一并绘出。而两次破题，都大通、大胜，快人快语，妙思妙舌，令对手不战而退，精采已极。而对王生则极为热诚殷切，"取阅过者一一诠说。"三五天便过来辅教，又请瞽僧指点，极力"为他山之攻"，帮助王生中举，并且施惠于王生之子。但作者对宋生后半部的描绘，由嬉笑怒骂转为平恕说教，性格前后矛盾，光彩减弱。小说中其他人物也各有特色，不一一而谈。

构思奇巧，想象丰富也是本篇小说的突出特点。小说的前半部，主要写人间的两位考生，"赴试北闱，赁居报国寺"，彼此矛盾的故事，中间插进宋生和盲和尚两个人物。在作者笔下，他们虽然与凡人不同，但也只能算是人世间的怪人。但情节发展到作品的后半部，这两个怪人突然展露出其作为鬼魂的真实面目。这是两个屈死的冤魂，幻游到人间，企图实现自己生前的愿望。这种倒叙的笔法，更给人惊异的效果，使小说结构、情节更富曲折波澜。中间盲和尚嗅文一节，更出人意料：文章烧成灰，用鼻子一嗅，便能反应在腑脏，即可判断文章水平的高低。例如：形容余杭生的文章写道："僧嗅其余灰，咳逆数声，曰：'勿再投矣！格格而不能下，强受之以膈；再焚，则作恶矣。'"又如：形容余杭生老师的文章写道："忽向壁大呕，下气如雷。众皆粲然。僧拭目向生曰：'此真汝师也！初不知而骤嗅之，刺于鼻，棘于腹，膀胱所不能容，直自下部出矣！'"奇异的想象，诙谐的构思，通过盲和尚之口一本正经地道出，考官的迂腐无能，狂学子的不学无术、八股取士的弊端流毒，都被作者的妙笔化作一团臭气，形象地展示出清代科场的腐朽堕落，读之令人啼笑皆非。真是寓庄于谐，讽刺效果极佳，批判性极强。

蒲松龄这篇小说对科举制度的揭发和批判，火力猛烈集中，讽刺尖锐辛辣，他所达到的思想高度是不容低估的。这也是他"孤愤"，情绪的发泄。他在《同毕怡庵绰然堂谈狐》一诗中曾说："人生大半不称意，放言岂必皆游戏？"表明自己的谈狐说鬼并不是游戏之作，而是寄托着对于社会人生的愤慨的放肆言论。特别是由于他曾出入考场多年，对科举制度的弊端与科场的黑暗了如指掌，因此揭发与批判才格外有力。小说从试官和考生两个方面给予科举制度的内幕以大曝光，他的愤怒，讥刺、鞭挞都是十分强烈的。这些都显示出作者对封建科举制度的深刻认识，寄托着作者进步的、积极的社会理想，因而也是小说思想价值的重要部分。但由于阶级的、历史的局限，他不可能对科举制度的腐朽性作出本质性的彻底否定。因此表现在小说中便存在许多矛盾与局限。第一，他把科举取士的希望寄托在官府中的个别官员身上，特别是文教官员。小说中通过宋生在梓潼府考取司文郎，企图告诉读者，一旦宋生遂愿当上司文郎，就可扭转"聋憧署篆"颠倒文运的局面，"当使圣教昌明。"这都说明，作品的基本倾向，仍然是维护封建的科举制度，只不过是想要对它们作某些修正与改良罢了。第二，把读书人在科举中的得失，即高中或落第，归之于道德的修养程度，提倡孔子"克己复礼"的封建道德观念。例如王生第一次落第之后，宋生安慰他说："凡吾辈读书人，不当尤人，但当克己：不尤人则德益弘，能克己则学益进。……由此砥砺，天下自有不盲之人。"作者一反前边愤激、讥刺乃至詈骂的态度，用平恕之论，用封建循规蹈矩、惕励之论来平衡心中的忧愤，以达到自我解脱，自我安慰。这种心态，即以所谓"重德行更甚于文学"为封建统治者开脱，在小说末的"异史氏曰"中表现得更为明显，作者自己竟站出来直接说明："天人之厌弃已久"的余杭生"脱能增修厥德"在"刺鼻棘心"的考官手中，会试，殿试他还会多考中几次。总之，他告诫读书人当克己勿怨天尤人，修养品德，文章不好也可高中。这种自欺欺人的理论，就连他自己也不能自圆其说。如小说中借宋生之口嘱告王生说："君必修行未至，但积善勿懈可耳。"王生立刻反问他："果尔，余杭其德行何在？"宋生只好说："不知"。无法解答。第三，在无可奈何之下，作者又把科举的厄运归之于命运，天数。例如王生第二次仍未高中，"以犯规被黜"。宋生大哭说："仆为造物所忌，困顿至于终身，今又累及良友。其命也夫！其命也夫！"又在梦中告诉王生："命薄不足任仕进也。"即使王生终于得中进士，由于"命薄"也不能作官。这就大大削弱了对封建科举制度批判的力度与深刻性。然而这也是我们不能向生活于那一时代的蒲松龄所苛求的。

（徐育民）

图书在版编目（CIP）数据

十大讽刺小说／吕智敏主编 . —北京：中国和平出版社，2014.9
（名家赏析历代短篇小说系列）
ISBN 978 - 7 - 5137 - 0843 - 2

Ⅰ.①十…　Ⅱ.①吕…　Ⅲ.①短篇小说 - 小说集 - 中国
Ⅳ.①I24

中国版本图书馆 CIP 数据核字（2014）第 200415 号

十大讽刺小说

吕智敏　主编

出 版 人：肖　斌
责任编辑：刘浩冰
装帧设计：周　晓
责任印制：石亚茹

出版发行　中国和平出版社
发 行 部：010 - 82093806
网　　址：www.hpbook.com
经　　销：新华书店
印　　刷：北京中印联印务有限公司
社　　址：北京市海淀区花园路甲 13 号院 7 号楼 10 层（100088）

开　本：660 毫米×940 毫米　1/16
印　张：16.25
字　数：250 千字
版　次：2014 年 12 月北京第 1 版　　2014 年 12 月北京第 1 次印刷

ISBN 978 - 7 - 5137 - 0843 - 2　　　　　　　　　　定价：32.80 元